Jack Vance

UN PLAT
QUI SE MANGE
FROID

Traduit de l'anglais (États-Unis)
par Jacqueline Lenclud

Texte révisé et harmonisé
par Patrick Dusoulier

Jack Vance chez Spatterlight

L'Autobiographie
Mon nom est Vance, Jack Vance (2017) *

Les Mystères
Déjà parus :
– 2016 –
L'homme en cage *

Les Îles de la mort *

Sombre Océan *

Drôles de gens *

– 2017 –
Un plat qui se mange froid

À paraître en 2017 :

Charmants Voisins

Méchante Fille

Lily Street

* Première parution en français.

Jack Vance

Un plat qui se mange froid

Cet ouvrage a été publié aux États-Unis par Bobbs-Merrill, Indianapolis, 1966,
sous le titre :
THE FOX VALLEY MURDERS
© Jack Vance, 1966, 2005

© Spatterlight, 2017 pour la traduction française
Traduit par Jacqueline Lenclud
Texte révisé et harmonisé par Patrick Dusoulier
Couverture réalisée par Howard Kistler
ISBN 978-1-61947-164-1

Amstelveen
Pays-Bas
www.jackvance.com

Jack Vance

UN PLAT
QUI SE MANGE
FROID

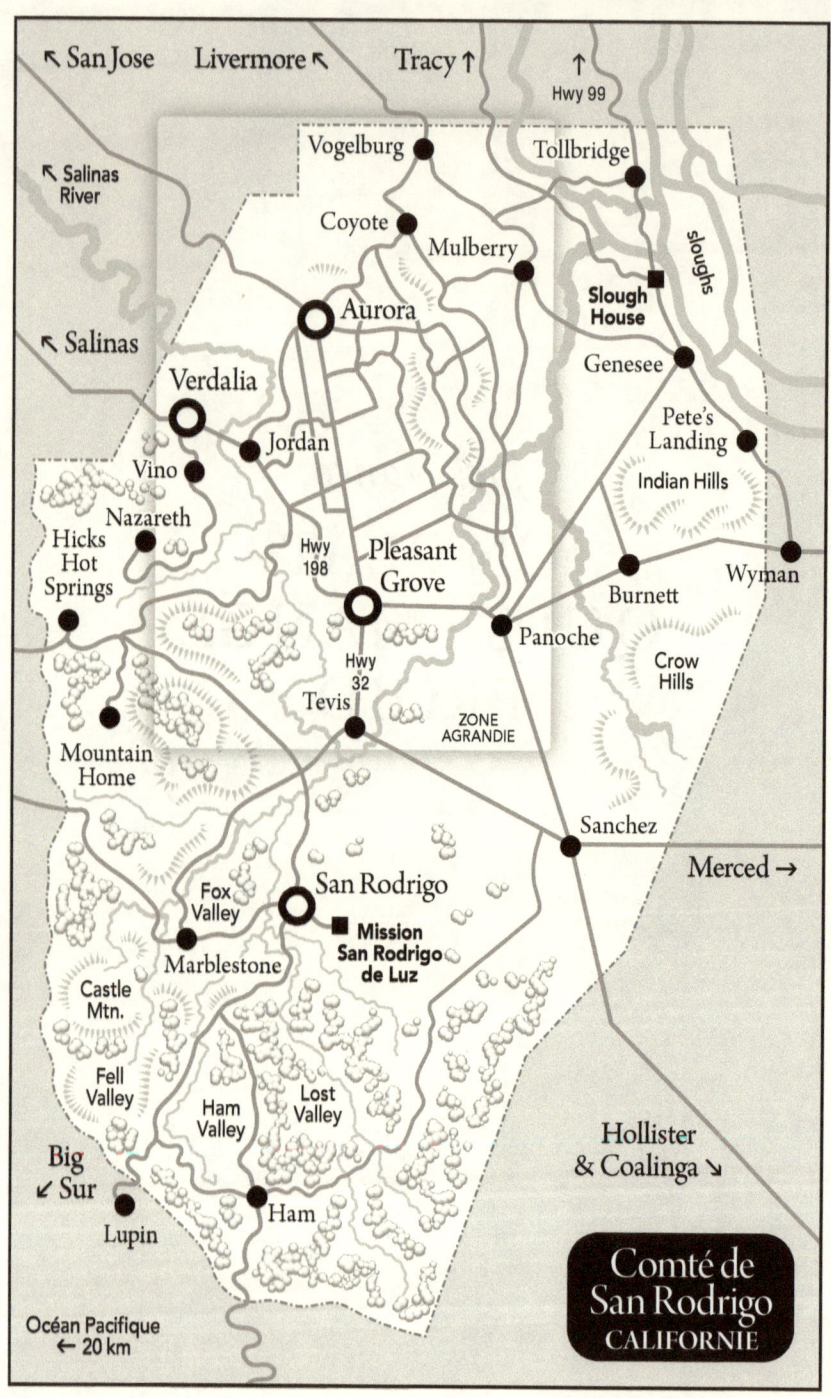

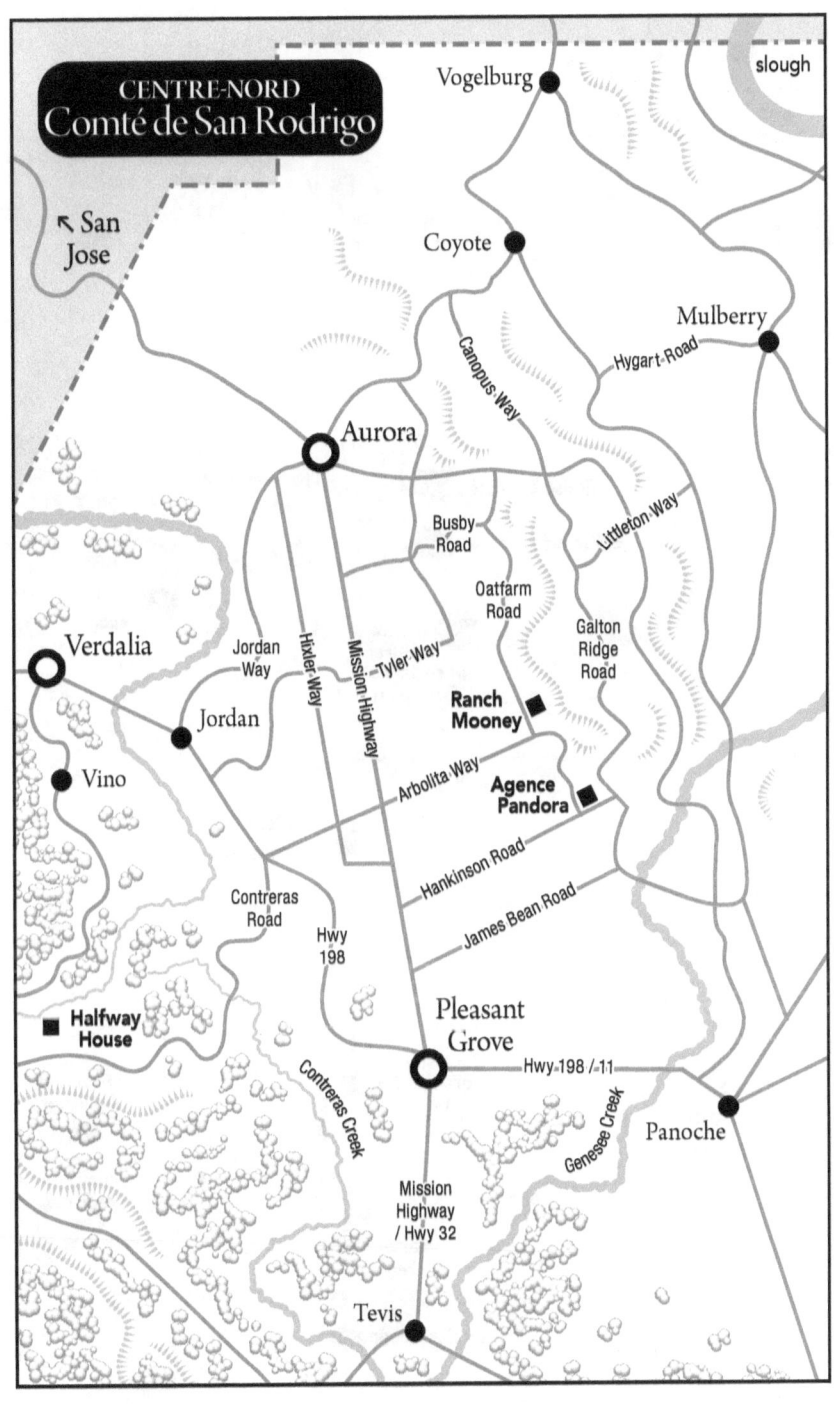

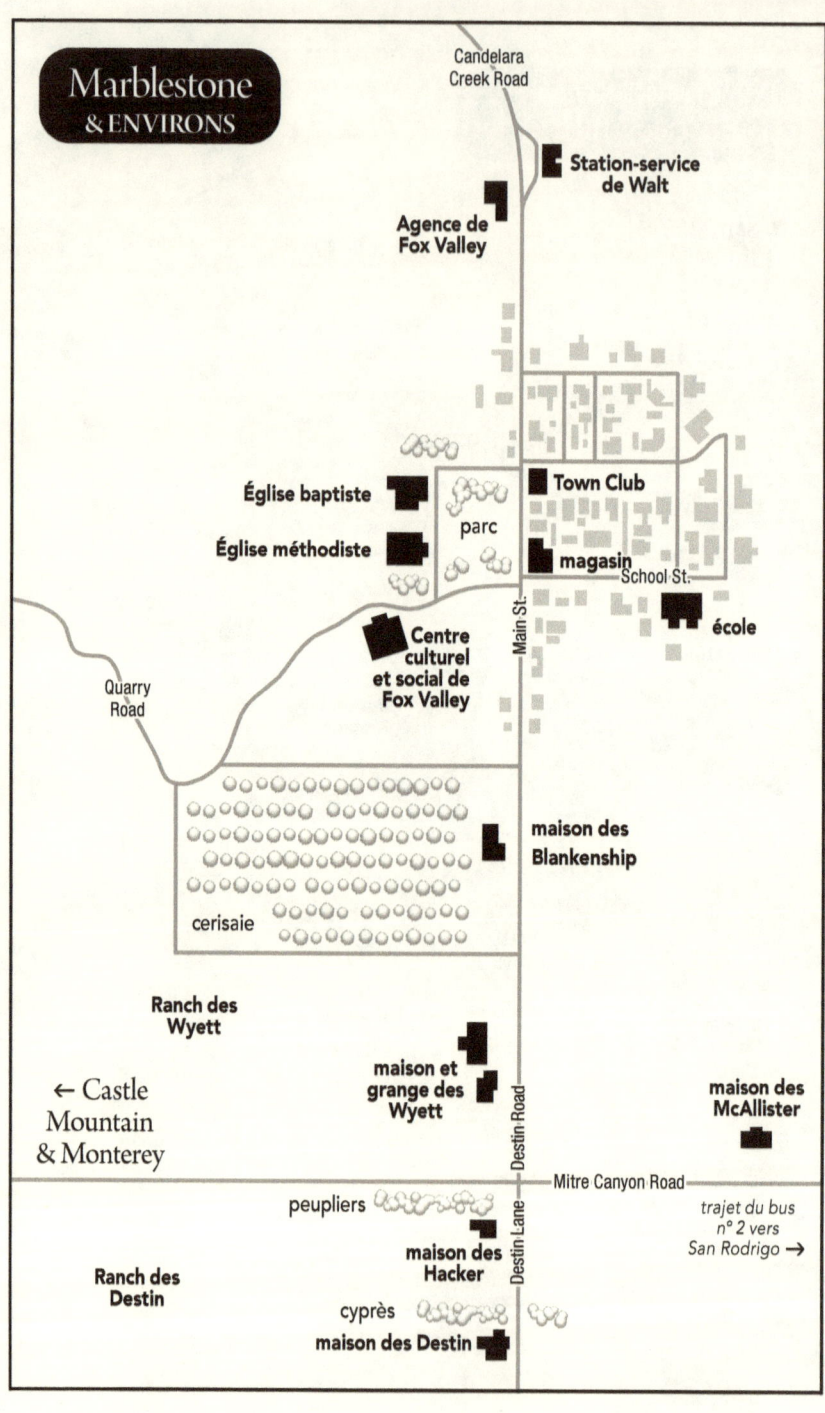

Marblestone & ENVIRONS

Candelara Creek Road

Station-service de Walt

Agence de Fox Valley

Town Club

Église baptiste

parc

Église méthodiste

magasin

School St.

Main St.

école

Quarry Road

Centre culturel et social de Fox Valley

cerisaie

maison des Blankenship

Ranch des Wyett

← Castle Mountain & Monterey

maison et grange des Wyett

Destin Road

maison des McAllister

Mitre Canyon Road

peupliers

Destin Lane

trajet du bus n° 2 vers San Rodrigo →

Ranch des Destin

maison des Hacker

cyprès

maison des Destin

Chapitre I

En arrivant dans les faubourgs de Marblestone, Joe Bain s'engagea dans la station-service tenue par son vieux camarade de classe Walt Hobius. Walt, qui se prélassait dans son bureau en lisant le journal, se redressa brusquement, visiblement surpris de voir arriver la voiture de police noire et blanche. Il reposa son journal et sortit jeter un coup d'œil, notant rapidement tout ce qui était digne d'intérêt.

— Salut, Joe. Je me disais que Cucchinello avait sacrément maigri...

— Cooch a passé l'arme à gauche, annonça Joe. Il est mort avant-hier soir. C'est moi le shérif, maintenant, en tout cas par intérim.

— Ah, bon sang de bois, fit Walt impressionné. Joe Bain shérif ! Ben ça alors... (Il hocha lentement la tête avec la mine incrédule de l'homme déconcerté par les aléas incompréhensibles de l'existence.) Je dois sans doute te féliciter.

Joe descendit de voiture et contempla l'écusson doré où l'on pouvait lire : Shérif, Comté de San Rodrigo. État de Californie.

— Merci. Mais tu sais, je ne cherchais pas vraiment à prendre le poste ou quoi que ce soit aux dépens de ce vieux Cooch.

— Ainsi va la vie, déclara Walt avec une grande conviction. Ce que l'un gagne, l'autre le perd. Pas moyen d'y échapper, c'est la loi universelle en ce bas monde.

— Oui, ça se peut. Alors, quoi de neuf en ville ?

Walt fixa son interlocuteur avec ce regard aigu qui le caractérisait, comme s'il cherchait toujours, derrière l'acte le plus anodin, un mobile plus profond qu'il fallait absolument élucider au nom du bon sens et de l'instinct de préservation.

— Pas grand-chose d'intéressant. Ausley Wyett est de retour. Les filles se sont équipées de culottes en acier.

— Tu l'as vu ?

Walt hocha la tête en grimaçant.

— Il s'est acheté une vieille fourgonnette, une Willys, et il prend son essence chez moi. C'est la seule occasion que j'aie de le voir, et ça me suffit largement. (Les yeux de Walt brillaient à mesure qu'il s'échauffait.) Il a un sacré culot de remettre les pieds ici.

— Il devait avoir le mal du pays. Seize ans, ça fait un bail.

— Ça n'est encore pas assez après ce qu'il a fait !

Joe n'avait pas envie de discuter. Walt avait des opinions très arrêtées.

— Bon, l'important, c'est qu'il est libre, légalement et tout, et que ça ne sert à rien de remuer les vieilles rancunes.

— J'imagine qu'Ausley pense comme toi ? lança Walt avec un petit sourire.

— Là, je ne peux pas dire, répondit Joe en haussant les épaules.

— C'est peut-être pour ça qu'il a mis de l'eau dans le réservoir d'essence de Bus Hacker ?

— Hein ? Qu'est-ce que tu dis ?

Walt pointa du doigt vers une vieille Plymouth marron.

— C'est celle-là. Quatre ou cinq litres d'eau dans le réservoir. Maintenant, il faut que je le vidange, que je purge le circuit, que je nettoie le carburateur...

La petite bouche aux lèvres fines de Walt en frémissait de rage.

— Si tu as autant de boulot que ça, je ferais mieux de te laisser. N'empêche, c'est drôle, quand je suis arrivé, tu avais l'air bien tranquille.

Walt grommela :

— Ce vieux salopard de ronchonneur... Il peut bien attendre. Il est toujours à me réclamer un truc ou un autre.

— Voilà bien de l'ingratitude, dit Joe ingénument. Je croyais que tu t'étais lancé dans le métier de garagiste en travaillant sur le vieux bus n° 2. C'est Bus Hacker qui t'a mis le pied à l'étrier, en somme.

Nouveau coup d'œil incisif vers Joe, puis Walt se détourna comme si la conversation avait cessé de l'intéresser.

— J'ai mieux à faire que de réparer les sales blagues d'Ausley, bougonna-t-il.

— Quelqu'un l'a pris sur le fait ?

— Qui d'autre serait capable d'un coup pareil ?

— Et pourquoi diable aurait-il fait ça ?

La question sembla surprendre Walt.

— Pour se venger, pardi. Tu vois une autre raison ?

Joe jeta un coup d'œil vers la route. Aucun doute qu'Ausley avait un comportement bizarre…. Étrange, très étrange…

— Il y a des tas de gens par ici qui n'ont pas des sentiments très charitables à son égard, dit Walt. Une suggestion : tu lui rendrais un sacré service en le convainquant de vendre et de partir.

— Tu sais bien que tu ne devrais pas dire ça, Walt, répliqua calmement Joe. Ausley est un homme libre. Je ne peux rien faire.

— Oblige-le ! Tu es le shériff, non ?

— Seulement par intérim.

— Ça revient au même. Moi, je te dis les choses comme elles sont. On n'aime pas Ausley, par ici. S'il continue à traînasser comme s'il ne s'était rien passé, il pourrait bien lui arriver un accident. En tout cas, c'est ce que j'ai entendu dire.

Joe retourna à sa voiture en lançant par dessus son épaule :

— Eh bien, tu diras à ces beaux parleurs qu'ils ont intérêt à s'en tenir aux discours, ou sinon, ça ira mal pour tous les gens concernés.

Walt tourna les talons et se dirigea vers ses casiers de lubrifiants. Mais tandis que Joe s'installait au volant, il lui cria une dernière fois :

— Tu lui rendrais un sacré service !

Joe démarra et poursuivit son chemin vers le centre-ville.

Marblestone, au sud du comté de San Rodrigo et au pied du Coast Range, avait en son centre une place ombragée d'eucalyptus, dénommée « le Parc » à cause d'une demi-douzaine de bancs, quelques bosquets de lauriers-roses et un kiosque à musique délabré. De l'autre côté, après avoir traversé Main Street, on entrait dans le quartier commerçant : le drugstore Ollin, le Town Club, la poste, le salon de coiffure Ace, le Bazar & Alimentation générale. À l'ouest du Parc se trouvaient les deux églises de Marblestone : la méthodiste, fréquentée par les notables de la ville, et la baptiste, que préféraient les gens de la montagne. Au bas de School Street, il y avait l'école élémentaire de Fox Valley. Le Centre culturel et social du même nom était situé dans Quarry Road, juste au sud du Parc.

Joe Bain se gara en face du Bazar et resta simplement assis un moment. La ville était paisible, dans un chaud silence estival que ne venait troubler aucun bruit de voix, aucun vrombissement de moteur. Joe descendit de voiture et posa le pied sur le trottoir craquelé, sous un énorme chêne qui était un peu un signe emblématique de la ville. Rien n'avait changé, pas même l'affiche publicitaire bleue clouée sur le tronc : TABAC À CHIQUER EDGEWORTH. Les années avaient passé comme dans un rêve. Joe parcourut des yeux le tracé de Main Street qui, au sortir de la ville, prenait le nom de Destin Road. Quatre cents mètres plus au sud, une clôture badigeonnée de blanc entourait la cerisaie de Charley Blankenship. Dans le lointain, une rangée de peupliers marquait l'intersection de Destin Road et de Mitre Canyon Road. Destin Road devenait ensuite Destin Lane, qui aboutissait à la vieille demeure des Destin. Derrière les peupliers, on entrevoyait le cottage blanc de Bus Hacker. Dans le souvenir de Joe, les distances étaient autrefois plus grandes, l'air plus limpide, les feuilles d'un vert plus vif, le soleil plus doré, mais dans l'ensemble, rien n'avait vraiment changé. Seize ans auparavant, Tissie McAllister, âgée de treize ans et demi, avait marché le long de cette route, par une journée toute semblable. Elle était en retard sur son horaire habituel, parce qu'elle était restée après la classe pour répéter une scène de la pièce qu'on devait jouer à l'occasion de la cérémonie de la remise des diplômes. Il n'y avait donc pas d'autres enfants sur la route.

* * *

En ce bel après-midi, Tissie McAllister n'avait pas le moindre souci dans la vie. Elle aimait ses parents, qui l'aimaient tout autant. Elle avait des cheveux d'un brun soyeux avec des reflets dorés, des yeux gris-vert ombragés de longs cils, un adorable petit nez retroussé, une bouche qui semblait toujours prête à sourire. C'était la plus jolie fille de sa classe et elle s'en rendait de plus en plus compte. Ce jour-là, elle portait une jupe plissée verte avec un chemisier blanc, des souliers blancs et des socquettes blanches. À son poignet gauche cliquetait un bracelet porte-bonheur : la toute dernière breloque qu'elle y avait accrochée était un sablier miniature avec du vrai sable, un cadeau de son petit ami Tommy Hobius. Le samedi précédent, au cours d'une soirée dansante, Tommy l'avait embrassée cinq fois… et encore un peu après. Le frère aîné de Tommy, Walter, avait lui aussi essayé de l'embrasser, mais il avait bu de la bière et elle avait esquivé ses avances, assez contente quand même qu'il l'ait remarquée. Walter n'avait pas bonne réputation. C'était un ami de Joe Bain, dont la réputation était encore pire : un grand gaillard originaire de Castle Mountain, toujours prêt à faire les quatre cents coups et qui s'était enfui de chez lui. Il habitait maintenant à San Rodrigo où il fréquentait des Mexicains et des travailleurs saisonniers. En secret, Tissie admirait Joe Bain, courageux et farouche comme un héros de roman. Elle avait aussi un faible pour Cole Destin, le fiancé de sa sœur May. Cole était blond et plein d'assurance, et il conduisait une décapotable bleue. May et lui passaient tout leur temps ensemble, rentrant à la maison à n'importe quelle heure, et Tissie se demandait parfois ce qu'ils avaient bien pu fabriquer. Elle trouvait ses parents trop laxistes, mais il faut dire que Cole Destin était un parti très avantageux, ce que tout le monde, Cole Destin en particulier, savait très bien.

Plus qu'une semaine de classes, et ce serait la cérémonie de remise des diplômes, et le merveilleux été qui attendait Tissie. Des matinées où elle pourrait musarder, des journées où elle se balancerait dans le hamac et irait nager dans la carrière, et de longs crépuscules. Et puis il y aurait des garçons. Surtout Tommy. Il était en première au lycée de San Rodrigo, où Tissie irait l'année prochaine. Elle s'y rendrait avec le bus de ramassage scolaire n° 2, conduit par Bus Hacker. Elle aurait préféré prendre le n° 1 avec Tommy, Walt et les autres enfants de Marblestone, mais il n'en était pas question puisque le n° 2 s'arrêtait juste devant chez elle.

Tissie longea la cerisaie, et Mr Blankenship, du haut de sa véranda, la lorgna de ses yeux écarquillés. Elle ne l'aimait pas du tout, il lui faisait penser à un gros ver blanc. Elle ne lui en avait pas moins mangé une grande quantité de cerises, sport dangereux car il avait toujours à portée de main un fusil de chasse chargé de gros sel, et on savait qu'il l'avait déjà utilisé, notamment contre son neveu Walt, ce qui avait provoqué un beau tollé dans la famille.

Au-delà du verger de Blankenship, c'était le domaine des Wyett, la « ferme aux cochons », comme on l'appelait dans le pays. Pauvre balourd d'Ausley. Il avait toujours été un grand échalas maladroit, les cheveux châtains et raides, des genoux et des poignets osseux, une bonne bouille un peu lunaire. May, la sœur de Tissie, ne pouvait pas le voir en peinture. Une fois, à un bal du Centre culturel, May s'était vue obligée de danser avec lui et, à ce qu'elle racontait, il avait fait quelque chose d'innommable sur la piste de danse. Elle n'avait pas voulu préciser quoi et n'en parlait qu'avec force grimaces et frissons. Tissie n'avait jamais compris exactement la nature de la bévue d'Ausley. Personnellement, elle le trouvait plutôt amusant. Chaque fois qu'il la rencontrait chez l'épicier, il lui achetait un bonbon ou un esquimau, et elle était bien forcée d'accepter sous peine de paraitre désagréable.

Le domaine des Wyett était vaste : il s'étendait sur deux kilomètres en haut de Mitre Canyon Road, loin dans les collines. L'ancienne carrière de marbre, avec un étang dans lequel les jeunes allaient parfois se baigner, se trouvait sur leurs terres.

La maison elle-même était située à une cinquantaine de mètres en retrait de la route : ce n'était guère plus qu'une grande cabane en planches brutes, coiffée d'un toit en papier goudronné. C'est là qu'Ausley vivait avec son père à moitié infirme qu'on voyait à l'occasion boitiller entre la maison, la grange et la porcherie. Tissie se disait souvent que, si le domaine des Wyett lui appartenait, elle s'empresserait de brûler maison, grange et porcherie, de planter des arbres à la place et de bâtir une somptueuse résidence près de la carrière. La fille qui épouserait Ausley se trouverait à la tête d'une immense propriété et peut-être également d'une grosse fortune, car Jake Wyett avait la réputation d'être avare et la rumeur lui attribuait un beau magot bien caché. Être la femme d'Ausley, ce serait drôlement bizarre, se disait Tissie – et elle tournait et retournait cette possibilité dans sa tête en riant d'avoir des idées aussi folles. Si elle devenait Mrs Ausley Wyett, elle ne le laisserait pas mettre les pieds dans la maison. Il prendrait ses repas dehors, sous les arbres, sauf pour son anniversaire, Noël et Thanksgiving, où il aurait la permission d'entrer. Les gens mariés dormaient en général dans le même lit, mais dormir dans le même lit qu'Ausley ? Tissie fut parcourue d'un drôle de petit frisson. Non, merci bien ! Mais cela dit, il était gentil.

Alors qu'elle passait devant le chemin de la maison, Ausley l'aperçut et sortit de la grange pour la rejoindre.

— Hé, Tissie !

Elle s'arrêta. Elle avait horreur de faire la causette avec lui, mais ses parents lui avaient inculqué la politesse, et puis elle avait bon cœur et détestait faire de la peine à quelqu'un.

— Hé, Tissie ! fit Ausley tout essoufflé. On a six chatons. La maman chatte, elle a fait un tas de petits, il y en a partout.

Tissie se sentit tout émue. Elle adorait les chatons, et elle était horrifiée par le sort probable de ces nouveau-nés.

— Tu vas les garder ?

— Pas question ! Je vais les noyer dans l'abreuvoir. Papa m'a dit de les donner à manger aux cochons.

— Oh, Ausley ! C'est horrible ! Pauvres petites bêtes ! s'écria Tissie le cœur serré.

— Ils sont bons à rien, déclara Ausley avec un grand sourire. Juste à piailler et à se battre. Mon vieux, il a dû aller à l'hôpital de Pleasant Grove, ou sinon, on n'en parlerait déjà plus à l'heure qu'il est.

Tissie se souciait bien moins du sort de Jake Wyett que de celui des chatons.

— Pourquoi n'essaies-tu pas de trouver des gens pour les recueillir ?

— Eh bien vas-y, prends-les. Je t'en fais cadeau.

Tissie réfléchit un instant, le petit bout de sa langue rose pointant entre ses dents. Ausley, la tête penchée de côté, la contemplait avec une intense admiration. Elle fit un pas en arrière.

— Alors ? demanda Ausley. Tu les veux, ces petites vermines ?

— Je ne sais pas. En tout cas, je ne peux pas les garder tous. Maman ne voudra jamais.

— Et si tu en choisissais deux ou trois qui te plaisent ?

Tissie hésita.

— Où sont-ils ?

— Dans la grange.

— Eh bien… d'accord, je vais jeter un coup d'œil.

Elle franchit la barrière et se dirigea d'un pas décidé vers la grange, dont les portes pendaient sur des gonds rouillés. Entendant un bruit de moteur, elle s'arrêta un instant sur le seuil de la grange plongée dans l'obscurité et se retourna. Elle vit Cole Destin qui passait en voiture. Elle l'appela en faisant signe de la main, mais il ne sembla pas la remarquer. Tissie le regarda s'éloigner. Le bus scolaire du lycée de San Rodrigo remontait Mitre Canyon Road, mais il était encore loin.

Ausley entra dans la grange et elle le suivit.

— Où sont les chatons ?

— Là-bas, dans la mangeoire avec leur maman.

Ils étaient en train de téter, blottis contre le ventre de leur mère, rampant ici et là, les paupières encore collées. Tissie se pencha sur eux en soupirant :

— Oh ! Ils sont trop mignons…

— Alors, tu les veux ? demanda Ausley qui se tenait debout derrière elle.

— J'aimerais bien, mais ils sont trop petits. Je ne peux pas les emporter maintenant, ils mourraient. Tu ne veux pas t'en occuper juste quelque temps ? demanda-t-elle en regardant Ausley d'un air implorant.

— Bon, d'accord, si j'arrive à empêcher mon vieux de s'en approcher. Je crois que j'y arriverai, il ne sera pas là avant plusieurs jours.

— Merci, Ausley.

Et Tissie se détourna pour sortir de la grange.

* * *

D'après le témoignage des médecins au procès, il fut établi que Teresa McAllister avait été sauvagement violée, ce qui avait déclenché une hémorragie. Cette hémorragie n'était pas la cause du décès, bien qu'elle eût pu le provoquer. Teresa avait été étranglée avec un fil de fer.

Charles Blankenship certifia qu'il avait vu Teresa McAllister passer devant sa maison vers quatre heures de l'après-midi. Elle était seule. Elle n'était pas revenue par la route. Un peu plus tard (vingt minutes ? une demi-heure ? il ne pouvait être plus précis), il avait entendu un cri provenant de la grange des Wyett. D'abord inquiet, il s'était dit qu'il devait s'agir d'un des porcs.

Au cours du contre-interrogatoire, l'avocat de la défense lui demanda :

— Vous avez entendu ce bruit, et vous l'avez pris pour le cri d'un cochon ?

BLANKENSHIP : Un cri, oui, c'est ce que j'ai pensé.

LA DÉFENSE : Au moment où vous l'avez entendu, vous avez pensé à un cri poussé par un humain ?

BLANKENSHIP : Oui, effectivement.

LA DÉFENSE : Quand avez-vous changé d'avis et décidé que c'était un cochon qui criait ?

BLANKENSHIP : Tout de suite après. Je veux dire, j'ai pensé que ça devait être un cochon.

LA DÉFENSE : Ce cri aurait donc pu effectivement être poussé par un cochon ?

BLANKENSHIP : Non, monsieur. Quand j'y repense, aucun cochon n'a jamais crié comme ça.

Cole Destin, à la barre des témoins, déclara qu'il était passé en voiture devant la maison des Wyett quelques minutes après 16 heures, et qu'il avait vu Ausley Wyett et Teresa McAllister se diriger vers la grange. Elle y allait de son plein gré, sans contrainte apparente, ou sinon, bien évidemment, il se serait arrêté et serait intervenu. Il était désolé de ne pas l'avoir fait. Toute sa vie, il se reprocherait cette négligence. Le juge ordonna que cette dernière remarque soit retirée du procès-verbal.

Puis ce fut au tour de Bus Hacker de venir témoigner. Il prêta serment et déclina son nom, Clarence Hacker, son domicile, une maison située à l'angle de Destin Lane et de Mitre Canyon Road qu'il louait à Philip Destin, et sa profession : retraité.

LE DISTRICT ATTORNEY* (intrigué) : N'êtes-vous pas propriétaire d'un bus, et salarié par le lycée de San Rodrigo pour assurer le ramassage scolaire entre Marblestone et San Rodrigo ?

HACKER (avec véhémence) : C'est à moitié vrai. Ce n'est qu'un à-côté, pas un véritable emploi.

---

* Dans le système judiciaire américain, le District Attorney représente l'État au niveau d'un comté (*N.d.T.*).

LE DISTRICT ATTORNEY : Qu'entendez-vous par « à moitié vrai » ?

HACKER : Il y a deux bus pour Marblestone. Bill Giacometti conduit le n° 1, qui passe par Magnus Way. Moi, je suis chargé du n° 2, qui descend Mitre Canyon Road et entre dans San Rodrigo par Bosco Road.

LE DISTRICT ATTORNEY : Je vois. Vous souvenez-vous de l'après-midi du 22 mai ?

HACKER : Très bien.

LE DISTRICT ATTORNEY : Vous avez suivi votre itinéraire habituel ?

HACKER : Oui.

LE DISTRICT ATTORNEY : Où se trouve le terminus ?

HACKER : À l'angle de Mitre Canyon Road et de Destin Lane. Je suis payé pour aller jusque-là et je ne vais pas plus loin.

LE DISTRICT ATTORNEY : Y a-t-il des élèves qui habitent plus loin vers le haut de Mitre Canyon Road ?

HACKER : Il y en a trois. Deux des gamins Bazely et Henrietta Micklebarth. S'il y en avait cinq, le comté serait obligé d'assurer le transport.

LE DISTRICT ATTORNEY : Que s'est-il passé l'après-midi du 22 mai ?

HACKER : Eh bien, j'ai suivi le trajet habituel, déposé les gosses, garé mon véhicule en marche arrière dans mon allée. J'avais des problèmes de moteur, quelque chose au niveau des soupapes. En fait, il est en révision en ce moment même. J'ai soulevé le capot pour vérifier l'allumage, et d'où j'étais, je pouvais voir la route.

LE DISTRICT ATTORNEY : Pardonnez-moi, Mr Hacker, mais pour clarifier les choses, pouviez-vous voir la maison des Wyett ?

HACKER : Non. Les peupliers à l'intersection me cachaient la vue. Mais je pouvais voir le carrefour. C'est sûr et certain que Tissie McAllister n'y est pas passée.

LE DISTRICT ATTORNEY : Avez-vous aperçu quelqu'un d'autre ?

HACKER : Cole Destin est passé en voiture.

LE DISTRICT ATTORNEY : A-t-il continué au sud sur Destin Lane, vers chez lui ?

HACKER : Non. Il a pris Mitre Canyon Road, vers l'ouest.

LE DISTRICT ATTORNEY : Il était seul ?

HACKER : Oui, à ce que j'ai pu voir.

LE DISTRICT ATTORNEY : Bien. Avez-vous vu passer d'autres personnes ?

HACKER (hésitant) : Pas pendant que je me tenais là.

LE DISTRICT ATTORNEY : Plus précisément, Teresa McAllister est-elle passée dans votre champ de vision ?

Là, Bus Hacker lança un coup d'œil malveillant vers Ausley Wyett qui, la mine sombre, se penchait en faisant craquer ses phalanges.

— Non, elle n'est pas passée. Si Charley l'a vue et…

L'avocat de la défense se leva d'un bond, mais le juge le devança d'un coup de marteau en disant :

— Nous n'admettons pas les conjectures, Mr Hacker.

Plus tard, dans sa péroraison, le District Attorney souligna que :

A. Cole Destin avait vu Tissie se diriger vers la grange en compagnie d'Ausley Wyett.

B. Charles Blankenship avait vu Tissie passer devant chez lui, et un peu plus tard Cole Destin passer en voiture, et personne d'autre.

C. Clarence Hacker avait vu passer Cole Destin, mais personne d'autre.

D'où il ressortait, déclara le District Attorney, que personne d'autre que l'accusé n'avait eu la possibilité de commettre le crime.

Après un contre-interrogatoire inefficace de Bus Hacker, on fit comparaître le deuxième témoin de l'accusation : Oliver Viera, un jeune homme de vingt ans, costaud, combatif, au teint basané, à la chevelure épaisse et gominée. Il se tint raide à la barre et répondit avec réticence aux questions posées.

LE DISTRICT ATTORNEY : Vous êtes – je devrais plutôt dire, vous étiez – un camarade de classe de l'accusé ?

VIERA : Oui, c'est exact. Nous étions dans la même classe.

LE DISTRICT ATTORNEY : Vous connaissez donc bien l'accusé ?

VIERA : Je le connais depuis toujours.

LE DISTRICT ATTORNEY : Il a toutes les raisons de vous considérer comme un ami intime ?

LA DÉFENSE : Objection !

LE DISTRICT ATTORNEY : Je vais reformuler ma question… Le 22 mai au matin, avez-vous vu Ausley Wyett ?

VIERA : Oui.

LE DISTRICT ATTORNEY : Que vous a-t-il dit ?

VIERA (embarrassé, sans regarder vers Ausley Wyett) : Il m'a dit que c'était son anniversaire, qu'il avait vingt et un ans. Je l'ai félicité. Il m'a dit qu'il se rendait compte qu'il avait raté pas mal d'occasions de s'amuser – filles, voitures, soirées –, et qu'il allait se rattraper, pas plus tard que le jour même. En fait, comme son père était absent, il allait s'offrir un cadeau d'anniversaire.

LE DISTRICT ATIORNEY : Vous a-t-il précisé en quoi cela consisterait ?

VIERA : Non.

LE DISTRICT ATTORNEY : Et maintenant, dites-moi, Mr Viera, l'avez-vous revu ce même jour ?

VIERA : Oui.

LE DISTRICT ATTORNEY : Veuillez décrire ce que vous avez vu.

VIERA : Je descendais Mitre Canyon Road en direction de l'est, au moment où le soleil se couchait. J'ai croisé une voiture roulant à vive allure. Elle se dirigeait vers Castle Mountain. J'ai reconnu le pickup Chevrolet d'Ausley, et il m'a semblé que c'était lui au volant. J'ai continué de rouler. Au coin de Destin Lane, j'ai vu Mr McAllister à côté de sa voiture et qui regardait de tous les côtés. Je me suis arrêté et il m'a demandé si j'avais vu Tissie. J'ai répondu que non. Il m'a dit qu'elle n'était pas rentrée à la maison et que la famille commençait à s'inquiéter. Il m'a dit qu'on l'avait vue en train de parler avec Ausley Wyett.

LA DÉFENSE : Je me vois obligé d'émettre une objection, Votre Honneur. Cette conversation n'est que…

LE JUGE : Objection retenue. Mr McAllister peut témoigner lui-même de ce qu'il a dit, Mr Viera. Contentez-vous de rapporter vos propres propos.

VIERA : Je ne peux pas témoigner de ce que j'ai entendu ? J'ai entendu Mr McAllister dire…

LE DISTRICT ATIORNEY : Uniquement ce que vous avez dit et fait. Vous comprenez, il pourrait y avoir eu un malentendu. Mr McAllister pourra apporter son propre témoignage.

VIERA (en riant) : J'ai dit à Mr McAllister que j'avais vu Ausley Wyett remontant Mitre Canyon Road au volant de son pickup, et

Mr McAllister a pris le même chemin. Comme il était trop tard pour aller au cours du soir, je suis rentré chez moi.

Le cinquième témoin était Willis Neff, un homme de trente ans au visage dur, avec un corps trapu, de longs bras et des épaules trop larges pour sa veste de costume bleue, qui semblait le gêner aux entournures. Il avait une chevelure drue et jaunasse, et des yeux d'un bleu de porcelaine. Pendant toute la durée de sa déposition, il ne quitta pas Ausley du regard. Celui-ci grimaçait d'un air gêné, frottait ses chaussures l'une contre l'autre. Il finit par courber le dos et contempler ses mains.

D'après le témoignage de Neff, il apparaissait que vers sept heures du soir, le 22 mai, il avait remarqué un pickup Chevrolet gris qui suivait Mitre Canyon Road en direction de l'ouest. Peu après, une voiture conduite par Paul McAllister était arrivée. En réponse à une question de McAllister, il lui avait dit avoir vu un pickup Chevrolet gris roulant vers l'ouest. McAllister avait alors expliqué pourquoi il s'intéressait à ce pickup, et Neff, dont la fille aînée, Gertrude, était en classe avec Tissie, était immédiatement monté dans la voiture à côté de McAllister. Ils avaient continué de faire route vers l'ouest. Dans le crépuscule, les crêtes rocheuses se profilaient en noir à l'horizon. Trois ou quatre kilomètres plus loin, ils avaient vu une voiture qui s'approchait, et lui avaient fait signe de s'arrêter. Le conducteur n'ayant pas vu de pickup répondant au signalement, ils avaient rebroussé chemin. Au pont sur le Candelara Creek, un chemin de terre, une sorte de piste rudimentaire, menait à une zone plus primitive. Ils l'avaient examiné à la lumière d'une lampe torche et avaient découvert des traces récentes de pneus. Laissant leur voiture, ils avaient poursuivi à pied. McAllister était maintenant au comble de l'inquiétude.

Le cours d'eau débouchait sur une petite prairie envahie de joncs. Le pickup était garé là. Ils s'arrêtèrent un instant pour tendre l'oreille, et ils entendirent dans l'obscurité des bruits que Neff décrivit comme des « halètements » et des « grognements ». En avançant, ils tombèrent sur Ausley Wyett en train de creuser une fosse. À côté de lui gisait le corps de Tissie McAllister.

McAllister, hurlant de douleur, s'était rué en avant. Ausley Wyett avait levé les yeux, le visage crispé, et avait reculé derrière la tombe, dans laquelle McAllister, ne sachant plus ce qu'il faisait, était tombé de tout son long. « Une minute, les gars ! avait balbutié Ausley. Écoutez-moi, soyez raisonnables, laissez-moi juste le temps de vous... »

Mais Neff était déjà sur lui. Ausley fut jeté à terre et Neff, pour reprendre ses propres termes, « lui flanqua une belle raclée ».

Ils avaient ligoté Ausley, qui s'était évanoui, et l'avaient jeté à l'arrière de son pickup. McAllister avait transporté le corps de sa fille jusqu'à sa voiture. Ils étaient retournés à Marblestone où ils avaient téléphoné au shérif Ernest Cucchinello.

Celui-ci fut appelé à la barre. Il attesta qu'il avait fouillé la grange et y avait découvert une culotte déchirée (identifiée comme étant celle portée par Tissie) ainsi que plusieurs chiffons imbibés de sang.

L'accusation ayant présenté tous ses témoins à charge, ce fut au tour de l'avocat de la défense de prendre la parole. D'un air plutôt découragé, il exposa les arguments en faveur de son client, fondés presque exclusivement sur ses protestations d'innocence.

— Que vouliez-vous dire quand vous avez déclaré à Oliver Viera que vous alliez vous offrir un cadeau d'anniversaire ?

— Je suis juste allé chez Fritz m'acheter un gros steak et un sac de bonbons, et après, je suis passé au Town Club me payer une bouteille de whisky. C'est tout ce que je voulais dire.

Fritz Hunsacker, propriétaire du Bazar & Alimentation générale de Marblestone, et Shorty Olson, barman au Town Club, confirmèrent ces achats.

Ausley nia avec véhémence qu'il ait eu la moindre arrière-pensée sexuelle quand il avait emmené Tissie dans la grange.

— Tout ce que je voulais, c'était lui montrer les chatons, parce que sans ça, ils auraient été noyés.

— Et que s'est-il passé, une fois que Tissie a regardé les chatons ?

— Je lui ai dit que j'avais des bonbons à la maison, est-ce que ça lui ferait plaisir d'en avoir ? Elle a dit non et elle est partie. Moi, je suis allé dans les collines pour m'occuper des vaches, et je ne l'ai plus revue avant de retourner dans la grange pour apporter du lait à la maman chatte, et c'est là que je l'ai trouvée.

— Quelle heure était-il ?

— C'était juste avant le coucher du soleil.

— Environ deux heures après que vous l'avez vue pour la dernière fois ?

— À peu près.

— Une autre question, à présent. Avez-vous vu quelqu'un quand vous avez quitté la grange ?

— Je n'ai pas bien regardé. Mais je crois avoir remarqué quelqu'un qui descendait à pied du coin de chez Hacker pour aller en ville. Je ne peux pas en dire plus. J'ai bien essayé de chercher qui ça pouvait être, mais je l'ai juste aperçu. Je ne pourrais pas dire qui c'était.

— Avez-vous vu une voiture sur la route ?

— Non, pas après le passage de Cole Destin, mais de là où j'étais, je ne pouvais pas voir grand-chose. La maison et la citerne me bouchaient la vue.

— C'est alors que vous avez pris peur, que vous avez paniqué ?

— Ah, pour ça, oui ! J'ai perdu la tête et j'ai fait la plus grosse bêtise de ma vie.

Au cours du contre-interrogatoire, le District Attorney déclara :

— Vous avez entendu les témoignages des personnes citées par l'accusation. Si vous êtes aussi innocent que vous le proclamez, qui, d'après vous, est coupable du viol et de l'assassinat de Teresa McAllister ?

— Je n'en sais rien, répondit Ausley en secouant pensivement la tête. À moins qu'il n'y ait eu quelqu'un d'autre sur la route… En tout cas, une chose est sûre : il y a des gens qui ne disent pas tout. Quand je serai sorti de ce pétrin, je vais me débrouiller pour en savoir plus.

Les jurés, dix hommes et deux femmes, délibérèrent pendant trois heures, le seul sujet de débat étant l'état de santé mentale d'Ausley. L'une des femmes déclara :

— Tout le monde sait qu'Ausley Wyett est cinglé et qu'il l'a toujours été. Mon neveu connaît un garçon qui était en classe avec lui, et si vous saviez ce qu'il a entendu sur son compte !

L'un des jurés masculins grommela :

— Cinglé, peut-être, mais un chien enragé n'a pas toute sa tête non plus, et on l'abat quand même. Un gars comme ça n'est pas plus utile à la société qu'un chien enragé.

— Je suis bien convaincue que la société a le devoir de se protéger, mais la folie est une maladie, et on ne tue pas les gens sous prétexte qu'ils sont malades, répliqua la femme.

Le verdict rendu fut : « Coupable », mais le président du jury ajouta :

— Nous estimons qu'il y a un doute quant à la santé mentale d'Ausley Wyett, et nous recommandons par conséquent qu'il ne lui soit pas infligé la peine capitale.

Le juge tint compte de cette recommandation et condamna Ausley Wyett à la réclusion criminelle à perpétuité. Ausley accueillit la sentence avec une pauvre grimace, et on l'emmena purger sa peine.

* * *

Joe Bain, qui avait à l'époque ses propres soucis, n'avait suivi que de très loin les péripéties du procès. Immédiatement après la remise des diplômes de fin d'études, il avait épousé Lucy Martinez, la fille d'un ouvrier agricole, alors qu'elle était enceinte de plusieurs mois. Lucy, pleine d'énergie et de vitalité, et loin d'être docile, refusa de passer ses jours dans le ranch isolé des Bain. Joe déménagea à Verdalia et travailla pendant deux ans dans les champs de laitue ou les hangars de conditionnement.

Un beau soir, il emmena Lucy à un bal donné à Verdalia avec l'orchestre de Lefty Harkins et ses Oklahoma Ranch Boys. Lucy fut transportée par l'atmosphère de cette soirée, si bien que deux jours plus tard, elle partit avec Gil Sears, le guitariste du groupe. Quand Joe rentra du travail, il trouva sa fille Miranda, alors âgée de dix-neuf mois, debout dans son parc avec sa couche trempée et son biberon vide, prenant la situation avec calme et philosophie.

Joe la confia à sa mère et s'engagea dans l'armée. Il combattit en Corée, fut transféré dans la Police militaire et gagna ses galons de sergent.

De retour à la vie civile, il profita de sa bourse d'ancien GI pour suivre les cours de l'Institut Chapman de criminologie, à Hollywood Nord. Plus tard, au cours d'une visite qu'il fit à Pleasant Grove pour voir sa mère et Miranda – elles s'y étaient installées après la mort du père de Joe –, il eut l'occasion de parler avec le shérif Cucchinello et accepta les fonctions de shérif adjoint, qu'il remplit jusqu'à la mort de son patron.

Environ une semaine avant que celui-ci ne tombe dans la piscine, Joe entra dans son bureau pour se plaindre de Mrs Rostvolt, une matrone en charge de l'administration. Joe trouvait qu'elle se donnait beaucoup trop d'importance et mettait son grain de sel partout. Le seuil de tolérance était largement dépassé et il voulait que son chef y mette le holà. Le shériff émit quelques platitudes destinées à apaiser son interlocuteur, gonfla les joues et parut s'absorber dans la lecture de son courrier. Si jamais un jour j'en viens aux poings avec Mrs Rostvolt, songea Joe, le vieux Cooch ne pourra pas dire qu'il n'avait pas été prévenu... Il s'apprêtait à sortir quand le shériff leva les yeux d'une lettre officielle.

— Joe, vous qui êtes de Marblestone, vous vous souvenez d'Ausley Wyett ?

— Oui, bien sûr. Difficile d'oublier un type comme Ausley.

— Seize ans de prison, fit le shériff en fronçant les sourcils. Il a eu une sacrée veine d'échapper à la chaise électrique. Le jury a estimé qu'il était fou.

— Il n'a jamais eu beaucoup de bon sens, c'est vrai, mais je ne dirais pas qu'il était fou. Je n'ai jamais pensé non plus qu'il était violent.

Cucchinello se cala dans son grand fauteuil de cuir noir.

— Eh bien, déclara-t-il, le voilà qui revient habiter à Marblestone. Pour moi, ça prouve bien qu'il est fou à lier.

— En tout cas, une chose est sûre : ils ne vont pas l'accueillir en fanfare.

Une semaine plus tard, alors que le shériff Ernest Cucchinello participait à une soirée entre vieux copains, et dans des circonstances qui ne furent jamais tout à fait élucidées, il tomba dans une piscine. Après qu'on l'en eut sorti, il but pas mal de whisky pour éviter un refroidissement, mais le traitement s'avéra inefficace. Il contracta une pneumonie qui l'emporta en quatre jours.

Les membres du Conseil des autorités de surveillance du comté se réunirent à Pleasant Grove et, sans cérémonie particulière, ils nommèrent Joe Bain shériff intérimaire, jusqu'à l'expiration du mandat d'Ernest Cucchinello, soit environ trois mois plus tard.

À cette époque, Joe avait trente-six ans. Il était grand – un mètre quatre-vingt –, mince, résistant et coriace. Il avait des cheveux drus et noirs, des yeux plissés et un nez cassé qui lui donnait une expression à la fois mélancolique et rusée. Après avoir garanti aux membres du Conseil que le département fonctionnerait avec autant d'efficacité que par le passé, il retourna au quartier général, quitta son uniforme pour un costume de ville et s'installa dans le bureau où, vingt ans durant, Ernest Cucchinello avait rêvassé, somnolé, fumé des cigares, bu du whisky, regardé des matches de foot à la télévision, reçu ses copains et, occasionnellement, apposé sa signature sur des documents placés devant lui par Mrs Rostvolt, tout à la fois secrétaire, intendante et éminence grise.

Alors que Joe commençait à débarrasser le bureau des affaires de Cucchinello, Mrs Rostvolt apparut sur le seuil. C'était une femme d'une quarantaine d'années, grassouillette et bien corsetée, au visage impassible sous une coiffure soigneusement élaborée consistant en une multitude de petites boucles brun-roux. Sa bouche ressemblait à une cerise confite. Attention, songea Joe, voici la première épreuve de force…

— Je suppose, fit-elle d'un ton enjoué, que vous voudrez continuer de faire votre patrouille habituelle ?

— Bien sûr que non, Mrs Rostvolt, comme vous devez vous en douter.

— Nous allons avoir un mal fou à nous en sortir, déclara-t-elle en faisant la moue. J'ai établi le programme et je peux très facilement m'occuper du bureau. Je ne pense pas que le Conseil veuille embaucher une autre personne pour deux ou trois mois seulement.

Mrs Rostvolt faisait référence à la prochaine élection et à l'opinion générale selon laquelle Lee Gervase, un jeune avocat dynamique aux idées progressistes, originaire de San Francisco, l'emporterait dans un fauteuil.

— Il n'y a rien de sacro-saint à un programme, rétorqua Joe. Apportez-le-moi et j'effectuerai les modifications nécessaires.

— Cela ne fera que donner du travail supplémentaire et semer la confusion. Il me semble que pour seulement deux mois…

— Nous ferons les choses à ma façon, coupa Joe.

Il était important de se montrer ferme vis-à-vis de Mrs Rostvolt, qui n'avait que trop mené les affaires à sa guise sous le règne d'Ernest Cucchinello.

— Alors, je vais devoir tout refaire entièrement, dit-elle en fronçant le nez d'un air mécontent. Je dois pouvoir retirer Bill Phipps le matin, mais le mardi matin, on ne pourra compter sur personne, parce que c'est le jour de congé de Wardell et également celui de l'homme de relève.

— Je me charge d'établir une autre organisation. Pour le moment, ne changeons rien à ce qui se faisait avant. Je tiens avant tout à ce qu'on débarrasse ce bureau pour que j'aie au moins un endroit pour m'asseoir.

— De toute façon, après l'élection, il faudra tout reprendre à zéro, fit remarquer Mrs Rostvolt en pinçant les lèvres de dépit. Je pensais que vous préféreriez ne rien changer du tout.

Et elle retourna dignement dans le bureau de réception.

Elle est vraiment contrariée, se dit Joe. Ma foi, il faudra bien qu'elle se fasse aux changements. Si Lee Gervase est élu, ce que tout porte à croire, il y aura pas mal de bouleversements.

En effet, Lee Gervase était un homme ambitieux qui tiendrait certainement à faire table rase du passé. Joe lui-même n'était pas assuré de conserver son poste. Il se cala dans le fauteuil de cuir noir de Cucchinello. Jusqu'à l'élection, il toucherait le salaire d'un shérif, douze mille dollars par an. Que ne ferait-il pas avec un salaire régulier de douze mille dollars par an ! Une idée étonnante se fit jour dans son cerveau. Il y réfléchit pendant dix minutes, tour à tour enthousiaste et dubitatif. Il finit par se lever d'un bond, sortit du bureau et se rendit dans celui du greffier situé sur la mezzanine du palais de justice.

Henry Rose, le greffier du comté, était un petit homme rabougri, au crâne surmonté d'une touffe de cheveux jaune pâle.

— Ça vous coûtera deux pour cent de douze mille dollars, répondit-il d'un ton tranchant à la question posée par Joe. C'est ce qu'il faut verser avec le dépôt de votre candidature : deux cent quarante dollars.

— Si je suis élu, je les récupère ?

— Ah, pour ça, non. C'est de l'argent qui s'envole, vous pouvez lui dire adieu.

Joe prit sa décision sous l'impulsion du moment :

— C'est bon, je suis partant.

Il s'apprêtait à rédiger un chèque quand Henry Rose l'arrêta et fouilla dans un cartonnier pour en extraire un formulaire.

— Remplissez les blancs. Il faut demander à vingt-cinq personnes minimum et trente maximum de signer ici, pour vous parrainer.

— D'accord, dit Joe en pliant l'imprimé pour le mettre dans sa poche

Henry Rose le dévisagea avec une curiosité non déguisée.

— Vous pensez être capable de battre Lee Gervase ?

— Je ne pourrai le savoir qu'en tentant ma chance.

— C'est un bon candidat. Il va s'attirer des voix. Je ne crois pas que le vieux Cooch aurait pu le battre. Pas cette fois.

— On verra bien, fit Joe.

Il se sentit soudain découragé. Lee Gervase allait être un sérieux adversaire. Un bel homme éloquent et énergique, qui avait foi dans le progrès. Ces deux cent quarante dollars pourraient bien être de l'argent jeté par les fenêtres. Mais qui ne risque rien n'a rien.

Son papier en poche, Joe regagna son bureau où il se remit au travail avec des idées neuves. Évacué, le gros fauteuil en cuir noir où Cucchinello avait laissé l'empreinte de ses formes massives, les taches de transpiration, l'odeur de ses cigares – et bienvenue au siège pivotant. Bazardé, l'énorme bureau en noyer avec tout le bric-à-brac de calendriers, bibelots et boîtes à malice –, et remplacé par un simple bureau métallique gris. Les photos si chères à l'ancien shériff – Cucchinello embrassant la Reine de la Laitue, Cucchinello juché sur un cheval blanc lors de la parade du 4-Juillet, Cucchinello et un poisson primé à un concours de pêche sur le quai de Monterey, Cucchinello à toutes sortes de banquets – tout cela, ainsi que d'autres trophées, souvenirs et témoignages, fut expédié à sa veuve.

La pièce semblait à présent nue. Joe Bain n'avait rien à mettre à la place de vingt années d'accumulation, à part son diplôme de l'Institut Chapman de criminologie. Il le déroula et le punaisa au mur, mais le résultat lui sembla ridicule. Il l'enleva et le remplaça par une carte à grande échelle du comté, qui se trouvait auparavant dans le vestibule. Voilà, se dit-il, c'est beaucoup mieux. En fait, c'est même parfait.

Il se mit à examiner la carte. Le comté de San Rodrigo avait la forme d'un rectangle orienté sud-ouest/nord-est. La ligne de partage des eaux du Coast Range en traçait la limite occidentale, qui en un point n'était distante du Pacifique que d'une vingtaine de kilomètres. Au nord-est s'étendaient les sloughs* et les marais de joncs. Au sud-est, des collines arides descendaient jusqu'à la grande vallée centrale. La plus proche ville d'une certaine importance était San Jose au nord, avec San Francisco quatre-vingt kilomètres plus loin. Pleasant Grove, le chef-lieu du comté, avait une population de treize mille âmes, au second rang derrière Aurora avec ses quinze mille habitants. San Rodrigo se situait à la troisième place, avec huit mille habitants. Des touristes venaient de temps à autre visiter les ruines de la vieille Mission San Rodrigo de Luz, assister au Festival de la Laitue à Aurora, séjourner au domaine de Hicks Hot Springs, pêcher le poisson-chat dans le Genesee Slough. Mais les grandes artères nord et sud entre San Francisco et Los Angeles, la Highway 99 et la Highway 101, passaient de part et d'autre. Joe localisa Castle Mountain au sud-ouest du comté. Il suivit du doigt Mitre Canyon Road en la remontant, puis la piste étroite qui serpentait sur trente kilomètres à travers la montagne jusqu'à Feil Valley. C'était là, à mi-chemin, au pied de Castle Mountain, que Joe Bain était né et avait passé son enfance...

Le shérif adjoint Frank Hubbard passa la tête dans le bureau.

— Hé, Joe ! Un des prisonniers veut te parler, le vieux Scanlon.

Joe descendit par le passage en béton menant aux cellules. Il avisa Scanlon, un gros homme trapu aux cheveux gris, âgé de cinquante-cinq ans, qui purgeait une peine de dix mois pour une histoire de chèque sans provision.

— Alors, qu'est-ce qui se passe, Scanlon ?

— C'est vous le patron, maintenant, à ce qu'on dit ?

— Oui, c'est moi.

Scanlon tendit le plateau-repas que fournissait le Bluebird Café moyennant soixante-quinze *cents*.

— Regardez-moi cette bouillasse, shérif. Reniflez un peu cette cochonnerie.

Joe Bain inspecta du regard le plat peu ragoûtant.

— On dirait du vomis de chien, déclara-t-il.

---

* Le terme « slough », qui signifie littéralement « marais » ou « marécage », est en fait le nom local donné à la multitude de cours d'eau pittoresques qui quadrillent la région du Delta, où se rejoignent trois rivières : la Sacramento, la San Joaquin et la Mokelumne (*N.d.T.*)

Scanlon lui poussa le plateau sous le nez.

— Alors, dites, vous trouvez que c'est mangeable, ça ?

— Ma foi, je n'en sais rien. Je n'ai jamais vraiment mangé de vomis de chien.

— Même un prisonnier a des droits, déclara solennellement Scanlon. J'ai rouspété du temps de Cooch. Il m'a dit que je n'étais pas ici en cure de repos. Bon, je ne demande pas qu'on me serve un gros steak, mais je n'ai pas mérité de crever de faim.

— J'ai autre chose à faire que de m'occuper de régimes spéciaux pour des obsédés de la bouffe, mais je t'enverrai Mrs Rostvolt, tu pourras en discuter avec elle.

— Laissez tomber, dit Scanlon. Je vais crever tout doucement dans mon coin, sans faire d'histoires.

Joe retourna dans son bureau, où il resta un moment à réfléchir. Puis il se rendit dans le bureau de réception. Autant faire le sale boulot sans attendre.

Mrs Rostvolt était assise derrière le comptoir. Elle était arrivée dix-huit ans plus tôt, une jeune femme à la voix douce et à la poitrine abondante, qui avait une façon particulière d'écarquiller les yeux quand on lui adressait la parole. Les années écoulées n'avaient pas été tendres avec elle : les formes voluptueuses s'étaient empâtées, et au lieu de lancer des œillades coquines, elle décochait à présent des regards furibonds.

— Mrs Rostvolt, dit courtoisement Joe, le premier changement que je veux apporter concerne le Bluebird Café. Je n'oserais même pas offrir à une hyène les cochonneries que ces gangsters nous concoctent.

— Le prix des denrées alimentaires grimpe, déclara Mrs Rostvolt en regardant par la fenêtre. Pour soixante-quinze *cents*, ils ne peuvent pas fournir un très bon repas.

— Ils n'ont qu'à envoyer le repas qu'ils servent aux représentants de commerce, et qui ne coûte que soixante-quinze *cents*. Qu'est-ce qui les en empêche ?

— Je n'en sais strictement rien.

— Bon, à partir de maintenant, vous ferez venir les repas de Chez Rupe.

Sans prononcer un mot, elle tendit la main vers le téléphone et Joe réintégra son domaine. Mrs Rostvolt devait probablement se faire une ristourne de cinq dollars par semaine, pensa-t-il. Même les prisonniers étaient au courant. La patronne du Bluebird était Mrs Renee Adams. Rupert et Mary Rampold tenaient le restaurant Chez Rupe. Comme il allait certainement perdre le vote de Mrs Adams, il valait mieux s'assurer que Rupert et Mary sachent exactement à quoi s'en tenir.

Il sortit et traversa Montalvo Square pour se rendre Chez Rupe. Il s'installa sur une banquette, et le patron sortit de sa cuisine pour venir le saluer en personne.

— Félicitations, Joe, pour votre nouveau poste. J'espère que tout ira bien pour vous.

— Les nouvelles vont vite, à ce que je vois. Il n'y a que deux heures que je le sais. Au fait, Mrs Rostvolt vous a appelé ?

— Non, fit Rupe prudemment. De quoi s'agit-il ?

— J'ai décidé de changer de fournisseur pour les repas. Le Bluebird vend vraiment de la saloperie. Je voudrais que ce soit Mary et vous qui preniez le relais.

— Tiens, tiens, fit Rupe de plus en plus circonspect. Ça me fait plaisir, bien sûr. Nous ferons naturellement de notre mieux pour vous donner toute satisfaction.

— C'est très simple. Cinquante *cents* pour le petit déjeuner, soixante-quinze pour le déjeuner et autant pour le dîner. Je tiens à ce que vous preniez votre bénéfice et que vous mettiez tout le reste dans la nourriture. Vous voyez ce que je veux dire ? Pas de petits cadeaux, pas de faveurs. Une qualité honnête à prix honnête, c'est tout.

— Shériff, j'aime bien votre façon de raisonner. Je suis sûr que nous pourrons vous fournir quelque chose de bien.

— Parfait. Si quelqu'un vous fait des ennuis, prévenez-moi. Je me porte candidat pour novembre et je tiens à bien démarrer ma campagne.

— Je le ferai savoir, Joe, comptez sur moi.

Quand Joe revint à son bureau, Charley Blankenship l'y attendait.

Chapitre II

Charley Blankenship semblait ne jamais changer. C'était un vieil homme au teint pâle et au visage chevalin, grand avec de longs bras et de longues jambes. Il avait des cheveux gris très fins, des yeux bleus larmoyants et des lèvres molles. Il possédait une cerisaie de vingt hectares ainsi qu'une maison blanche à étage dans Destin Road, au sud de Marblestone, ce qui lui permettait de mener une existence de gentleman-farmer. Joe Bain avait l'impression de l'avoir toujours connu. Au mois de mai, un des passe-temps favoris de la jeunesse locale était de chaparder ses cerises. Joe avait encore en mémoire ce visage blême guettant les gamins au milieu des rangées d'arbres. Il avait un fusil de chasse chargé de gros sel, et un jour, il avait tiré sur son neveu Walt Hobius. L'opinion publique était divisée sur ce point : l'avait-il reconnu ou non ? Walt pensait que oui, bien que Charley eût affirmé le contraire à la mère du garçon. Depuis dix ans, il louait les vingt hectares à une famille de Japonais qui, à la saison des cerises, surveillait les lieux avec encore plus de vigilance que Charley.

Aujourd'hui, il portait un pantalon de velours côtelé marron foncé, des chaussures noires à gros bouts arrondis et une veste en jean.

— Bonjour, Mr Blankenship, dit Joe. Que puis-je pour vous ?

Charley Blankenship dévisagea Joe d'un air soupçonneux.

— Je suis venu voir le shériff.

— Le shériff Cucchinello ? Il est mort avant-hier. Je le remplace jusqu'à la fin de son mandat. J'espère continuer de remplir ces fonctions après les élections.

— Je vois. Eh bien…

— Vous ne me reconnaissez pas ? s'écria Joe en riant. Je suis Joe

Bain. Vous m'avez chassé bien des fois de votre verger.

Charley Blankenship manifesta un étonnement peu flatteur pour son interlocuteur.

— Hein ? Joe Bain ?

— Mais oui.

— Quand je pense à la façon dont vous vous comportiez… J'ai toujours pensé que vous finiriez en prison. C'est vraiment un drôle de monde…

— Asseyez-vous, Mr Blankenship. Tout est encore en désordre, n'y faites pas attention. Dites-moi ce que je peux faire pour vous.

— Je suppose que vous vous souvenez d'Ausley Wyett, dit Charley après avoir installé ses vieux os dans un fauteuil.

— Comment aurais-je pu l'oublier ?

— Eh bien, il y a de cela une semaine environ, il a été libéré sur parole. Vous étiez au courant ?

— Le shériff Cucchinello m'en avait touché deux mots.

— Je ne sais pas comment ces choses-là s'organisent, mais c'est un fait. Il habite de nouveau dans sa vieille bicoque, en toute impudence. (Charley hocha la tête d'un air réprobateur.) Après tout ce qui s'est passé, je ne comprends pas qu'il ait le culot de se montrer.

— C'est son droit, j'imagine, du moment qu'il se conduit correctement.

— Là-dessus, je ne dis ni oui ni non. Mais n'empêche, nous sommes ses voisins immédiats, et ma femme est souvent seule à la maison.

Charley fouilla dans sa poche et en retira une enveloppe.

— Tenez, c'est pour ça que je suis venu.

Joe sortit de l'enveloppe une feuille de papier bon marché qui comportait quelques lignes tapées à la machine et une signature griffonnée et soulignée d'un gros trait :

Cher Monsieur,

Je viens de sortir de prison où j'ai passé seize longues années. Je pourrais écrire un livre entier sur les terribles expériences que j'y ai vécues. Comment envisagez-vous de me dédommager de tout cela ? J'attends votre réponse avec le plus grand intérêt.

Votre dévoué

Ausley L. Wyett

Joe Bain fit une moue pensive. Blankenship guettait ses réactions en bouillant d'indignation. Il finit par exploser :

— On ne peut rien faire pour mettre fin à de pareils procédés ? Ce sont des menaces, du chantage !

— Ce ne sont pas des menaces, dit lentement Joe. Ce n'est pas non plus une lettre anonyme, puisqu'il l'a signée. On pourrait dire qu'il manque de bon sens, mais il n'y a pas de loi qui lui interdise de vous écrire.

Blankenship prit un air outragé.

— Comment ? Voilà un homme libéré sur parole, et la première chose qu'il s'empresse de faire, c'est de m'envoyer une lettre pareille ?

— Je comprends vos sentiments, Mr Blankenship, mais pour l'instant, il n'a rien fait d'illégal. Il vous pose une question : comment envisagez-vous de le dédommager de ces années qu'il a passées en prison ? Je suppose que vous n'avez nullement l'intention de le faire ?

— Certainement pas !

— Si vous voulez, vous pouvez lui écrire en ce sens, et la question sera réglée.

Charley Blankenship s'agita dans son fauteuil, avec une expression de dégoût et d'impatience.

— En voilà, une idée ! Je suis venu ici dans l'espoir que le shériff saurait mettre de l'ordre à tout ça.

Joe se demanda ce que Cucchinello aurait fait à sa place. Il aurait probablement manifesté encore plus d'indignation que Charley et promis la lune, et sitôt le plaignant parti, il aurait oublié toute l'affaire. Neuf fois sur dix, ce genre de situation ne nécessitait rien de plus. Ce qui, au pire, signifiait neuf voix pour Ernest Cucchinello et une pour le candidat adverse. Joe pensa tristement que certains talents de l'ancien shériff lui faisaient défaut. Il se frotta le menton.

— Je ne me souviens plus bien du procès. Pourquoi Ausley Wyett s'adresserait-il ainsi à vous ?

— J'ai témoigné contre lui.

— Je suis sûr que vous avez dit la vérité, fit Joe en lui jetant un regard inquisiteur.

— Évidemment. J'ai juré de dire la vérité, toute la vérité, rien que la vérité, avec l'aide de Dieu, et c'est exactement ce que j'ai fait, ni plus ni moins.

— Hmm. Avez-vous vu Ausley ?

— Seulement de loin. Il fait des travaux autour de la vieille bâtisse. Depuis la mort de Jake Wyett, il y a eu des locataires, et tout est en mauvais état.

— Il faut dire que la maison n'a jamais vraiment été un palais. Qui d'autre a témoigné au procès ? Cole Destin n'était-il pas également impliqué ?

— Oui. Cole, Bus Hacker et, voyons voir… Oliver Viera. Il y avait aussi un certain Willis Neff qui habite dans le haut de Mitre Canyon Road.

— Est-ce que quelqu'un d'autre a reçu une lettre ?

— Ça, je ne sais pas.

Joe décrocha son téléphone et composa le numéro d'Oliver Viera, Agence immobilière & Assurances, à Marblestone. Au bout du fil, une voix se fit entendre :

— Agence immobilière de Fox Valley.

— Salut, Oliver. C'est Joe Bain. Je t'appelle du bureau du shérif.

— Joe ! (La voix d'Oliver avait une cordialité toute professionnelle.) Heureux de t'entendre. Qu'est-ce qui me vaut le plaisir ?

— Tu es au courant, pour Cucchinello ?

— J'ai appris qu'il était mort, c'était dans le journal. C'est dommage. Il était très populaire, ce vieux bonhomme. À vrai dire, il n'a jamais fait grand-chose à part recevoir gentiment les gens, mais apparemment, ça leur plaisait. Qui occupe le poste, maintenant ?

— Moi.

— Toi !

— À titre temporaire, jusqu'à l'élection, répondit Joe en réprimant un léger agacement. Et après, qui sait ?

— Tu songes à te présenter ?

— J'y ai réfléchi, et je pense que je peux faire le boulot. C'est juste pour les relations publiques que j'ai des doutes. Mais là, je t'appelle pour une affaire confidentielle.

— Vas-y, je n'ai rien à cacher.

— Tu sais qu'Ausley Wyett est sorti de prison.

— Oui, fit Oliver d'une voix soudain réservée.

— Je me demandais s'il était entré en contact avec toi.

Oliver hésita.

— Heu, disons... rien qui vaille la peine d'en parler.

— C'est-à-dire ?

— Ausley a été libéré sur parole, fit Oliver d'une voix toujours hésitante, et je ne voudrais pas gâcher ses chances. Malgré tout ce qui s'est passé.

— C'est une question que je te pose à titre privé, juste pour mon information personnelle.

— Eh bien, voilà : la vérité, c'est que j'ai reçu un petit mot de lui. Je n'en ai parlé à personne, même pas à Connie, parce que... bon, tu connais Ausley. Toujours un peu bizarre. Je n'ai jamais pensé qu'il avait de mauvaises intentions.

— La gamine a été tuée d'une façon abominable.

— Oui, pauvre petite Tissie... La lettre disait à peu près ceci : « Je suis resté seize ans en prison, ça a été très dur, comment envisages-tu de réparer ? » Je n'y ai rien compris. Je me suis dit que ça devait être encore une idée baroque à la Ausley, et je n'y ai plus pensé.

— Tu ne lui as pas répondu ?

— Non. Mais hier, je suis allé jusqu'à la vieille maison des Wyett, pensant qu'Ausley serait peut-être disposé à vendre. Il n'a pas voulu en entendre parler. Tu te souviens de sa façon de pencher la tête de côté en clignant des yeux ? Il n'a pas changé. Toujours aussi bizarre. Je lui ai demandé sur le ton de la plaisanterie ce que signifiait sa lettre. Il a éclaté de rire et m'a dit de faire ce qui me semblerait juste. Je lui ai répondu que c'est ce que j'avais fait il y a seize ans. Ausley a rétorqué que lui, il lui avait fallu seize ans pour se remettre des conséquences de mes bonnes intentions. J'ai laissé tomber.

— Très bien. Merci beaucoup, Oliver.

Joe Bain raccrocha. Charley Blankenship se pencha vers lui et Joe se recula pour éviter l'haleine fétide du vieil homme.

— Il a reçu une lettre, lui aussi ?

Joe fit oui de la tête, puis après une minute de réflexion :

— Il faut que j'aille du côté de Marblestone, cet après-midi. Je pourrais en profiter pour aller discuter un peu avec Ausley.

Il se leva, mais Charley se contenta de le regarder avec une insistance bovine. Joe se rassit. Encore un problème qu'il n'avait jamais eu à affronter en tant qu'adjoint du shérif : comment se débarrasser d'un électeur sans risquer de perdre son vote ? Cucchinello, lui, n'avait jamais eu ce souci. Il était prêt à bavarder pendant des heures avec tous ceux qui venaient le voir. C'était peut-être ce qu'il fallait pour se faire élire.

— Ça fait seize ans qu'il y a eu ce procès, reprit Blankenship d'un air songeur, et j'ai l'impression que c'était hier. Bon sang ! Comme le temps passe !

— Vous avez mentionné Bus Hacker. C'est toujours lui qui conduit le car de ramassage scolaire ?

— Il a un problème cardiaque, et on l'a obligé à arrêter. Sans ça, il serait encore au volant, déclara Charley avec un hochement de tête admiratif. C'est un gars qui ne lâche pas facilement.

— Il a toujours été comme ça. Vous, Bus Hacker, Cole Destin, Oliver Viera, et qui d'autre encore ?

— Neff, et puis Tommy Hobius qui s'est fait tuer outre-mer. C'était le petit ami de la jeune Tissie. Et May Destin – qui s'appelait à l'époque May McAllister – devait aussi témoigner, mais je ne me souviens pas qu'on l'ait fait venir à la barre.

Joe, la nuque posée sur le dossier de son fauteuil, repensa à toutes ces années.

— Je n'ai pas revu May depuis que j'ai quitté Marblestone, déclara-t-il. C'était une bien jolie fille… Comme Tissie, d'ailleurs.

— On aurait dû le lyncher, dit Blankenship. On abat bien les chiens enragés, et on devrait réserver le même sort à un gars comme ça. Et le voilà de retour, la tête haute. (Ses yeux lançaient des éclairs.) Ce n'est pas juste. Et pour couronner le tout, il m'écrit cette lettre.

— Soyez certain que je vais m'en occuper, Mr Blankenship, je suis là pour ça. Mais, à votre place, je ne m'inquièterais pas trop, je ne crois pas qu'il y ait lieu de se mettre dans tous ses états.

Charley lança, de ses prunelles jaunâtres, un regard d'une malveillance qui laissa Joe pantois, venant d'un vieillard aux yeux chassieux et aux joues flasques. Je viens de perdre une voix, se dit-il avec inquiétude.

— Je vais vraiment m'en occuper, répéta-t-il. Soyez tranquille, Mr Blankenship. Ma conviction est qu'il faut battre le fer *avant* qu'il soit chaud. Comme ça, personne ne risque de se brûler.

Et sur ce, il se leva brusquement. Blankenship se souleva péniblement de son siège et dit avec irritation :

— Si je ne peux pas aller voir le shériff pour parler de mes problèmes, alors je ne vois pas à qui d'autre m'adresser…

— Vous avez eu raison de venir me trouver, Mr Blankenship, parfaitement raison. Je vais faire tout mon possible pour votre affaire, dès maintenant et aussi après l'élection si je suis élu.

Sourire glacial de Blankenship, qui demanda :

— Qui se présente contre vous ?

Joe eut un petit rire désinvolte.

— Tous les avocats sans clientèle et les chefs de rayon au chômage y pensent, dans notre comté.

— On aurait bien besoin d'un homme compétent à ce poste, décréta Charley Blankenship en insistant lourdement sur le mot « compétent » et en regardant Joe d'un air entendu avant de se retirer.

Joe se rendit à la réception.

— Mrs Rostvolt, je vais m'absenter un moment, sans doute pour le reste de l'après-midi.

Un simple signe de tête lui répondit. Elle m'en veut encore, se dit Joe. Cette vieille rombière, si ça ne lui plaît pas de m'avoir comme patron, elle n'a qu'à démissionner. Mais qui s'occuperait du bureau ? Mrs Rostvolt avait indéniablement son utilité.

Derrière une fenêtre en verre dépoli, à l'arrière du bureau principal, il y avait le standard où l'un des adjoints s'occupait des messages radio. La nuit, c'était Ralph Stillman, le gardien de nuit, qui en était chargé. Pour le moment, c'était Fay Insley. Joe passa la tête à la porte :

— Je file du côté de Marblestone.

— Entendu, shériff.

Joe gagna le parking, en ruminant ce « shériff » quelque peu ironique. Personne ne le prenait au sérieux, se dit-il tristement. Il n'avait sans doute pas cet air d'autorité naturelle indispensable… Machinalement, il s'était approché de la voiture 4, dans laquelle il faisait habituellement ses rondes. Il retira brusquement sa main comme si la poignée était brûlante. Qu'avait-il donc dans la tête ? Jamais il ne serait élu s'il ne commençait pas à *penser* comme un shériff. D'un pas décidé, il se dirigea vers la voiture 1, une berline toute récente avec sur le côté l'écusson doré où était inscrit *Shériff*.

Autant profiter de la belle vie tant que je peux, se dit Joe, parce que si je me présente et que je perds, le nouveau patron me virera aussitôt.

Pour sortir de la ville, il emprunta la State Highway 32 à travers une plaine cultivée, jusqu'à la petite ville de Trevis où il obliqua vers l'ouest. Il franchit le Genesee Creek sur un vieux pont de bois – en cette fin d'été, la rivière n'était plus qu'un mince filet d'eau infesté de grenouilles et bordé de bardanes, d'orties, d'aulnes et de saules. Vers l'est, le cours d'eau devenait peu à peu le Genesee Slough – un composant de ce système complexe de marais, d'étangs et de chenaux reliant la San Joaquin River au Sacramento –, et se jetait pour finir dans la baie de San Francisco.

Le paysage changea. Des chênes massifs aux cimes arrondies se dressaient au milieu des champs de blé. Sur la gauche, des collines beiges s'étalaient en vagues successives vers le sud jusqu'à l'horizon. Devant, voilé de brume, se profilait le Coast Range avec une silhouette grise et indistincte qui était Castle Mountain.

Les collines se resserrèrent. Joe gravit Candelara Creek Road. Des sapins rabougris et des pins noueux poussaient le long des crêtes. Au fur et à mesure, les arbres devinrent plus sombres et plus grands. Après avoir contourné une butte revêtue d'un manteau de sapins, la route pénétra dans Fox Valley, puis après encore quelques centaines de mètres, ce fut Marblestone.

Aux abords de la ville, Joe avisa une station-service assez miteuse et s'arrêta devant le casier de lubrifiants. Un homme noiraud au profil busqué, à peu près du même âge que lui, était assis dans le bureau en train de lire son journal. C'était Walt Hobius, le neveu par alliance de Charley Blankenship. Walt était légèrement plus petit que Joe, aussi mince et avec un teint aussi brun, mais d'un tempérament beaucoup plus nerveux. Avec ses cheveux noirs bouclés, Joe lui trouvait un petit air de Napoléon. Il avait de larges pommettes et des joues creuses, comme aspirées de l'intérieur. Ses yeux marron, presque noirs, étaient arrondis sous des sourcils perpétuellement froncés, comme sous l'effet d'une concentration intense. Sa petite bouche délicate formait un contraste saisissant avec son nez en bec d'aigle et son menton pointu.

Ils bavardèrent un moment tous les deux, et Walt montra la vieille

Plymouth de Bus Hacker dans laquelle, à l'en croire, Ausley Wyett avait versé de l'eau pour se venger. Puis Joe prit congé pour gagner le centre-ville, où il se gara devant le Bazar & Alimentation générale de Fritz Hunsacker.

Chapitre III

Le shériff Joe Bain resta un moment sous le grand chêne à contempler la portion supérieure de Destin Road. Le vent faisait se balancer le sommet des peupliers qui se dressaient près de la maison de Hacker, comme il l'avait toujours fait. Au-delà, au bout de Destin Lane, s'élevait un rideau noir de cyprès d'Italie qui cachait presque entièrement la maison des Destin. Un pickup GM passa derrière Joe et s'arrêta. Deux femmes, visiblement la mère et la fille, en descendirent et entrèrent faire leurs courses. La mère était mince, musclée, vive, dans les quarante-cinq ans. Ses cheveux d'un blond gris tombaient en boucles éparses. Elle était vêtue d'une coquette robe en cotonnade bleue et blanche. La fille avait vingt-trois ou vingt-quatre ans, un peu plus grande que la moyenne, avec une jolie silhouette élancée et gracieuse. Son visage était harmonieux et son teint légèrement doré. Ses yeux, quand elle regarda furtivement Joe, étaient bleus comme l'océan. Ses cheveux, plus fournis et plus beaux que ceux de sa mère, étaient coiffés avec naturel : courts sur le devant, plus longs sur les côtés et sur la nuque. Elle portait un chemisier blanc, une jupe en jean foncé et des espadrilles bleues. Doux Jésus ! songea Joe. En voilà, une jolie fille ! Qui ça peut bien être ? Il les suivit dans le magasin. La mère lui jeta un bref coup d'œil indifférent. La fille, un regard en coin de ses yeux clairs.

Fritz fit un signe amical de la main. Il était court sur pattes et grassouillet, avec un visage rond, un crâne chauve mais une abondante frange de cheveux gris.

— Salut, Joe ! Alors, il paraît que ce vieux Cucchinello a avalé son sifflet ? Qui est le nouveau boss ?

— C'est moi. On m'a infligé cet honneur.

— Ça, par exemple, il faut s'attendre à tout ! s'écria Fritz et, s'adressant aux deux femmes qui étaient en train de charger leurs emplettes dans un chariot, il ajouta : Vous vous rendez compte ? C'était le pire des voyous de cette ville quand il était jeune… et le voilà shérif, maintenant. C'est incroyable !

— Pas encore shérif, rectifia Joe. J'assure seulement l'intérim. Présente-moi, veux-tu ?

— Bien sûr. Voici Mrs Neff…

— Mrs Willis Neff ?

— Oui, Mrs Willis Neff, et Miss Ellie Neff, la plus jolie fille à des lieues à la ronde. Mr Joe Bain, originaire de Castle Mountain et à présent shérif du comté de San Rodrigo.

— Je serai candidat aux élections de novembre, et vos voix me seront précieuses, dit Joe.

Mrs Neff eut un sourire dubitatif et reporta son attention sur les rayonnages. Ellie lui adressa un long regard appuyé dont il ne saisit pas très bien la signification.

Fritz, lui, s'occupait d'un autre client. Joe alla prendre dans la vitrine réfrigérée une bouteille de root-beer qu'il but à petites gorgées.

Neff mère et fille poussèrent leur chariot vers la caisse. Fritz fit leur compte et rangea leurs achats dans un carton. Sur une affichette accrochée au comptoir, on pouvait lire cette annonce écrite à la main :

GRANDE VENTE DE CHARITÉ

et

DÎNER À LA FORTUNE DU POT

Sous les auspices de l'Église méthodiste et de l'Église baptiste

Prix – BINGO – Prix
Distribution gratuite de café
Entrée : 25 *cents*

– *Venez nombreux* –

SAMEDI 8 SEPTEMBRE 20 HEURES

CENTRE CULTUREL ET SOCIAL DE FOX VALLEY

Fritz indiqua le papier d'un signe de tête :

— Alors, mesdames, vous avez l'intention d'y aller ?

— Oh, oui, assura Mrs Neff. Pour rien au monde nous ne manquerions la fête paroissiale. Ellie tient un stand.

— Je crois que je vais y passer un moment, dit Fritz. Et toi, Joe ?

— Je pourrais bien aller y faire un tour, dit Joe qui s'approcha au moment où Ellie allait se charger du carton d'épicerie. Laissez-moi porter ça, on dirait que c'est drôlement lourd.

Ellie s'écarta et Joe porta le carton jusqu'au pickup. Il en ouvrit galamment la portière pour Mrs Neff qui y grimpa avec l'agilité d'un moineau. Ellie se glissa derrière le volant et mit le moteur en marche. Avant de refermer la portière, Joe demanda :

— Votre mari est-il chez vous en ce moment, Mrs Neff ? J'aimerais lui parler deux minutes.

— Oui, il est à la maison.

— Alors, je passerai un peu plus tard.

Il claqua la portière. Ellie embraya et le pickup s'éloigna. Joe retourna dans le magasin.

— Drôles de gens, dit-il à Fritz. On dirait que cette femme a peur de son ombre. (Il jeta une pièce sur le comptoir.) Je te dois une rootbeer.

— Elle n'a jamais grand-chose à dire, expliqua Fritz en encaissant. Elles ne se mêlent pas beaucoup aux autres.

— En tout cas, la fille est sacrément mignonne. Elle a un fiancé, ou quelque chose comme ça ?

— Non, rien. Son père les envoie tous balader. Le meilleur moyen de se faire botter les fesses, c'est d'aller faire la cour à Ellie. Bob Richards a tenté sa chance. Neff lui a dit de déguerpir. À l'église, Bob a essayé de fixer un rendez-vous avec elle. Neff l'a arrêté sur la route et lui a ordonné de laisser tomber, et c'est ce qu'il a fait. Walt Hobius a essayé, lui aussi : il est allé deux fois chez eux. Neff a tourné autour du pot, et a fini par dire qu'il ne voulait pas qu'on courtise sa fille à moins qu'on n'ait des intentions sérieuses. Walt a répondu qu'il ne pouvait pas savoir si ses intentions étaient sérieuses avant d'avoir eu l'occasion de faire mieux connaissance avec elle. La discussion a dégénéré et Neff lui a flanqué une bonne volée. Un étudiant qui travaille à la compagnie du téléphone a voulu se mettre sur les rangs, Neff lui en a vite fait passer l'envie. Attends voir... Qui d'autre ? Herman Jacobs, de Feil Valley, a parlé à Neff sur un ton qui ne lui a pas plu. Il a reçu un coup de poing qui l'a projeté de l'autre côté de Main Street.

— Alors, comme ça, cette pauvre fille ne sort jamais ?

— Uniquement pour aller à l'église ou pour faire des courses, comme tu viens de le voir. Ce Neff, c'est vraiment un baptiste pur et dur comme autrefois.

— Il y a vraiment de drôles de gens sur terre.

— À qui le dis-tu !

Fritz sortit de sa vitrine réfrigérée deux cannettes de bière. Il les ouvrit et en tendit une à Joe.

— Allez, buvons au bon vieux temps. En fait, il n'était pas mieux qu'aujourd'hui, mais nous étions beaucoup plus jeunes.

— Il y a des jours où j'ai l'impression d'avoir cent ans. (Joe but une bonne gorgée et ajouta :) Quoi de neuf en ville ?

— Oh, pas grand-chose. Millie Hacker est morte l'automne dernier, mais ça, tu le sais sans doute déjà.

— Non, première nouvelle. Le vieux Bus vit tout seul ?

— Oui. On ne le voit guère. Le cœur qui fait des siennes, ou quelque chose de ce genre. Je me demande de quoi il vit. De sa pension d'ancien combattant, sans doute. Cole Destin ne lui fait pas payer de loyer, et il lui donne tout le lait dont il a besoin.

— Cole peut se le permettre. Il a combien de têtes de bétail, maintenant ?

— Sept ou huit cents, je crois. Peut-être plus. Il a acheté pas mal de bonnes terres le long de Mission Road, ces dernières années, mais il les a toutes louées aux Japs.

— Ils en tireront plus que n'importe quel Blanc.

— Ils sont durs au travail, c'est un fait.

— J'ai entendu dire, lança Joe après avoir vidé sa cannette, qu'Ausley Wyett est de retour en ville.

— Oui, et il ne se cache pas. Il est venu au magasin deux ou trois fois, absolument comme si de rien n'était.

— Il a plus de cran que moi, déclara Joe. Bon, il est temps que je file. Par où je dois aller pour trouver Willis Neff ?

— Tu remontes Mitre Canyon Road sur sept ou huit kilomètres. Tu verras sa boite aux lettres.

Joe prit Destin Road vers le sud, puis il tourna dans Mitre Canyon Road, vers l'ouest. Les collines s'élevaient en pente raide. Sous les bosquets de séquoias et de sapins, l'ombre était froide et humide. Au bout de six kilomètres, Joe aperçut une jolie maison blanche entourée d'un jardin où poussaient en masse des roses trémières. Plus loin, sur la droite, il y avait une grange blanchie à la chaux, un bâtiment long et bas qui servait de laiterie, une pièce où se trouvait l'écrémeuse avec un quai pour le chargement des bidons de lait, et enfin un poulailler. Joe s'engagea dans l'allée. Un homme, sûrement Neff, était au travail à côté du quai. Il leva simplement les yeux avant de poursuivre sa tâche. Quand Joe descendit de voiture, un chien noir et blanc accourut en aboyant. Neff le calma d'un mot et dévisagea le nouveau venu avec froideur, de ses yeux d'un bleu très pâle.

— Mr Neff ? demanda Joe poliment.

L'homme acquiesça.

— Je suis le shériff Joe Bain. Enfin, je devrais dire par intérim, jusqu'aux élections.

— Bonjour. Je ne vous serre pas la main, j'ai du cambouis partout. (En effet, il était en train de remplacer les balais d'un moteur électrique.) Bain, vous dites ? Il y avait autrefois des Bain à Castle Mountain. Blacky Bain, il s'appelait. À ce qu'on m'a dit, il s'est fait poignarder dans une salle de billard au Mexique.

— Oui, c'était mon père.

— Ça, ce n'est pas banal. (Neff posa son tournevis et s'essuya les mains avec un chiffon avant de demander :) Qu'est-ce qui vous amène par ici ?

— Je suis venu pour deux raisons. Je vais commencer par la raison personnelle : je suis candidat au poste de shériff pour les élections de novembre, et je serais très heureux que vous votiez pour moi. Je me crois capable de faire du bon boulot. Je connais le comté comme ma poche, et j'ai l'intention de faire marcher mes services avec honnêteté et efficacité.

— Vous pouvez être sûr que je garderai ça à l'esprit.

— Ensuite, je viens vous demander de me fournir une information strictement confidentielle, sans que je sois vraiment habilité à le faire.

Les yeux bleus de Neff prirent un éclat encore plus glacial.

— Quel genre d'information ?

— Vous savez qu'Ausley Wyett a été libéré sur parole ?

— Oui, je sais.

— Ma question est la suivante : avez-vous reçu un message de lui ?

— Oui. Inutile de me demander ce qu'il a écrit. J'ai l'intention de parler de cette lettre en privé avec Wyett.

Et Neff se pencha de nouveau sur son moteur. Joe l'observa un instant. Un homme froid, rude, passionné.

— Ma foi, c'est votre affaire, dit-il enfin. Mais juste pour ma gouverne, dites-moi simplement s'il vous a écrit quelque chose du genre : « Cher Mr Neff, seize ans en prison, c'est très long. Que comptez-vous faire pour me dédommager ? »

Pas de réponse. Joe haussa les épaules.

— Bien évidemment, c'est vous que ça regarde, Mr Neff. Mais juste pour vous éviter de faire quelque chose d'inconsidéré, je préfère vous prévenir que d'autres que vous ont reçu la même lettre.

— Il me semble, déclara calmement Neff, que ces lettres sont en violation avec sa libération sur parole. Il me semble qu'on devrait le réexpédier en prison.

— Allons, Mr Neff, rétorqua Joe en riant, de quoi est-il coupable ? Ses lettres ne sont pas menaçantes. Elles ne sont même pas anonymes.

— Je ne me fais pas de souci. Si Ausley Wyett fait le moindre faux pas…

Il serra les mâchoires et se remit à son travail.

— Écoutez, Mr Neff, si j'étais vous, je ne me laisserais pas emporter par la colère. Ce n'est pas…

— Quand j'aurai besoin d'un conseil, shérif, je n'hésiterai pas à le demander, dit Neff en fixant Joe d'un regard reptilien.

Joe ne se laissa pas démonter. Il jeta un coup d'œil autour de lui.

— Une bien jolie propriété que vous avez là.

— Ni plus ni moins que les autres aux alentours, répondit sèchement Neff. Vous m'excuserez, mais il faut que je remette en place ce moteur dans l'écrémeuse avant l'heure de la traite.

* * *

Joe redescendit Mitre Canyon Road. Parmi les témoins à charge du procès d'Ausley Wyett, il lui restait encore à voir Bus Hacker et Cole Destin.

En approchant de l'intersection de Mitre Canyon Road et de Destin Lane, il remarqua un homme qui clopinait sur le bord de la route, l'air buté et furieux. Après avoir franchi le carrefour, Joe le reconnut : c'était Bus Hacker.

Il tourna dans Destin Lane et s'arrêta devant la haute palissade blanche. Bus Hacker avait déjà franchi la barrière et s'avançait sur le chemin dallé menant à la terrasse de sa maison.

— Mr Hacker ! le héla Joe.

Bus se retourna brusquement. C'était un petit homme au faciès de bouledogue, avec des poches sous les yeux et des bajoues. Il était vêtu d'un pantalon gris taché et d'une chemise en flanelle rouge foncé, et coiffé d'une casquette de base-ball d'où s'échappaient quelques mèches grises hirsutes. Son visage était marbré, et il semblait vieux, fatigué et mécontent.

Joe poussa la barrière à son tour et entra dans le jardin dont Millie était autrefois si fière, et qui semblait aujourd'hui laissé à l'abandon.

— Bonjour, Mr Hacker. Vous vous souvenez de moi ? Joe Bain !

Bus Hacker lui lança un regard soupçonneux.

— Joe Bain, hein ? Qu'est-ce que vous voulez ? demanda-t-il d'un ton grincheux et irrité. (Son regard se fit plus incisif.) C'est vous qui m'avez fait dire de vous retrouver en ville ?

— Moi ? Non, pas du tout.

— Alors, c'est sacrément bizarre. A-t-on idée de faire des blagues pareilles à un vieil homme malade ? Ça fait déjà deux fois. C'est franchement honteux. Quelqu'un a versé de l'eau dans mon réservoir d'essence, et ma batterie est morte quand j'ai essayé de démarrer. Qu'est-ce que vous dites de ça, hein ? ajouta-t-il en foudroyant Joe du regard.

— C'est évidemment une méchante blague. Vous avez une idée de qui a pu faire le coup ?

— Non, aucune. Je l'aurais fait mettre sous les verrous. Et ce bon à rien de Walt Hobius qui me fait lanterner avec ses promesses, si bien que j'ai dû faire l'aller-retour à pied pour rien. Qui est capable d'une pareille saloperie, à votre avis ?

— Je n'en ai pas la moindre idée, Mr Hacker.

— Ça me met hors de moi. J'ai déjà assez à penser avec mes problèmes de santé.

— Qu'est-ce qui vous est arrivé, au juste ?

— Quelqu'un m'a téléphoné pour me dire qu'une lettre officielle importante m'attendait au bureau de poste, et qu'il fallait que j'aille signer un reçu. Et là-bas, personne n'avait jamais entendu parler de cette lettre. Qu'est-ce que vous dites de ça ?

— Oui, c'est vraiment une blague idiote.

— C'est ce que je pense aussi. Vous aviez quelque chose à me dire ? Je suis épuisé et il faut que j'aille me reposer.

— Je serai bref. Je me demandais si vous aviez eu l'occasion de parler à Ausley Wyett depuis son retour.

— Non, et je n'en ai aucunement l'intention, s'exclama Hacker en frémissant d'indignation. Un individu qui a…

— Vous n'auriez pas reçu une lettre de lui, par hasard ?

— Une lettre d'Ausley Wyett ? Je ne sais pas. Je n'ai pas encore ouvert mon courrier. Rien que des factures ou des prospectus, de toute façon. La semaine dernière, figurez-vous qu'on a voulu me vendre des cours de danse.

— Ça vous ennuierait d'y jeter un coup d'œil maintenant ?

— Ausley Wyett n'a aucune raison de m'écrire. Je ne veux rien avoir à faire avec lui. Dans son propre intérêt, il aurait mieux fait de rester en prison.

Joe fronça les sourcils.

— Que voulez-vous dire par là ?

— Peu importe ce que je veux dire. D'abord, en quoi ça vous regarde, hein ? Vous êtes qui, déjà ?

— Je suis le shériff.

— Tiens, je croyais que vous étiez Joe Bain.

— Je suis le shériff intérimaire Joe Bain.

Bus Hacker secoua la tête avec amertume.

— Il se passe des choses vraiment pas normales dans le coin. Un salopard cherche à me démolir la santé, et je veux que ça s'arrête.

— Soyez sûr que je vais faire de mon mieux, Mr Hacker. Vous pouvez regarder, pour cette lettre ?

En bougonnant, Bus Hacker se retourna et examina les marches de la terrasse comme si elles lui lançaient un défi.

— Bon, je vais aller voir. Peut-être bien que j'ai reçu une lettre.

Il racla ses semelles sur un décrottoir en fer avec un soin qui dénotait une longue pratique – en son temps, Millie Hacker avait été une maîtresse de maison hors pair –, puis il gravit péniblement les marches. Une fois sur la terrasse, il s'essuya de nouveau les pieds sur une grille en fer et sortit de sa poche un énorme trousseau de clés. Tout en cherchant la bonne, il déclara :

— Ces marches sont chaque jour un peu plus raides. Dès que j'aurai récupéré mes forces, je m'en vais arranger tout ça. Je vais faire faire une jolie terrasse dallée avec un barbecue. Tant pis pour la dépense !

Il ouvrit la porte-moustiquaire, mais au moment d'introduire la clé dans la serrure, il se plia en deux. Une convulsion le secoua et il s'écroula. Joe bondit pour le rattraper, mais trop tard. Bus Hacker roula au bas des marches et atterrit sur la nuque, ce qui fit valser sa casquette de base-ball. Il resta à terre, haletant, suffoquant. Son visage avait pris une teinte de pastèque rose vif assez alarmante. Il agita une main, toussa, remua les lèvres... Joe se pencha sur lui.

— Ô Seigneur, marmonna Bus Hacker, j'implore Votre miséricorde, Dieu Tout-Puissant...

Joe approcha son oreille encore plus près, mais la langue de Bus Hacker était maintenant agitée de tremblements, et il ne tenait plus que des propos décousus :

— ... Des années et des années dans cette maison... Une lettre à la poste... Rien dont je sois sûr... Dieu Tout-Puissant...

Il poussa un soupir et ses paupières se mirent à battre rapidement, ne laissant entrevoir que le blanc jaunâtre de ses yeux.

CHAPITRE IV

Le shériff Joe Bain s'agenouilla sous le chaud soleil de l'après-midi. Il tâta le pouls de Bus Hacker sans réussir à percevoir le moindre battement. Dans le jardin, la chaleur était intense. Des abeilles bourdonnaient parmi les roses trémières, des moucherons voletaient et tournoyaient dans l'air.

Joe se dirigea vers la barrière et inspecta la route : personne en vue. Il remonta le chemin dallé, enjamba le cadavre et grimpa les marches de la terrasse. Il ouvrit le battant grillagé et tourna la clé qui était restée dans la serrure. Il poussa la porte et jeta un coup d'œil dans le salon. Les stores, baissés, brillaient d'une luminosité jaune dans le soleil. L'atmosphère confinée était étouffante. Il flottait une désagréable odeur de poussière, de linge sale et de nourriture rance. Joe téléphona au Dr Hesketh, le médecin légiste du comté, pour lui demander de venir rapidement. Ensuite, il inspecta la pièce. Il y avait des bibelots partout, uniformément recouverts d'une fine couche de poussière. Dans un coin, il repéra le coffre-fort de Bus Hacker, un lourd cube métallique d'une soixantaine de centimètres de côté. Un tapis d'Orient rouge élimé s'étalait sur le plancher. Canapés et fauteuils étaient assortis avec un capitonnage vert cru. Un *serape* mexicain aux couleurs vives recouvrait le canapé. Sur la cheminée, Joe trouva la lettre, ouverte. Il lut :

Cher Monsieur,
   Je suis maintenant sorti de prison, où j'ai passé seize longues années…

Joe fourra la lettre dans sa poche et ressortit. Le cadavre gisait à terre, recroquevillé en une posture grotesque. Ce spectacle le mit mal à l'aise. Il y avait quelque chose de maléfique dans l'air, une sorte de haine assouvie qu'il avait décelée sans pouvoir la contrer. Cela l'agaçait. Il avait été trop lent, trop obtus… et en ce moment, quelqu'un jubilait. Joe, qui était un homme orgueilleux, commençait à bouillonner de rage. Lui, Joe Bain, était shérif. Lui, Joe Bain, avait juré de défendre la loi et de maintenir l'ordre. Son honneur était en jeu. Toute infraction à l'ordre public était désormais un affront direct fait à sa dignité personnelle.

La question restait entière : pouvait-on vraiment parler d'infraction ? Les vaines démarches auxquelles Bus Hacker avait été entraîné étaient-elles préméditées ? Son problème cardiaque était bien connu, mais un aller-retour à pied en ville ne pouvait guère être qu'une cause d'agacement. D'un autre côté, le fait d'avoir versé de l'eau dans son réservoir indiquait une intention malveillante… Joe fronça les sourcils de frustration. Le fait était indéniable : il était impossible que le mauvais plaisant ait escompté qu'un simple tour en ville aurait raison de Bus Hacker, si c'était bien ce qu'il visait. Si on réussissait à l'identifier, pourrait-on l'accuser d'homicide ? Probablement pas. Il faudrait que l'examen médical puisse établir que cette marche à pied et la colère de Hacker étaient la cause directe de sa crise cardiaque, et une telle corrélation serait difficile à établir.

Joe retourna à l'intérieur pour prendre le *serape*. Il s'en servit pour couvrir le corps, puis il s'assit sur une marche et attendit.

Fox Valley s'étendait, paisible, sous ses yeux. À droite, au bout de Destin Lane, les noirs cyprès d'Italie semblaient monter la garde auprès de la grande demeure blanche des Destin. Devant lui, Mitre Canyon s'en allait vers l'est, le long des champs de luzerne et des noyers des McAllister, pour gravir enfin les collines brûlées de soleil jusqu'à un col où elle disparaissait.

C'était l'heure de la sortie de l'école. Quatre petits garçons descendaient la route en courant et en sautillant à cloche-pied. Derrière eux marchaient deux fillettes aux cheveux de lin, toutes pimpantes dans des robes vert et bleu. Elles se montraient très dignes, s'efforçant d'ignorer la présence des gamins qui revenaient sur elles à reculons, avec force insultes et quolibets lancés à tue-tête :

— Hou, la bêcheuse ! Hou, la chichiteuse ! Hou, les Destin, elles ont même pas de culotte !

— Si, on en a ! s'écria l'une des filles, et même qu'elles sont plus propres que les vôtres !

— Chiche ! Prouvez-le ! Je parie qu'elles peuvent pas !

Les gamins hurlèrent de rire. D'un air dédaigneux, les fillettes poursuivirent fièrement leur chemin jusqu'au carrefour, puis remontèrent dans Destin Lane. Les garçons se séparèrent, deux partant vers l'est et les deux autres vers l'ouest, toujours sur Mitre Canyon Road.

Finalement, songea Joe, rien ne change vraiment.

Le médecin légiste, le Dr William Hesketh, arriva dans une ambulance de l'hôpital du comté. Il procéda à un bref examen et fit embarquer le corps dans l'ambulance pour qu'on l'emporte à la morgue.

— J'étais en train de lui parler juste avant qu'il ne perde connaissance, expliqua Joe. Quelqu'un l'a fait aller en ville à pied sous un faux prétexte. Il en est revenu absolument furieux. Pensez-vous que cette marche à pied ait pu l'achever ?

Le médecin haussa les épaules.

— Difficile à dire. Il serait impossible de l'établir avec certitude.

— C'est bien ce que je craignais.

Une Chrysler beige, venant de Marblestone, ralentit et s'arrêta à côté de l'ambulance. Cole Destin examina un instant la situation avant de sortir de sa voiture et de pousser la barrière. Grand, bien bâti, le teint hâlé, les cheveux décolorés par le soleil, il avait un beau visage intelligent. Il portait une chemise écossaise blanc et bleu, une culotte de cheval en whipcord et des bottes. Ses yeux s'abritaient derrière de grosses lunettes de soleil gris-vert, aux verres bombés. Voyant la forme immobile allongée sur le brancard, il demanda à Joe :

— Qu'est-ce qui s'est passé ? Bus a fini par rendre l'âme ?

— Il semblerait que son cœur ait lâché d'un coup, répondit Joe d'un air grave.

— Pauvre vieux Bus. Il n'avait plus vraiment de raisons de vivre depuis la disparition de Millie. N'empêche, c'est bien triste. (Cole Destin balaya du regard le jardin, qui avait bien besoin d'être arrosé et désherbé.) Quel foutoir, dit-il en plissant le nez. Qu'est-ce qui t'amène par ici ?

— Je voulais voir Bus. Justement, j'étais en train de lui parler quand il est mort.

Cole Destin examina Joe avec une attention particulière.

— J'ai entendu dire qu'on t'avait désigné pour remplir les fonctions de shériff jusqu'aux élections.

— Je t'en prie, ne me félicite pas trop avant le mois de novembre.

— Tu te présentes pour le poste ? fit Destin, visiblement surpris.

— Oui, j'ai déposé ma candidature, dit Joe en montrant son formulaire. Je peux peut-être compter sur ton parrainage ?

Destin fronça les sourcils.

— Eh bien, Joe, tu sais sans doute que je n'ai jamais été un grand partisan de Cucchinello. En fait, Lee Gervase m'a inscrit sur sa liste.

— Cucchinello et moi, ça fait deux, et j'ai bien l'intention de mener les choses différemment.

Cole Destin secoua la tête d'un air dubitatif.

— Le simple fait d'avoir travaillé sous ses ordres constitue déjà un gros handicap au départ.

— C'est possible, dit Joe en rempochant son papier. Mais je n'étais pas venu ici pour mes petites affaires. (L'ambulance fit demi-tour et prit la direction du nord. Joe lui adressa un signe d'adieu avant de poursuivre :) Ce matin, Charley Blankenship m'a montré une lettre d'Ausley Wyett. Je me demande si tu en as reçu une du même genre.

Cole Destin le dévisagea de nouveau attentivement.

— C'est pour ça que tu es venu voir Bus ?

— Effectivement.

— Qu'est-ce qu'il avait à dire ?

— Je n'ai pas vraiment eu le temps de lui parler.

— Je ne peux pas dire que je sois un fan d'Ausley, déclara Cole Destin en jetant un coup d'œil vers le ranch des Wyett. Il se trouve que j'ai des filles…

— Je les ai vues passer tout à l'heure. Elles sont très mignonnes.

— … mais je ne vois aucune raison de lui compliquer la vie. En tout cas, pour le moment, je n'ai pas à me plaindre de lui.

— Mais, strictement entre nous, tu as reçu une lettre ?

Destin acquiesça brièvement. Il gravit les marches et entra dans la maison, suivi de Joe. Il inspecta les lieux en fronçant le nez.

— Je ne crois pas que Bus ait fait le ménage depuis la mort de Millie.

— Cette maison t'appartient, je crois.

— Oui. Aussi loin que je me souvienne, les Hacker l'ont occupée gratuitement. C'était le souhait de mon père. Millie a travaillé chez nous pendant trente ans, et ça correspondait en quelque sorte au versement d'une retraite.

— Qu'est-ce que tu vas en faire, maintenant ?

Destin haussa les épaules.

— Je vais peut-être simplement la faire démolir. Entre les impôts et les frais d'entretien, le loyer que je pourrais en tirer ne me paierait pas de ma peine. Sans compter que ça gâche le paysage. Chaque fois que je mets le nez à la fenêtre, cette petite bicoque blanche me regarde.

Il entra dans la chambre à coucher, en fit le tour et revint vers Joe.

— Bon, il va falloir que je prévienne la famille. Je crois qu'il avait des cousins à Los Angeles. Millie avait une sœur dans l'Iowa, mais elle doit être morte à l'heure qu'il est.

— Qu'est-ce que Bus conservait là-dedans ? demanda Joe en désignant le coffre-fort.

— Dieu seul le sait.

— Tu ne connaîtrais pas la combinaison, par hasard ?

— Non. Bus était un vieux cachottier. (Cole s'approcha du coffre-fort et essaya vainement de l'ouvrir.) Je vais devoir faire venir quelqu'un, dit-il d'un air maussade. Tu as une idée de qui pourrait s'en occuper ?

— Désolé, Cole, à cette époque de l'année, nous n'avons pas de braqueurs de banque expérimentés sous les verrous. Mais si j'étais toi, je me garderais bien de toucher à quoi que ce soit. L'exécuteur testamentaire doit d'abord tout examiner.

— Qu'est-ce qu'il y a à examiner ? bougonna Destin.

— Difficile à dire. On ne sait jamais.

— Je ferais mieux de boucler la maison, dit Destin en tournant les talons.

Il laissa sortir Joe, tourna la clé dans la serrure et s'assura que la porte était bien verrouillée.

Ils descendirent l'allée. Destin remonta dans sa Chrysler et, après un petit signe de la main, il s'engagea dans Destin Lane pour rentrer chez lui. Joe retourna dans le jardin. Après quelques secondes de réflexion, il gravit les marches de la terrasse, poussa le battant grillagé, manœuvra la poignée sans succès. Il inspecta les gonds, la serrure, le plancher de la véranda, déplaça la grille pour examiner un trou dans le parquet peint en gris. Il redescendit, fit le tour de la maison. Un petit escalier en ciment permettait d'accéder à la porte de la cave. Joe jeta un coup d'œil par la vitre. On distinguait des étagères chargées de bocaux de fruits et de pots de confiture : des provisions pour les mauvais jours, que Millie n'avait finalement pas connus. Sur la gauche, Joe aperçut un établi avec un étau et quelques outils rouillés. Il essaya d'ouvrir la porte sans plus de succès. Il remonta l'escalier et poursuivit son tour de la maison. Il y avait deux autres fenêtres en sous-sol, par lesquelles il ne vit qu'une banale accumulation de chaises abîmées, de matelas de rechange et de piles de journaux.

Il retourna à sa voiture. Au moment de franchir la barrière, il jeta un dernier coup d'œil derrière lui avant de partir en direction de Marblestone. Arrivé à la boîte aux lettres des Wyett, il s'engagea dans l'allée et s'arrêta devant la maison. C'était une baraque longue et basse, faite de planches peintes, avec un toit vert et un foyer en pierre à l'une des extrémités. À l'arrière se trouvait une citerne suintante surmontée d'une éolienne et entourée d'un bosquet de bambous. À cinquante mètres sur la droite se dressait la grange fatidique, qui cachait la porcherie désaffectée. Une vieille fourgonnette Willys grise était garée sur le côté de la maison. Soudain retentirent des aboiements furieux accompagnés d'un crissement métallique. De chaque côté de la maison, attachés par une chaîne qui coulissait sur des câbles tendus au-dessus de leurs têtes, deux bergers allemands hurlaient en tirant de toutes leurs forces sur leurs colliers.

Une silhouette se dessina derrière la porte grillagée et s'arrêta un instant, puis la porte s'ouvrit et Ausley Wyett dévala les marches branlantes. Il dit quelques mots aux chiens, qui cessèrent d'aboyer et reculèrent sous la maison en grondant.

Ausley Wyett s'avança vers Joe, la tête penchée de côté.

— Tiens donc, dit-il, on dirait que c'est Joe Bain. Je ne t'ai pas vu depuis… oh, ça doit bien faire dix-sept ou dix-huit ans. Tu n'as pas beaucoup changé, Joe.

— Toi non plus, Ausley.

Ausley Wyett avait pris un peu de ventre, son teint était grisâtre, ses cheveux bruns et raides s'éclaircissaient sur le haut du crâne, mais il était bien toujours le même, avec sa haute taille et son grand nez.

— Non, répéta Joe, tu n'as vraiment pas changé.

— Tu sais, là-bas, à San Quentin, on change forcément, déclara Ausley en secouant tristement la tête. Il vous arrive des trucs qu'on n'aurait jamais imaginés. On se trouve mêlé aux gens les plus moches et les plus méchants qui puissent exister sur terre.

— C'est pour ça qu'ils y sont.

— Je vais te dire une chose, fit Ausley en grimaçant un sourire. Je suis rudement content d'en être sorti. Je me suis donné du mal, question bonne conduite.

— Je suppose que tu n'as pas envie d'y retourner, hein ?

— Non, mon vieux. Si ça ne tient qu'à moi…

— Tu ne le sais peut-être pas, mais je suis le shériff du comté, maintenant.

— Ça, par exemple ! s'écria Ausley d'un ton admiratif. C'est aussi incroyable que de m'être retrouvé en taule !

Joe ne chercha même pas à analyser cette remarque. Ausley avait toujours été connu pour ses raisonnements incohérents.

— En fait, je ne le suis que par intérim. Je vais juste terminer le mandat de Cucchinello. Il est mort tout récemment.

— C'est malheureux. Le vieux Cooch n'était pas un mauvais bougre. Il a été très correct avec moi, quand j'ai eu ce petit pépin.

— Qu'est-ce que tu comptes faire, maintenant ? demanda Joe en jetant un coup d'œil aux alentours.

— Je n'en sais trop rien, Joe. La propriété a été louée tout le temps de mon absence. Comme je n'avais pas beaucoup d'occasions de dépenser de l'argent, j'ai pu en mettre pas mal de côté. Je vais sans doute acheter quelques têtes de bétail. (Il sortit un paquet de cigarettes de sa poche.) Tu en veux une ?

— Non, merci, c'est un vice auquel je ne me suis jamais adonné.

— Tu as bien raison. (Ausley glissa sa cigarette exactement au centre de sa bouche, frotta une allumette, alluma sa cigarette et agita l'allumette d'un grand geste emphatique.) On ne peut pas vraiment dire que j'aie reçu un accueil enthousiaste, par ici. Tu es mon premier – non, mon second – visiteur. Oliver Viera est venu me voir hier.

— Alors, tu sais pourquoi je suis là. Qu'est-ce que c'est que cette idée d'envoyer toutes ces lettres ?

Ausley se frotta le menton.

— Oliver m'a posé exactement la même question. Tout le monde a l'air de s'exciter à cause d'un malheureux petit courrier.

— Je trouve que tu as été sacrément actif : Charley Blankenship, Cole Destin, Neff, Ollie Viera et ce vieux Bus Hacker.

— Tu as vu ces lettres ?

— Deux d'entre elles. Par une étrange coïncidence, tous ces types avaient témoigné contre toi au procès.

— Et tous se sont plaints ?

— Ils sont tous très mécontents. Charley Blankenship pense qu'on devrait te remettre en prison. Willis Neff projette de te flanquer une sérieuse correction. Bus Hacker veut que je t'arrête pour deux motifs : la lettre et la marche à pied jusqu'en ville.

Ausley haussa ses sourcils roux d'un air étonné.

— M'arrêter pour quoi ? Pour l'avoir obligé à aller à pied en ville ? Comment j'aurais fait ça ?

— Ce n'est pas toi, alors ?

— Il a dit que c'était moi ?

— Là n'est pas la question.

Ausley Wyett éclata de rire.

— Voyons, Joe, réfléchis un peu. J'ai beaucoup fait fonctionner ma cervelle dans ma cellule. La dernière chose que je souhaite, c'est de tirer encore une fois ce genre de gros lot. Ce que je veux savoir, c'est si Bus Hacker m'accuse ou non. Si oui, je veux qu'il dépose une plainte officielle et que tu m'arrêtes pour que je puisse prendre un avocat – je veux dire un *bon* avocat, cette fois.

— Ce genre d'attitude ne te mènera nulle part, Ausley.

— Quelle attitude ? Je n'ai pas d'attitude particulière. Je t'ai simplement demandé si Bus Hacker m'accusait de quelque chose.

— Non, il n'en a pas eu le temps. Il était si fatigué et si furieux qu'il a eu une crise cardiaque et qu'il en est mort.

Ausley fixa Joe un instant, ébahi, puis il regarda par-delà le champ la ligne de peupliers qui cachaient la maison des Hacker.

— C'est donc pour ça, toute cette agitation… Il m'avait bien semblé voir passer une ambulance.

— Oui, et Bus Hacker était dedans quand elle est repartie. Si tu es pour quelque chose dans cette histoire de le faire aller en ville pour rien, tu devrais te sentir dans tes petits souliers.

— Je l'ai vu se rendre en ville avant-hier, dit Ausley en tirant pensivement sur sa cigarette. Il marchait d'un bon pas, pour un gars sur le point d'y passer.

— Eh bien, il y est retourné aujourd'hui et ça a signé son arrêt de mort. J'en sais quelque chose, puisque j'étais avec lui quand c'est arrivé.

— Dieu soit loué, ce n'était pas moi.

— Il y a autre chose. (Mais Joe décida finalement de ne pas parler de l'eau versée dans le réservoir de Bus Hacker. Il dit plutôt :) Je suis candidat au poste de shériff aux prochaines élections. Je ne pense pas que tu sois autorisé à voter cette fois-ci, mais si tu en parlais à tes amis, ça me rendrait service.

— Tu crois que ma recommandation te serait utile ? demanda Ausley en soufflant une bouffée de fumée.

— J'accepte toute aide qui se présente.

Sur ce, Joe monta dans sa voiture, mais il attendit un instant avant de mettre le contact. Ausley l'observait placidement.

— Je ne sais pas ce que tu as en tête, dit Joe, et tu n'as pas l'air d'avoir envie de me le dire, mais je te conseille d'arrêter d'embêter les gens. Tu as été libéré sur parole, et c'est à toi de te tenir convenablement.

— Mets-toi à ma place, Joe. Imagine que tu aies été bouclé pendant seize ans. Une fois sorti, tu aurais envie de régler tes comptes avec ceux qui t'ont envoyé là-bas, non ?

— Tu veux dire que ce n'est pas toi qui as agressé Tissie McAllister ?

— Les jurés m'ont déclaré coupable. Ils ont suivi ce que les témoins leur ont dit – et les témoins étaient tous contre moi. C'est normal que je ne les porte pas dans mon cœur.

— Je te conseille de ne pas chercher les ennuis, Ausley. Tu pourrais te retrouver vite fait dans ta bonne vieille cellule.

Ausley secoua la tête, jeta sa cigarette par terre, l'écrasa sous son talon et déclara :

— Là, tu peux être tranquille, Joe. Aucun risque que tu m'y prennes.

CHAPITRE V

Joe Bain descendit Candelara Creek Road vers l'est avec le soleil dans le dos. Les collines s'éloignèrent. À droite et à gauche, la grande vallée inondée de lumière s'ouvrit devant lui, et quelques minutes avant 5 heures, il arriva à Pleasant Grove. Il fit le tour de Montalva Square et se gara devant le palais de justice, objet actuel d'une controverse passionnée. Un groupe d'hommes d'affaires de la ville estimaient que non seulement ce bâtiment était hideux, mais qu'il symbolisait l'absence d'esprit novateur du comté. Un éditorial du *Messenger* de Pleasant Grove avait présenté leur point de vue en ces termes :

> Le moment est venu – à vrai dire, on n'a que trop tardé – d'apporter quelques améliorations à notre cité. Une de nos premières tâches devrait être de débarrasser Pleasant Grove de cette monumentale horreur, de cette lamentable monstruosité infestée de rats, de cette grotesque création architecturale connue sous le nom de Palais de Justice du Comté. Nous sommes la risée du monde entier. Dans son ouvrage intitulé *Vers un siècle nouveau*, l'architecte renommé Werner Neubarth a choisi ce bâtiment comme le parfait exemple de ce qu'il appelle « le style gothique de halle aux poissons ». Nous nous passerions volontiers de ce genre de publicité.
>
> Dans les milieux industriels, il est bien connu qu'une installation efficace permet d'obtenir un bon rendement. Or, que voit-on chez nous ? Une baraque sinistre et croulante peuplée de chauves-souris qui fait office de palais de justice, et où l'administration fait preuve d'un laxisme notoire.

Les remèdes ne manquent pas. Nous pouvons exercer nos droits et voter aux élections de novembre en tant que citoyens progressistes du comté de San Rodrigo. Il y aura un large éventail de candidats énergiques et séduisants. Il sera proposé de raser cette relique d'un autre âge afin d'ériger à sa place un édifice moderne et fonctionnel...

L'article avait paru un mois auparavant – le « laxisme notoire » visait le shériff Ernest Cucchinello. Quant au bâtiment, Joe n'avait jamais compris tout le bruit qu'on faisait autour. Personnellement, il aimait bien ce vieux monument qui avait du caractère, avec ses quatre étages dont chacun avait dû être conçu par un architecte différent. Le rez-de-chaussée était un carré de grès rouge foncé, décoré de colonnes ioniques soutenant une frise en fonte et une balustrade en fer forgé. Les fenêtres, de hautes embrasures étroites, étaient équipées de stores jaunes tout fripés. Le premier étage, légèrement en retrait, était en grès jaune clair et laissait un espace d'environ un mètre cinquante en retrait de la balustrade, ce qui offrait une tribune parfaite pour assister aux défilés ou prononcer des discours. Il y avait ensuite trois étages de bois peint en gris, chacun pourvu de fenêtres en saillie, de balcons, de colonnes, d'arcades et d'une frise sculptée en treillis. Couronnant l'édifice, et entouré de créneaux comme les châteaux de contes de fées, s'élevait un dôme de cuivre vert surmonté d'un mât de drapeau. Au-dessus de la porte d'entrée, sur une plaque en bronze, on pouvait lire :

PALAIS DE JUSTICE
DU COMTÉ DE SAN RODRIGO
construit en 1872
VÉRITÉ : JUSTICE : HONNEUR

Le nouveau palais de justice, tel que le présentaient les plans proposés par la société Moderna & Cie de San Francisco, serait un simple bloc d'acier et de verre de sept étages, fonctionnel jusque dans ses moindres détails. Ce serait un symbole de progrès. Ce style de construction n'était pas du goût de tout le monde. Un coiffeur de Panoche lui trouvait une ressemblance avec un climatiseur portatif qu'on aurait couché sur le côté. L'importance de l'emprunt envisagé suscitait également des oppositions, ce qui agaçait fort l'aile progressiste des hommes d'affaires de Pleasant Grove.

Derrière le palais de justice, une annexe en béton abritait le bureau du shériff et la prison du comté. Quand Joe entra, il fut surpris de trouver Mrs Rostvolt encore assise à son bureau.

— Mr Griselda a téléphoné, dit-elle d'une voix monocorde. Il demande que vous le rappeliez.

— Ah, Griselda ? (Howard Griselda était le propriétaire et rédacteur en chef du *Messenger* de Pleasant Grove, et passait à ce titre pour un des citoyens les plus influents du comté.) Mettez-le-moi en ligne.

Joe retourna dans son bureau et décrocha le combiné.

— Griselda à l'appareil.

— Ici Joe Bain, Mr Griselda. On m'a dit que vous aviez appelé ?

— Effectivement. Pouvez-vous m'accorder quelques instants ?

— Oui, bien sûr.

— Je passe tout de suite. Je ne vous retiendrai pas longtemps. Il se fait déjà tard, je sais.

Cinq minutes après, Griselda fit son entrée dans le bureau de Joe. C'était un petit homme vigoureux de quarante-cinq ans, avec un visage carré, des cheveux frisés gris acier et un teint cireux. Il avait des yeux noirs brillants, une expression d'énergie et de détermination indomptables. Il marchait d'un pas alerte, le buste légèrement penché en avant.

Joe se leva pour lui serrer la main et l'invita à s'asseoir. Après un bref examen des lieux, Griselda déclara :

— Je vois que vous vous êtes débarrassé de tous les petits trésors de Cooch. Le bureau n'est plus le même.

— La situation n'est plus la même. Je dirige des services d'un genre différent.

— Il y a longtemps que les choses auraient dû changer.

Griselda se cala dans son fauteuil et bourra sa pipe, en fixant Joe d'un regard scrutateur. Ce regard et cette pipe étaient caractéristiques du personnage. Joe attendit.

Griselda alluma sa pipe et, dans un nuage de fumée, finit par dire :

— J'ai cru comprendre que vous aviez des choses à me raconter.

— Des choses à vous raconter ? répéta Joe, interloqué. A priori, je ne vois pas. Il y a bien un gars, de l'autre côté de Mulberry, qui a attrapé un voleur de poules avant-hier soir et qui l'a amené chez nous. Il s'agit d'un jeune Mexicain. Hier soir, il y a eu un accident sur Rose Avenue, un chauffard qui a pris la fuite. Le sergent Miggs enquête et je crois que nous tenons une piste. Dans les environs de Marblestone, un certain Bus Hacker est décédé d'une crise cardiaque. À part ça, rien à signaler. Qui vous a donné ce tuyau ? demanda-t-il en se renversant dans son fauteuil.

— J'ai reçu l'information au journal – un homme, d'après la voix, qui n'a pas voulu laisser son nom.

Joe secoua la tête.

— Je ne vois rien de vraiment intéressant. Vous pouvez toujours écrire quelques lignes pour dire que je suis candidat au poste de shérif. En fait, Mr Griselda, j'espère pouvoir compter sur votre soutien.

— Vous êtes vraiment sur les rangs ? demanda Griselda en tirant sur sa pipe.

— Absolument. Je pense être le meilleur candidat pour le poste. J'ai l'expérience de ce travail, je connais le comté comme ma poche, et je sais les erreurs à ne pas commettre.

— Je vais être tout à fait franc avec vous, shérif, dit vivement Griselda. Je considère que ce département a besoin d'un remaniement complet. Regardez le taux de croissance des comtés voisins : il est phénoménal. Mais celui de San Rodrigo ? Il est nul. Nous avons des années de retard, Bain, c'est même une véritable régression !

— Vous savez, dit Joe d'un ton conciliant, il y a des gens qui aiment le calme et la tranquillité. Ce n'est peut-être pas si mal, après tout.

Griselda n'en démordit pas.

— On ne peut pas échapper au progrès, et je pense que Lee Gervase incarne le progrès. Il est jeune, entreprenant, dynamique. Il a le feu sacré. Il a acquis une solide formation juridique et criminologique à l'université et, à mon avis, c'est l'homme de la situation, celui qui saura introduire des méthodes modernes dans ces services.

Joe émit un grognement pour exprimer sa totale désapprobation.

— Voyons, Mr Griselda, soyez raisonnable. Qu'est-ce que le progrès vient faire là-dedans ? Est-ce qu'il va nous aider à attraper plus de voleurs de poules ? Ou imaginez une bagarre à Diego's Place : le progrès va-t-il aider l'agent qui procède aux arrestations ? Mr Griselda, vous vous trompez complètement. Ça m'ennuie de vous dire ça parce que j'ai besoin de votre soutien, mais vous me faites penser à un chat qui mâchonnerait du duvet de pissenlit : vous vous montez la tête pour rien.

Griselda se contenta de hausser les sourcils et de tirer sur sa pipe.

— Bon, poursuivit Joe, j'entends dire que ce Lee Gervase est vraiment très fort, mais quelle expérience a-t-il ? Est-ce qu'un ivrogne lui a déjà flanqué un gnon sur le nez ? Est-ce qu'il a jamais eu à sortir une vache malade du Genesee Slough où elle s'était enlisée, comme ça m'est arrivé il y a trois semaines ? Est-ce que...

— Tout cela n'a rien à voir avec le sujet, l'interrompit Howard Griselda. Ce n'est pas le rôle du shérif de recevoir des « gnons » sur le nez ou de secourir des vaches malades. C'est pour ce genre d'activités que nous recrutons une équipe d'adjoints. Le shérif, lui, devrait être un organisateur, un chef, un symbole.

— C'est bien possible, mais je ne me soucie guère du symbole que représente un shérif : quand il y a un problème, il doit savoir quoi faire. Les problèmes, c'est son boulot. Je connais tous les mauvais sujets du comté, tous les tripots, toutes les putains, tous les combats de coqs mexicains...

Howard Griselda se redressa brusquement dans son fauteuil, et Joe comprit qu'il avait commis une bourde.

— Ce n'est guère à votre honneur, dit froidement Griselda. Ces activités sont illégales. Si vous êtes aussi bien informé, pourquoi n'y mettez-vous pas un terme ?

Joe poussa un profond soupir.

— Sur le principe, je suis d'accord avec vous. Mais j'estime qu'il y a des limites à l'application d'une loi quand celle-ci est un peu irréaliste. Chaque fois que je découvrais quelque chose d'illégal et que je faisais mon rapport à Cucchinello, il disait : « Est-ce que ça porte préjudice à quelqu'un ? Il y a des gens qui rouspètent ? » En général, la réponse était non, et Cooch concluait : « Bon, alors, contentez-vous de garder un œil là-dessus. Veillez à ce que personne n'aille trop loin. Si des gens veulent se détendre un peu à Slough House et si ça ne fait de tort à personne, quel mal y a-t-il à ça ? » Et je pense qu'il avait raison.

Comprenez-moi bien, Mr Griselda, je vous parle d'homme à homme. N'allez pas publier dans votre journal que le shériff Joe Bain tolère le vice. Ce n'est absolument pas le cas. Je ne touche pas un centime sur ces affaires. Je n'en veux pas. Ce que Cooch a fait, ou pu faire, c'est une chose, mais moi, je suis bâti autrement : je ne veux rien devoir à personne.

— Je ne partage pas votre façon de penser, dit sèchement Griselda. On ne peut pas être honnête seulement à moitié. Tout doit être clair, ou alors tout est pourri. Je pense que Lee Gervase dirigera un département où tout sera clair.

Reconnaissant sa défaite, Joe resta silencieux.

— Mais je ne suis pas venu ici pour vous faire des remontrances, poursuivit Griselda sur un ton plus accommodant. Vous me dites que mon information est infondée, et qu'il ne se passe rien d'important à Marblestone ?

Joe se fit soudain très attentif.

— Vous ne m'aviez pas dit que cela concernait Marblestone.

— Eh bien si, c'est le cas, en effet.

— J'aimerais beaucoup connaître le nom de votre informateur.

— Pourquoi ?

Joe dit en pesant ses mots :

— Strictement entre nous, Mr Griselda – et surtout, pas un mot dans votre journal, pas même une allusion –, il se passe des choses bizarres là-bas.

— Quoi, par exemple ?

— Je préfère ne rien dire… et d'abord, parce que je ne sais rien. C'est juste une intuition.

Griselda vida sa pipe d'un coup sec et se leva.

— Vous me mettrez au courant quand vous saurez ce qui se passe ?

— Certainement, et vous, de votre côté, si vous recueillez d'autres tuyaux, tâchez d'identifier l'informateur.

— Je ferai de mon mieux, shériff.

Après le départ de Griselda, Joe traversa le couloir pour se rendre dans le bureau de Mrs Rostvolt, laquelle était en train de ranger ses cigarettes et son briquet dans son grand sac fourre-tout, en prélude à son départ. Elle devait avoir envie de savoir pourquoi Griselda était venu, se dit Joe. Curiosité bien naturelle, somme toute. Elle avait aussi des intérêts en jeu dans cette histoire d'élections. Si Lee Gervase l'emportait et constituait une nouvelle équipe, elle perdrait son travail comme tout le monde.

— Vous avez quelques lettres à signer, annonça-t-elle. Je les ai mises dans votre corbeille.

— Merci, je vais voir ça.

Il retourna dans son bureau et s'occupa de la paperasse, c'est-à-dire qu'il signa quatre lettres rédigées par Mrs Rostvolt. L'une était destinée à rassurer une brave dame qui avait aperçu un vagabond. Un fermier avait exigé une enquête sur un tas d'ordures et de boîtes de conserve déversées dans son pré : Mrs Rostvolt lui promettait qu'un expert en criminologie viendrait examiner l'objet de la plainte. L'école élémentaire Sanchez avait envoyé au shériff deux billets de faveur pour sa représentation théâtrale annuelle : Mrs Rostvolt avait décliné l'invitation en exprimant les vifs regrets du shériff. Un contribuable indigné s'était plaint qu'un chevreuil avait sauté par-dessus la clôture de son potager : « Pourquoi le shériff ne maintient-il pas la population de chevreuils dans des limites raisonnables ? » Le shériff était en train d'étudier la question, avait répondu Mrs Rostvolt, mais en attendant, elle suggérait la présence dissuasive d'un chien de garde. On disait, ajoutait-elle, que de petits sacs de viande sanguinolente accrochés sur le pourtour de la propriété avaient une action répulsive sur les chevreuils.

Joe apposa sa signature sur ces missives avec un sentiment de gratitude. Aussi désagréable que fût son caractère, Mrs Rostvolt était pratiquement indispensable. Qui d'autre aurait pu rédiger des réponses aussi diplomatiques ? Une femme moins habile lui aurait mis sur les bras trois enquêtes sans intérêt et lui aurait infligé un spectacle scolaire… ou pire encore, lui aurait fait perdre une douzaine de voix. Il décida de rentrer chez lui. Une ultime ronde dans son département lui permit de s'assurer que son équipe de nuit était en place, ainsi que l'opérateur radio. Les prisonniers étaient en train de dîner. Joe jeta un œil dans la cellule de Duke Scanlon.

— Alors, pas de rouspétance, c'est correct ?

— Le café n'est pas terrible.

— Demain, je te ferai apporter une machine à expresso.

Joe quitta le bureau et prit sa voiture. Il laissa Green Street derrière lui pour regagner la maison où il habitait avec sa mère et sa fille Miranda. Celle-ci avait seize ans et était en seconde au lycée de Pleasant Grove. C'était une jolie fille très vive, et la maison était généralement remplie d'adolescents qui bavardaient gaiement en écoutant de la musique. Aujourd'hui, il n'y avait personne. Sa mère assistait à une réunion paroissiale, et Miranda passait la nuit chez une amie. Une assiette de poulet froid et un bol de pommes de terre en salade l'attendaient. Joe ouvrit une cannette de bière, sortit du pain et du beurre, cala le journal du soir devant lui et commença son repas. Un encadré figurant en bonne place au bas de la première page attira son attention :

DANS UN DISCOURS AU ROTARY CLUB, LEE GERVASE SOULIGNE LA NÉCESSITÉ DE MESURES ÉNERGIQUES

Joe laissa en plan son poulet-salade pour lire l'article. Lee Gervase, à l'instar de Howard Griselda, considérait que le comté de San Rodrigo végétait alors que le reste de la Californie allait puissamment de l'avant.

Le paragraphe final annonçait qu'il serait candidat au poste de shérif lors des prochaines élections.

Joe fronça les sourcils et passa à la page des sports. Après avoir terminé son dîner, il sortit dans le crépuscule tombant. Il se sentait agité, mal à l'aise et très seul. Une image lui vint à l'esprit : celle d'un visage paisible, sérieux, avec des yeux bleus, une opulente chevelure blonde. Il plissa le front. Ellie Neff ? Oui, c'était elle, apparemment. Tiens, tiens... Il retourna à l'intérieur et alluma la télévision, qu'il éteignit aussitôt. Ainsi désertée, la maison semblait anormalement silencieuse. Il ouvrit une deuxième cannette et repensa à Bus Hacker. Quelqu'un lui en avait voulu, d'où l'eau versée dans son réservoir et le coup de téléphone l'envoyant pour rien à la poste. Joe termina sa bière et décida d'effectuer une dernière ronde en ville avant de se coucher. Dans sa voiture, il prit contact avec l'opérateur radio et se dirigea vers le centre-ville. Il fit le tour de Montalvo Square, vira vers le nord sur la Highway 32 et se trouva en rase campagne. Il faisait doux, la nuit était calme, l'air embaumait la luzerne et la terre fraîchement irriguée. De part et d'autre scintillaient des lumières derrière les fenêtres de douillettes habitations.

Le progrès, bah… bougonna Joe. Ils en ont de bonnes. Qu'est-ce qu'ils voudraient voir par ici, des aciéries ?

Vingt minutes plus tard apparurent les éventaires de hamburgers, les motels et les stations-service qui signalaient l'arrivée dans les faubourgs d'Aurora. La ville était un peu plus étendue que Pleasant Grove, plus récente de quelques années et un peu plus animée. Chaque fois que des forains ou des cirques venaient dans le comté, c'était à Aurora qu'ils avaient tendance à s'installer. La Foire du Comté, bien sûr, était fermement et définitivement l'apanage de Pleasant Grove. Toujours est-il qu'Aurora possédait une piste pour patins à roulettes et une piscine municipale, et que la jeunesse y passait pour être plus agitée et branchée que celle de Pleasant Grove.

Joe circula un moment dans l'artère principale, puis il fit le tour des rues avoisinantes et, en sortant de la ville par l'est, il replongea dans les ténèbres. Des collines basses se profilaient devant lui, avec des reflets de satin dans le clair de lune. La route serpenta, plongea, obliqua vers Coyote, un morne petit village composé d'une gare, d'un garage, d'un restaurant, d'une épicerie et d'une douzaine de maisons qui s'abritaient dans un haut bosquet d'eucalyptus.

Joe tourna en direction de Mulberry, le fief de la Moeblin Bee Farm qui expédiait ses pots de miel de trèfle à travers tout le pays. Mais au lieu d'aller jusqu'à la ville, il tourna à gauche vers les marais. Le paysage changea. Le sol devint plus humide, l'air plus frais. Pendant deux ou trois kilomètres, la route longea un canal de drainage obstrué par des joncs. Il flottait à présent une douce odeur de plantes aromatiques, et le chant des criquets était ponctué par le coassement des grenouilles. À l'approche d'une digue, la route tourna brusquement pour s'engager sur un vieux pont en bois, qui craqua et vibra au passage de la voiture au-dessus du Railroad Slough. La route reprit ensuite son cours normal, et Joe vit luire à l'horizon une constellation de petites lumières. Au bout de cinq kilomètres, il gravit une autre digue et suivit le Genesee Slough vers ces lumières qui se révélèrent être une guirlande d'ampoules électriques décorant une vaste demeure à l'ancienne de deux étages, avec une véranda surplombant l'eau. C'était Slough House, presque une institution pendant son âge d'or durant la Prohibition, quand elle avait acquis la réputation d'un lieu de perdition pittoresque – réputation dont elle ne s'était jamais tout à fait défaite. Slough House était à présent relativement respectable. Il est vrai qu'on pouvait y louer des chambres très facilement, et il se trouvait toujours au bar des dames accueillantes. Pendant la période estivale, le samedi soir, il y avait bal sur une piste en plein air au bord de la rivière. Quelques-uns des meilleurs souvenirs de jeunesse de Joe étaient liés à ces bals du samedi soir. L'orchestre jouait de vieux airs romantiques, *I'll See You in My Dreams*, *Whispering*, *Three O'Clock in the Morning*... Les saules pleureurs changeaient de couleur tandis que les projecteurs viraient au rouge, au bleu, au vert, au jaune. C'est après un de ces bals que s'était produit l'incident qui avait abouti à son mariage... Joe soupira à l'évocation de sa jeunesse enfuie. Une douzaine de voitures étaient garées devant le bar. Des publicités lumineuses pour une marque de bière lui firent un clin d'œil aguicheur, mais Joe passa sans s'arrêter. Ce ne serait pas vraiment une bonne idée de s'afficher ici. Pas avant les élections, en tout cas.

La route suivit la digue jusqu'à Genesee, le long d'une eau miroitant au clair de lune, bordée de saules et de peupliers, avec parfois un petit poste d'amarrage. À Genesee, Joe se gara devant la River Inn, contrepartie éminemment respectable de Slough House, et entra prendre un café. Aucun des huit ou dix consommateurs ne le reconnut ou ne remarqua l'écusson de shériff sur la voiture. Joe se sentit un peu déprimé. Cucchinello, lui, aurait plastronné, échangé des plaisanteries avec tout le monde, amis ou inconnus. Tout en sachant bien que c'était un vieux Falstaff incompétent, les gens votaient pour lui. Joe hocha tristement la tête. Il n'avait décidément pas le talent du vieux Cooch pour les relations publiques. La qualité de « titulaire actuel » mentionnée sur le bulletin de vote lui attirerait quelques voix et lui en aliénerait tout autant. Joe se demanda d'ailleurs si sa situation lui donnait droit à cette appellation de « titulaire ». Il faudrait qu'il vérifie ça avec le greffier du comté.

Il retourna à sa voiture et prit la direction de l'ouest à travers une lande desséchée habitée par des chouettes, des lapins et des coyotes. Au bout d'une demi-heure, la route commença à grimper et franchit des collines avant de plonger au milieu d'un bosquet d'énormes euca-lyptus. Deux kilomètres plus loin, il entra dans Panoche. C'était une ville d'une certaine importance, animée et laide, avec quatre hangars

de conditionnement, une conserverie, un lycée et des feux de circulation au carrefour central. En prenant à gauche, Joe aurait pu aller
jusqu'à Sanchez et retourner à Pleasant Grove en passant par Tevis, ou
bien rentrer directement par la Highway 11. Il s'arrêta le long du trottoir
et appela le bureau :

— Ici Joe Bain. J'appelle de Panoche. Où sont les gars ?

— Bill est à Verdalia. Ben s'occupe d'un ivrogne qui faisait du grabuge à San Rodrigo. Gonzales est de garde ici. C'est une nuit bien
tranquille.

— OK. Je rentre.

Il était près de minuit quand Joe s'arrêta enfin devant chez lui. Il
avait fait près de cent cinquante kilomètres. Qu'avait-il accompli pour
sa peine ? Lequel de ces fermiers qui dormaient tranquillement dans
leurs maisons le long de la route savait que le shérif Joe Bain était passé,
vigilant et attentif, pour s'assurer qu'aucun délit ne soit commis ?

La lune était à présent descendue au ras des collines et brillait à
travers le feuillage des arbres, de l'autre côté de la rue. L'air était frais, la
nuit calme. Joe appela ses services pour signaler son retour chez lui. Il
descendit de voiture et traversa la pelouse. Sa mère était déjà couchée.
Il éteignit la lumière qu'elle avait laissée allumée dans la véranda.
C'était une vieille maison confortable, dont le principal mérite était
son loyer modique. Si Joe était élu, il lui faudrait sans doute déménager
pour s'installer dans une demeure plus chic, histoire de tenir son
rang. Ernest Cucchinello avait occupé une grande bâtisse rustique sur
McClellan Avenue, non loin du Country Club…

Quand Joe arriva au QG à 9 heures le lendemain matin, Mrs Rostvolt
lui adressa un bonjour guindé, auquel il répondit courtoisement. Il
était à peine entré dans son bureau que le téléphone sonna. Arthur van
Horn, le chef de la brigade de pompiers volontaires de Marblestone, en
vint droit au fait :

— Un incendie a ravagé la maison des Hacker hier soir. Il n'en reste
plus rien. Étant donné que Bus vient juste de mourir, j'ai pensé qu'il
fallait vous en avertir.

— J'arrive tout de suite, dit Joe. Surtout, que personne ne touche
à rien.

CHAPITRE VI

Joe se gara dans Destin Lane, à une centaine de mètres de ce qui restait de la maison des Hacker. Une demi-douzaine de voitures étaient arrêtées sur le bord de la route. Une remorqueuse était entrée en marche arrière dans le jardin et Walt Hobius avait la main sur la manivelle du treuil. Une douzaine de badauds, grands et petits, étaient rassemblés dans le jardin. En s'efforçant de garder son calme, Joe s'approcha des décombres.

Arthur van Horn, le propriétaire de l'hôtel-restaurant de Marblestone, qui avait des yeux de poisson frit, faisait nerveusement les cent pas. En voyant arriver Joe, il écarta les bras en un geste d'impuissance.

— J'ai bien donné vos instructions, Joe, mais personne ne m'a écouté. Je n'ai rien pu faire.

Joe hocha simplement la tête et s'approcha de ce qui avait été la façade. Le bungalow blanc de la veille n'était plus qu'un amas rectangulaire de cendres fumantes. Quelques tuyaux restaient en place, tristement tordus. L'un d'eux portait encore à son extrémité un pommeau de douche. Une fosse aux contours imprécis représentait ce qui avait été le sous-sol. Enfoncé jusqu'aux genoux dans les cendres et les restes de braise, au milieu des débris de bocaux de conserve de Millie Hacker, Cole Destin, suant et maculé de suie, s'efforçait de faire passer le câble du treuil de Walter Hobius sous un volumineux objet cubique. En y regardant de plus près, Joe vit qu'il s'agissait du coffre-fort de Bus Hacker. Il recula un peu et se plaça sur le côté.

Cole, parvenu à ses fins, fixa le crochet à l'extrémité libre du câble. Il fit signe à Walt en criant :

— Vas-y ! Doucement et sans à-coups !

Walt actionna le treuil. Le câble se tendit et le coffre, ébranlé, se mit en mouvement, traçant un profond sillon dans les décombres. Arrivé à la base du mur, il quitta le sol et resta à se balancer. Walt interrompit la manœuvre et vint au bord du trou pour examiner la situation.

— Ça ne marchera jamais comme ça, Cole. Le coffre ne va pas pouvoir passer le rebord.

— Vas-y, remonte-le.

— Il faudrait une rampe ou quelque chose pour le guider par-dessus le bord en béton.

— Continue comme ça, je te dis, ordonna Cole.

— Bon, d'accord, fit Walt en adressant aux spectateurs un hochement de tête sceptique.

Il embraya le treuil. Le coffre s'éleva jusqu'au bord du trou, mais le câble, en se tendant, ne réussit qu'à l'enfoncer dans la paroi. Walt débraya en maintenant la tension avec un cliquet.

— C'est tout ce que je peux faire, Cole.

— Tire un bon coup, ça le débloquera.

— Ça va péter mon câble, oui ! Rien à faire, le coffre est coincé.

— Si ton câble casse, je t'en paierai un autre. Ne t'inquiète pas pour ça. Allez, tire un bon coup, dégage-nous ça en vitesse.

— Attention, vous autres ! Reculez ! cria Walt à l'intention des badauds. Si le câble pète, ça peut filer n'importe où.

Il manœuvra les leviers de commande, mais l'embrayage patina et le coffre retomba au fond du trou.

Cole poussa un juron, Joe fit la grimace. Si le contenu du coffre avait été atteint par les flammes, il y avait maintenant toutes les chances pour qu'il soit réduit en fragments illisibles.

Cole pataugea dans les décombres et rajusta le câble.

— Allez, hisse !

Une fois de plus, le coffre s'éleva jusqu'au bord du trou et s'arrêta. Cole se saisit d'un gros morceau de bois et fit levier sur le coffre dont il était dangereusement proche.

— C'est bon, maintenant, vas-y !

Walt embraya. Le coffre heurta le rebord, mais il le franchit et commença à s'approcher de la remorqueuse en cahotant sur l'herbe.

Joe s'interposa.

— Stop ! ordonna-t-il.

Walt lui lança un regard étonné avant d'obtempérer. Cole grimpa hors du trou, en sueur et le visage noirci. Il adressa un bref salut à Joe et dit à Walt :

— Maintenant, soulève-le en douceur et emporte-le chez moi. Je te suis en voiture.

— Attends deux secondes, dit Joe. J'avais demandé qu'on ne touche à rien. Je ne fais pas trop d'histoires parce que vous m'avez épargné la peine de sortir ce coffre du trou, mais maintenant, c'est moi qui prends le relais.

Cole fit front sans hésiter.

— Pas question que tu prennes ce coffre, Joe.

— Je serai le premier à voir ce qu'il y a dedans.

Cole le regarda fixement. Joe se tourna vers les badauds qui se massaient autour d'eux pour assister de plus près à l'altercation :

— J'aimerais bien que tout le monde retourne sur la route. Il s'agit peut-être d'un incendie criminel, et je ne veux pas qu'on vienne tout piétiner.

— De quel droit exiges-tu ce coffre, Joe ? fit Cole.

— J'enquête sur ce qui semble être un crime.

— Quel genre de crime ?

— En premier lieu, un incendie volontaire.

— Et quand bien même ce serait le cas ? Je ne porte pas plainte.

— La maison était-elle assurée ?

— Évidemment.

— Et tu as l'intention de te faire indemniser par ta compagnie d'assurances ?

Là, Cole hésita. Avant qu'il n'ait pu répondre, Joe poursuivit :

— Juste pour que les choses soient bien claires : est-ce toi qui as mis le feu à la maison, ou chargé quelqu'un de le faire ?

— Bien sûr que non.

Joe se détourna pour examiner le coffre de près, et il hocha la tête avec satisfaction.

— C'est bien ce que j'avais cru voir. Quelqu'un a essayé de le forcer. Regarde la serrure, elle est complètement fracassée.

Cole jeta un regard maussade au coffre.

— C'est une serrure Kirby Triplex, expliqua Joe en étalant ses connaissances acquises à l'Institut Chapman de criminologie. Il y a d'anciennes serrures qu'on peut faire sauter à coups de marteau, et la porte s'ouvre toute seule, mais une Kirby, ça se contente de se bloquer. Quelqu'un s'est donné beaucoup de mal pour rien.

Cole, les mâchoires serrées, semblait chercher quelque chose à dire – de préférence une bonne raison pour que Joe ne prenne pas le coffre.

— Pourquoi tous ces efforts pour ce coffre ? demanda tranquillement Joe. Le vieux Bus n'a jamais possédé grand-chose de valeur, ou je me trompe ?

— Quelqu'un a dû penser le contraire, grommela Cole en montrant la serrure fracturée. Je veux m'assurer que ce qu'il y a là-dedans y restera.

— Avec moi, le coffre sera en sécurité. (Joe se tourna vers Walt.) Tu crois que tu peux le soulever pour le déposer à l'arrière de ma voiture ?

— Je pense que oui, fit Walt en interrogeant Cole du regard. (Comme celui-ci ne disait rien, Walt poursuivit :) Je vais le soulever et ressortir avec le camion. Toi, tu fais marche arrière, et à nous deux, on pourra le mettre dans ton coffre.

— D'accord. Sors-le sur la route, mais vas-y doucement.

— Écoute, Joe, fit Cole en revenant à la charge, je suis responsable de ce coffre et de ce qu'il contient. Je ne veux pas le quitter des yeux.

— Je ne vois pas comment tu en serais responsable, fit Joe après quelques secondes de réflexion. À moins qu'il n'existe un testament te désignant comme héritier ou exécuteur testamentaire.

— Il se peut bien qu'il y ait un testament dedans.

— Si c'est le cas, il doit être en piteux état après l'incendie et le traitement que vous avez fait subir à ce malheureux coffre.

Cole ne voulait pas s'avouer vaincu.

— Il me semble, déclara-t-il, que quelqu'un doit être là pour représenter Bus Hacker quand on ouvrira son coffre. Et puisque j'étais son seul ami...

— Je n'ai aucune objection à ça.

Walt Hobius sortit son engin jusqu'à la route, le coffre se balançant derrière au bout du câble. Joe retourna à sa voiture et appela son équipe. Ce fut Ace Wardell, l'adjoint de garde, qui répondit.

— Ace, appelle le laboratoire d'État à San Jose. J'ai besoin de deux hommes : un enquêteur spécialisé dans les incendies criminels, et quelqu'un qui sache ouvrir un coffre-fort.

— OK. Où est-ce qu'il faut te les envoyer ?

— Je veux l'enquêteur ici, à Marblestone, chez Bus Hacker. C'est au coin de Mitre Canyon Road et de Destin Lane.

— Bien reçu.

— Dès qu'il sera là, j'apporterai le coffre-fort au bureau. Donc, dis à l'ouvreur de coffres de rester sur place.

— Entendu, ce sera fait.

Grâce à d'habiles manœuvres et à un coup de main des spectateurs, le coffre-fort fut déposé dans la malle arrière de Joe. Cole Destin se tenait sur le côté, les épaules voûtées, les mains dans les poches. Il demanda :

— Quand est-ce que tu as l'intention de l'ouvrir ?

— Dès que je serai de retour au bureau.

— Je rentre chez moi pour me laver et me changer.

Cole s'éloigna. Joe chercha des yeux Arthur van Horn et le trouva adossé à la clôture, l'air morose.

— À quelle heure avez-vous été alerté ? demanda Joe.

— À deux heures et demie du matin.

— Qui a donné l'alerte ?

— C'est Ausley Wyett qui a sonné la cloche.

— Ausley Wyett, hein ? Ma foi, c'est normal. C'est le voisin le plus proche.

Van Horn acquiesça. Il semblait toutefois sceptique.

— Le temps qu'on arrive ici, il n'y avait plus rien à faire. Tout avait brûlé.

Joe retourna examiner les décombres. Les pompiers et les badauds avaient tout piétiné : il y avait peu d'espoir de trouver des empreintes de pas ou d'autres indices, si minimes fussent-ils. Néanmoins – uniquement parce que c'était ce qu'on attendait de lui –, il fit lentement le tour de la maison, scrutant le sol, inspectant le moindre débris.

Une heure plus tard, Edgar B. Hardwick, expert au laboratoire d'État de criminologie à San Jose, arriva. C'était un petit homme tiré à quatre épingles avec son pantalon marron au pli impeccable et son élégante veste beige. Joe se présenta et lui fit voir les ruines. Hardwick secoua la tête d'un air dubitatif.

— Le bazar habituel, déclara-t-il avant d'aller enfiler dans sa voiture une combinaison et des galoches.

Puis il se mit au travail. Il fit le tour de la maison, se baissant parfois pour fouiller dans les cendres. À deux reprises, il ramassa un bout de bois et le flaira.

Joe le regarda faire un moment avant de lui dire : .

— Je retourne en ville. Passez-moi un coup de fil quand vous aurez terminé.

— Ne vous attendez pas à grand-chose, répondit Hardwick. Pour le moment, tout ce que je peux affirmer, c'est que la maison a brûlé.

Cole Destin était revenu et attendait, la mine maussade, derrière son volant. Après un dernier coup d'œil aux alentours, Joe reprit la direction de Pleasant Grove, suivi par Cole.

Il fit le tour du palais de justice et laissa sa voiture derrière le bâtiment, près du garage. Avec l'aide du shérif adjoint Wardell et du spécialiste, le coffre-fort fut sorti de la malle par un plan incliné formé de deux planches.

L'expert l'examina sous toutes les coutures et, comme son collègue, parut peu enthousiaste.

— La serrure est en si mauvais état que je vais devoir la découper au chalumeau.

— Du moment que vous arrivez à l'ouvrir, dit Joe.

— Oh, pour ça, ne vous en faites pas, je vais l'ouvrir.

— Vous croyez que le type s'y connaissait en coffres ? .

— Je dirais que non. C'est strictement du travail d'amateur. Le gars savait tout juste se servir d'un marteau et d'un burin.

Le spécialiste alla chercher sa camionnette, d'où il déroula des tuyaux reliés à des bonbonnes d'oxygène et d'hydrogène. Il les brancha sur son chalumeau, ajusta son masque et se mit au travail. Des étincelles fusèrent, le métal chauffé à blanc se liquéfia et coula goutte à goutte. Ensuite, avec un lourd burin à long manche, il donna des coups de pointe, taillada et martela, puis il chauffa le tout pendant encore quelques minutes. Il souleva enfin son masque et dit à Joe :

— Je dois vous prévenir que, parfois, après un gros incendie, la chaleur se conserve à l'intérieur à cause de l'isolant. Et quand la porte s'ouvre, avec l'appel d'air, tout ce qu'il y a dedans s'enflamme.

Joe hésita.

— Vous croyez que ça risque de se produire, là ?

— Je ne pense pas. Dans une petite boîte de conserve comme ça, il n'y a pas assez d'isolant.

— Ce qui signifie que le contenu est réduit en cendres ?

— Il y a de fortes chances… Voilà, ça vient.

L'homme exerça une pression avec sa pince-monseigneur. La porte fléchit et tomba. Il n'y eut pas d'embrasement, l'intérieur était à peine tiède. L'ouvreur de coffres remballa son matériel et s'en alla, dûment remercié par Joe. Quand celui-ci se retourna, il vit Cole Destin penché sur le coffre. Il s'approcha en hâte.

— Pousse-toi un peu, Cole, il faut manipuler ça avec précaution.

Cole s'écarta. Muni d'une paire de pincettes, Joe atteignit le compartiment inférieur et en retira un grand registre. La reliure en grosse toile était carbonisée et la couverture semblait prête à s'effriter rien qu'au toucher, mais les pages intérieures étaient relativement en bon état. Joe mit le cahier de côté et replongea ses pincettes dans le coffre. Cette fois, il put extraire d'un logement latéral une fragile liasse de lettres dont l'extérieur était noirci par le feu. Dans une autre niche, il puisa une enveloppe, également noircie, qui avait été à l'origine en papier kraft et qu'il posa délicatement sur le registre. Il eut du mal à ouvrir un tiroir métallique qui avait été faussé. L'intérieur était rempli de fragments de papier carbonisé, suite aux avanies qu'avait subies le coffre-fort.

Joe secoua la tête, visiblement mécontent.

— Walt et toi, vous devriez vous faire soigner. Vous auriez pu éviter de trimballer ce coffre comme ça.

Cole ne répondit pas. Il tendit la main vers l'enveloppe en papier kraft, mais Joe l'arrêta :

— Il vaut mieux que ce soit moi qui examine tout ça d'abord, Cole.

— J'aimerais savoir s'il y a un testament.

— S'il y en a un, tu seras le premier informé.

Cole grommela et finit par s'en aller.

Joe emporta les papiers dans son bureau. Il s'installa à sa table et ouvrit l'enveloppe. Son contenu n'était pas d'un grand intérêt :

certificats de naissance et de mariage, attestation de démobilisation, titre de propriété d'une voiture, livret de caisse d'épargne d'un montant de quatre cent quatre-vingt-douze dollars. Rien qui ressemble à un testament. Joe se demanda si les fragments de papier carbonisé n'étaient pas les reliques d'un tel document. Si c'était le cas, les dernières volontés de Bus Hacker ne seraient jamais exécutées.

Joe prit la liasse de lettres, les étala et choisit l'enveloppe la moins abîmée. Le cachet de la poste portait le nom de Marblestone et la date, 4 septembre 1919. L'adresse, d'une écriture ronde et féminine, était la suivante : Caporal Clarence Hacker, Baraquement 42-19, Fort Saugus, Caroline du Nord. Joe en sortit la lettre, qu'il déplia avec précaution. Comme il s'y attendait, elle était signée « Millie » et lui sembla assez banale, pleine de nouvelles sans intérêt. À l'époque, Millie était apparemment employée de maison chez les Destin – elle faisait respectueusement allusion à « Mr Destin » et à « Mrs Destin ».

Joe parcourut quelques autres lettres, dont le contenu et le ton étaient similaires. Il en ressortait que, sitôt démobilisé, le jeune Clarence Hacker épouserait Millie.

Joe porta son attention sur le registre, qui se révéla contenir le détail des dépenses des dix dernières années. Chaque centime dépensé par les Hacker était soigneusement consigné sous l'une des treize rubriques suivantes :

ALIMENTATION
VÊTEMENTS
SANTÉ ET PHARMACIE
TABAC
ALCOOL
ÉLECTRICITÉ
OUTILLAGE ET MATÉRIEL
AMEUBLEMENT
LOISIRS
ÉGLISE
ASSURANCES
IMPÔTS
ÉPARGNE

Les Hacker avaient eu un train de vie modeste, avec un niveau de revenus que Joe ne pouvait estimer à première vue, mais qui ne devait pas être bien difficile à calculer. Le montant de l'épargne était d'à peu près dix dollars par mois, s'élevant parfois jusqu'à vingt-cinq dollars.

En octobre de l'année précédente, sous la rubrique « Santé et Pharmacie », apparaissait la triste mention de *Frais d'obsèques* – 785 $, déduits sans doute du poste « Épargne ». Il manquait certaines rubriques auxquelles on aurait pu normalement s'attendre. Le loyer, par exemple, du fait que les Destin n'en exigeaient pas. Les dépenses pour la voiture étaient peut-être comptabilisées dans une autre catégorie. De toute façon, Bus n'avait sans doute pas eu beaucoup de frais dans ce domaine. Jusqu'à ce que quelqu'un sabote sa voiture avec de l'eau dans le réservoir... Qui pouvait avoir fait ça ? Un concessionnaire automobile, dans l'espoir de lui vendre une voiture neuve ? Walt Hobius, pour étoffer son activité de réparateur ? Joe jugeait Walt tout à fait capable d'un coup pareil... On avait joué un autre mauvais tour au vieux Bus, en l'attirant hors de chez lui avec l'appât d'une importante lettre officielle. Les deux affaires étaient presque certainement liées : quelqu'un avait voulu éloigner Bus de chez lui pendant une heure ou deux. Pourquoi ? Joe repensa aux derniers mots balbutiés par Bus juste avant de mourir : « Une lettre à la poste... Rien dont je sois sûr... »

Il envisagea quelques hypothèses. Imaginons par exemple qu'après avoir mystifié Bus Hacker, quelqu'un ait profité de l'occasion pour chercher cette « lettre », mais qu'il se soit cassé les dents sur le coffre-fort... Et qu'ensuite, après la mort de Bus, cette même personne ait essayé de forcer la serrure et, ayant échoué, ait mis le feu à la maison pour détruire la lettre...

Ses yeux se posèrent sur la liasse d'enveloppes à moitié carbonisées. Et si la fameuse « lettre » était là-dedans ? Ce serait un travail long et délicat pour examiner l'ensemble – même si Joe avait appris les techniques appropriées à l'Institut Chapman. Il se souvenait d'une méthode consistant à plonger les papiers dans une solution d'hydrate de chloral. On pouvait aussi utiliser une solution à cinq pour cent de nitrate d'argent... Joe se ravisa. Mieux valait confier l'opération aux spécialistes du laboratoire, au moins pour les enveloppes les plus abîmées : la tâche ne serait pas facile... Le téléphone sonna. Joe décrocha.

— Un certain Hardwick est en ligne, dit Mrs Rostvolt.

— Passez-le-moi. (Il entendit un déclic.) Shérif Joe Bain à l'appareil.

— Ici Hardwick, shérif, l'expert en incendies criminels. En ce qui concerne la maison des Hacker, je ne peux vous fournir aucune certitude. À mon avis, il s'agit bien d'un incendie volontaire ou d'un accident lié à l'entrée par effraction, mais ne me demandez pas de le prouver : la destruction est quasiment totale. Je pense que le feu a démarré dans la cuisine ou dans le sous-sol juste en dessous, et ça pourrait alors être un cas de combustion spontanée.

— C'est à peu près ce à quoi je m'attendais, dit Joe. Attendez une minute, voulez-vous ?

Il traversa le couloir, jeta un coup d'œil dans le bureau de Mrs Rostvolt et la vit l'écouteur collé contre l'oreille.

Joe retourna dans son bureau.

— Désolé de vous avoir fait attendre, Mr Hardwick. Je pense que vous ne pouvez rien de plus pour moi. Merci beaucoup.

Il se leva, resta un instant sur place, indécis, puis il se rendit dans l'autre bureau.

Mrs Rostvolt s'affairait à sa machine à écrire, et elle ne leva pas les yeux. Joe prit son ton le plus courtois.

— Mrs Rostvolt, j'attends dans les prochains jours des communications strictement confidentielles. Par conséquent, à partir de maintenant, je vous serais reconnaissant de bien vouloir raccrocher une fois que vous m'avez passé un appel.

Mrs Rostvolt haussa les sourcils au point que ses yeux s'arrondirent de surprise.

— Mais certainement, je suivrai vos instructions. Je ne faisais qu'obéir à celles du shérif Cucchinello. Il avait souvent des conversations téléphoniques pour lesquelles il préférait avoir un témoin, au cas où une controverse…

Joe hocha aimablement la tête.

— Si une telle situation se présente, je vous préviendrai. D'ici là, je tiens à ce que mes appels personnels restent strictement personnels.

Mrs Rostvolt retourna à sa machine à écrire et Joe dans son bureau. Il posa les pieds sur la table, se cala confortablement dans son fauteuil et regarda pensivement la carte du comté de San Rodrigo.

Le sergent Lew Gonzales entra.

— Tu prends un repos bien mérité, Joe ?

— Du repos ? Tu veux rire ! Je réfléchis.

Il se redressa et prit le compte rendu de la journée que le sergent lui avait apporté. Il parcourut les rubriques : rien d'inhabituel. Un hors-bord volé avait été retrouvé au milieu des joncs, probablement une histoire de gamins. Un homme avait été poignardé dans un bar de Burnett. Une dame d'Aurora avait porté plainte pour outrage à la pudeur ; après enquête, il s'agissait d'un modèle qui posait nue pour un photographe. Une armurerie avait été cambriolée à San Rodrigo, des armes à feu et des munitions dérobées. C'était presque certainement le fait d'adolescents, qui seraient appréhendés sous peu.

Joe mit le rapport de côté et reprit la liasse de lettres noircies. Il y en avait trente, dont la moitié pourraient être déchiffrées sans difficulté. Quant au reste, il l'enverrait au laboratoire de la police à San Jose. Il classa par ordre chronologique celles qui étaient lisibles, et commença sa lecture.

Une heure plus tard, il n'était pas plus avancé. Millie Landruff avait été une jeune femme naïve, qui acceptait la vie précisément comme elle se présentait. Vu à travers ses yeux, Mr Destin apparaissait comme l'archétype du gentleman-rancher, avec Mrs Destin dans le rôle de la mégère autoritaire. On comprenait à certaines allusions que Mr Destin se prenait pour un séducteur et que Mrs Destin, bien consciente de cette propension à faire le joli cœur, ne lui laissait guère de marge de manœuvre. Quant au petit Cole, il était « le plus gentil des petits garçons, mais un vrai démon quand on essaie de le faire obéir. Quel dommage que son grand frère Harry soit mort. Ça lui ferait du bien de sentir une poigne plus ferme que celle de sa mère. »

Il y avait beaucoup de ragots concernant des habitants de Marblestone que Joe connaissait de près ou de loin, et même un commentaire désobligeant à l'égard de Blacky Bain, qui « était au bal avec une fille de San Rodrigo, beaucoup trop bien pour lui. Il avait une grande bouteille qui dépassait de sa poche revolver, tout le monde pouvait la voir. Je plains celle qui l'épousera. » La fille en question avait sans doute été la mère de Joe, et les craintes exprimées par Millie avaient été amplement fondées : Blacky Bain avait fait mener à Marian Sweet une existence pleine de difficultés et de déceptions.

Une silhouette se profila dans l'embrasure de la porte. Joe leva les yeux et s'empressa de se lever.

— Hello, Lee. (Il lui serra la main un peu cérémonieusement.) Asseyez-vous donc.

Lee Gervase prit place dans un fauteuil, en ayant soin de tirer légèrement sur son pantalon gris foncé pour ne pas en déformer le pli impeccable. C'était un bel homme aux cheveux noirs taillés en brosse, au regard franc et direct. Il balaya rapidement la pièce des yeux et hocha la tête, comme si ce qu'il venait d'observer correspondait tout à fait à ses attentes.

— J'ai entendu dire que vous vous présentiez contre moi, Joe.

— C'est exact.

— C'est votre droit le plus strict, naturellement. À votre place, j'en aurais fait tout autant. (Il se cala dans son siège et regarda son interlocuteur avec un air de franchise propre à inspirer confiance.) Je pense qu'il vaut mieux que je vous explique ma position afin d'éviter tout ressentiment après l'élection. C'est évidemment contre Cucchinello que je me suis présenté, et j'ai organisé ma campagne en conséquence. Je vais forcément continuer sur ma lancée. C'est embêtant pour vous d'être associé à Cucchinello et à son bilan personnel, mais les choses sont ainsi. Beaucoup de gens comptent sur moi, et je ne peux pas les décevoir.

— J'apprécie beaucoup que vous soyez passé me voir, Lee, dit Joe en jouant avec un crayon. Personnellement, je me soucie peu de ce que vous appelez du « ressentiment », car j'ai l'intention de mener une campagne honorable, que vous vous présentiez contre moi ou contre Cooch.

Gervase eut un petit rire poli.

— Je me présente pour gagner, Joe. Je saisirai toutes les occasions possibles. Mais je tiens à ce que vous sachiez qu'il n'y a aucune animosité personnelle dans la lutte que j'engage contre vous. L'enjeu est plus élevé, et concerne deux modes de vie différents. Ici, dans le comté de San Rodrigo, nous en sommes encore à l'époque des vieux tacots. Il est temps de nous mettre au diapason du reste de la Californie.

— C'est bien possible, mais je n'ai pas grand-chose à apporter dans ce domaine, que ce soit en tant que shérif ou simple citoyen. Si les choses doivent changer, elles changeront.

Lee Gervase secoua sa belle tête aux cheveux noirs avec une touche de condescendance.

— Ce n'est pas aussi simple que ça. Le shériff est un personnage important du comté. Il symbolise le gouvernement. Cucchinello et le vieux palais de justice, ça va ensemble, c'est ce que j'appelle « l'époque des vieux tacots ». Mes soutiens et moi-même, nous voulons moderniser tout ça, pour vivre avec notre temps. Nous en avons assez de cette atmosphère à la Mack Sennett. Cela peut signifier que certaines personnes seront bousculées hors de leurs ornières, mais c'est ce qui se passe partout dans le monde. Soit on court de toutes ses forces, soit on perd la course.

— Si c'est le genre de discours que vous comptez tenir, vous obtiendrez des voix, fit Joe pensivement. Mais j'en récolterai aussi quelques-unes. Je baserai mon programme sur le respect de la loi et sur une administration honnête. Cooch a pu accepter de temps en temps certaines petites faveurs, mais pas moi. J'ai déjà procédé à quelques ajustements depuis que je suis en poste.

— C'est ce que j'ai cru comprendre, fit Lee Gervase avec un petit rire. Je crois comprendre aussi que vous vous heurtez à une opposition, disons, solidement retranchée.

Joe fixa Gervase avec un froncement de sourcils interrogateur. Apparemment, Mrs Rostvolt confiait ses griefs à n'importe qui.

— Je me mêle sans doute de ce qui ne me regarde pas, ajouta Gervase avec un sourire aux lèvres devant l'agacement visible de son concurrent.

— Ça n'a pas d'importance. Quand on marche sur les pieds de quelqu'un, il faut bien s'attendre à ce qu'il pousse des hauts cris. Après l'élection, quel que soit le vainqueur, j'imagine qu'il y aura des changements.

— Certainement, fit Lee Gervase en hochant la tête, mais en ce qui vous concerne, ce ne sera pas forcément nécessaire.

— Que voulez-vous dire par là ?

— Je vais appeler un chat un chat. Si vous vous présentez contre moi, je pense que je vous battrai. Il s'ensuit logiquement que vous devrez quitter ce bureau – perdre votre emploi. Si vous retiriez votre candidature, et si vous vous faisiez appeler, disons, « Capitaine Bain » au lieu de « Shériff Bain », vous pourriez conserver ce titre après l'élection. Avec, peut-être, une augmentation de salaire à la clé, si j'arrive à vous l'obtenir. Je suis sûr que vous faites très bien votre travail. Vous seriez un atout précieux pour le département.

— J'ai une idée encore meilleure. Vous retirez votre candidature, et je vous confierai le poste de gardien de nuit.

— Comme vous voudrez, dit Gervase en haussant les épaules. Je vous aurai prévenu. Je suis dans la course pour gagner. Je n'ai nullement l'intention de laisser tomber mes soutiens ni les habitants du comté de San Rodrigo. Il va y avoir de grands changements. Vous et tout ce que vous représentez va disparaître.

— Et vous vouliez que je dirige le service en tant que capitaine ? J'ai l'impression que vous dites une chose et son contraire.

Lee hocha la tête en souriant.

— Du moment que nous nous comprenons, dit-il en se levant.

— Je vous comprends très bien, en effet. (Joe se leva à son tour pour raccompagner son visiteur dans le couloir.) Je comprends que vous n'êtes pas tout à fait aussi vertueux et soucieux de l'intérêt public que vous voudriez le faire croire.

Nouveau gloussement de Lee Gervase, un son désagréable et incongru par rapport à son apparence générale.

— Je n'ai jamais eu l'ambition de jouer les Jeanne d'Arc. Mais je pense que ce qui est bon pour moi le sera aussi pour le comté.

Une fois sur le trottoir devant le bâtiment, Joe dit d'un air pensif :

— Il y a une chose que je ne comprends pas, Lee. Vous n'êtes pas du genre à vous contenter d'un poste de shérif, même à mille dollars par mois.

Lee lui lança un rapide coup d'œil en coin.

— Et vous ?

— Moi, si. Ce n'est pas l'argent qui m'intéresse. Ce travail me plaît.

— Un seul de nous deux peut l'obtenir, fit remarquer Lee en souriant tranquillement.

— Que le meilleur gagne, conclut Joe.

Gervase s'en alla. Joe le regarda s'éloigner d'une démarche alerte et assurée. Ce n'était certainement pas la fonction de shérif que ce type-là convoitait. Ni le travail, ni l'argent. Lee Gervase visait Sacramento.

Sacramento, ou bien Washington… Rudolph Wark, le représentant du district au Congrès, donnait de plus en plus dans l'étroitesse d'esprit et le dogme. Il était mûr pour être remplacé par un homme jeune et dynamique qui savait s'attirer les voix nécessaires pour remporter un triomphe. Joe s'était déjà demandé pourquoi Lee Gervase, le type même du citadin raffiné, était venu s'installer à Pleasant Grove. Il était bien possible qu'il ait soigneusement analysé la situation dans chaque comté de Californie, et que celui de San Rodrigo lui ait semblé le plus prometteur. Le shérif Ernest Cucchinello n'aurait pas résisté à une campagne imaginative et vigoureuse. La mort de Cooch avait sans doute semblé rendre l'entreprise encore plus facile aux yeux de Gervase.

Joe retourna dans son bureau. Après avoir bu un peu du whisky de Cucchinello pour se calmer les nerfs, il s'attela à la mise au point du tableau des patrouilles. C'était un travail complexe, nécessitant un grand nombre de considérations subtiles. Primo, les agents devaient être disponibles et prêts à intervenir en cas d'urgence, de crimes ou de troubles de l'ordre public. Secundo, il était souhaitable que chaque secteur du comté soit visité au moins une fois par jour, à l'exception de certains petits villages de montagne qui pouvaient ne voir la voiture de patrouille qu'une ou deux fois par semaine. Tertio, il y avait les assignations en justice à remettre en mains propres, les arrêts de la cour à exécuter. Pour accomplir ces tâches, Joe disposait de sept adjoints, dont chacun travaillait cinq jours par semaine, ce qui faisait donc cinq adjoints disponibles par jour. Il fallait un opérateur radio en permanence vingt-quatre heures sur vingt-quatre, ce qui laissait trois hommes pour le service à l'extérieur, plus lui-même… Joe organisa soigneusement la répartition des équipes par rotation avec recouvrement : de 10 heures à 18 h 30, de 16 heures à minuit, de 19 heures à deux heures du matin. Il répartit les jours de congé de manière à disposer de plus de monde le vendredi soir et le samedi soir. Pour le dimanche et le lundi, ça irait toujours.

Les adjoints devaient être soigneusement choisis pour ces différentes tranches horaires. Il n'y avait pas de place pour le hasard. Chacun avait sa personnalité propre, ses forces et ses faiblesses. Casey Miggs savait s'y prendre avec les gamins, mais il manquait de caractère dans les situations délicates. Big Ben Boso manquait de tact, c'était un fonceur, brutal et coriace, le plus efficace de l'équipe aux heures tardives, malgré sa propension à boire un coup pendant le service. Il était soupe au lait, rudoyait les prisonniers turbulents et n'aimait pas les Mexicains.

En revanche, Lew Gonzales aimait bien les Mexicains puisqu'il en était lui-même un. Il était méticuleux, calme et sensible. Il détestait procéder aux arrestations et se faisait facilement avoir. Boso et lui s'entendaient plutôt bien. Boso le surnommait « le Basané », tandis que Lew le traitait de « Polack »

Pour ce qui était des autres, Frank Hubbard aimait se charger de la radio, alors que Bill Phipps détestait ça. Fay Insley, un fondamentaliste fervent, ne pouvait se résoudre à travailler le dimanche. Ace Wardell était un homme à femmes et avait la réputation d'avoir la gâchette facile. Gonzales, Insley et Miggs étaient d'une honnêteté scrupuleuse ; Hubbard, Phipps et Boso l'étaient sans doute un peu moins. Joe ne pouvait se prononcer en ce qui concernait Ace Wardell. S'il était élu, il l'affecterait en permanence à la radio et engagerait deux hommes supplémentaires.

Le programme achevé, il l'apporta à Mrs Rostvolt.

— Faites-en dix copies, une pour chacun des hommes, une pour moi et une qu'on affichera au tableau.

Mrs Rostvolt regarda le programme avec un froncement de sourcils.

— J'ai déjà établi un nouveau programme. Il ne me reste plus qu'à le taper.

— Eh bien, mettez-le à la corbeille. Celui-ci, c'est la façon dont je veux que les choses s'organisent.

Mrs Rostvolt haussa les épaules.

— Comme vous voudrez, répondit-elle d'un ton glacial.

Joe réfléchit un instant. Il regarda sa montre et vit qu'il était quatre heures et demie. Il dit à Mrs Rostvolt :

— Si on me demande, je suis en route pour Marblestone.

— Très bien, Mr Bain.

Nouveau coup d'œil à sa montre. S'il allait à Marblestone, il ne pourrait pas rentrer à temps chez lui pour dîner. Il retourna dans son bureau pour téléphoner. Ce fut Miranda qui décrocha :

— Allô ?

— C'est moi.

— Hello, Papa.

— Je ne serai pas à la maison pour dîner.

— Oh ! Papa ! Grand-mère a acheté des côtes de porc et plein de bonnes choses. Et des patates douces !

— Je suis désolé, ma chérie, mais j'ai un truc à faire.

— Tu penses rentrer quand ?

— C'est difficile à dire. Ne m'attendez pas pour dîner.

— D'accord.

***

Un peu après 5 heures, tandis que les rayons du soleil tombaient obliquement sur Castle Mountain, Joe arriva à Marblestone. Il continua le long de Destin Road jusqu'au ranch des Wyett et s'engagea dans l'allée. Les bergers allemands accoururent en tirant sur leurs chaînes. La vieille fourgonnette d'Ausley n'était pas là. Il n'y avait personne.

Chapitre VII

Joe reprit Destin Road vers le sud pour retourner aux décombres de la maison des Hacker. La clôture fleurie de roses rouges était toujours debout. Joe s'accouda à la barrière et contempla les ruines calcinées.

Le soleil avait disparu. Le crépuscule estompait les contours de la montagne, et des lumières commençaient à briller çà et là dans la vallée. Joe tendit l'oreille. Tout était silencieux, à part le bruissement du vent dans le feuillage des peupliers. Une chauve-souris passa en voletant. La maison sinistrée semblait plus mélancolique que jamais. Joe repensa aux lettres de Millie à Bus, écrites il y a bien longtemps quand le monde était jeune... Il alla jeter un coup d'œil dans la fosse jonchée de gravats, où le ciel se reflétait faiblement dans les éclats de verre des bocaux et des pots. C'est drôle, la vie, songea-t-il. On a à peine atteint le stade où on est capable de l'apprécier qu'on doit déjà commencer à s'inquiéter de la façon dont elle va finir... Il reprit sa voiture et poursuivit sa route jusqu'à Marblestone.

Le Centre culturel et social de Fox Valley était brillamment éclairé : les festivités allaient bon train à la Grande vente de charité paroissiale. Garé devant le Town Club se trouvait un pickup GM gris – celui de Willis Neff. Joe se rangea derrière et alla pousser la vieille porte de saloon à l'angle du bâtiment.

L'intérieur du Town Club était illuminé par les ampoules colorées d'un juke-box, la lampe à abat-jour qui pendait au-dessus du billard et divers gadgets publicitaires pour une marque de bière qui tournoyaient en clignotant au fond du bar. Une demi-douzaine de clients étaient assis sur des tabourets, bouteilles et verres devant eux.

Joe s'installa à côté de Neff, qui accueillit son arrivée d'un regard inquisiteur et d'un bref hochement de tête avant de poursuivre sa conversation avec son voisin de gauche.

Joe commanda une bière. Neff discutait de la pêche à la truite sur un ton mesuré et sentencieux.

— ... bien sûr, sans les gars des Eaux et Forêts, il n'y aurait pas de poissons. En un an, ils seraient complètement exterminés. Je leur reconnais ce mérite. Mais on ne me fera jamais croire que ces poissons d'élevage deviennent aussi gros et aussi savoureux que ceux qu'on trouve dans la nature. C'est logique, les truites sauvages sont d'une meilleure race, forcément.

— C'est les mêmes poissons, fit remarquer son compagnon d'un air sceptique.

— C'est sacrément pas les mêmes poissons, et je sais de quoi je parle. J'ai pêché dans chaque torrent de ces collines. Il y en a quelques-uns qu'on ne repeuple pas, et je ne crois pas que d'autres gars que moi les attrapent, parce qu'elles sont difficiles à pêcher. Les truites que je prends dans ces torrents-là, il n'y a pas mieux.

— Moi, je ne me donne pas tant de mal. Ils sont où, ces torrents dont tu parles ?

— Ne compte pas sur moi pour te le dire. Il m'a fallu une bonne dizaine d'années pour les dénicher. Je crois que je vais prendre quelques jours la semaine prochaine pour y faire un tour.

— Avec ce beau temps, ça vaudrait le coup.

Quelqu'un vint s'asseoir à côté de Joe : c'était Walt Hobius.

— Salut, Walt, dit Joe. Quoi de neuf ?

— Rien de spécial. Eh, Shorty, apporte-moi une bouteille de Bud. (Et se retournant vers Joe, il demanda :) Qu'est-ce que tu as trouvé dans le coffre-fort de Bus Hacker ?

— Un peu de tout. Rien de bien intéressant.

— Je m'y attendais. Bus n'a jamais rien eu à lui. Je me demande vraiment pourquoi il avait besoin d'un coffre.

— Les vieux ont de drôles d'idées, quelquefois.

— C'est bien vrai. Bus ne faisait pas exception à la règle. Un vieux croûton grincheux.

— Où est-ce qu'il prenait son essence ? Chez toi ?

— Pas souvent. Je ne sais pas où il allait. À San Rodrigo, j'imagine.

(Walt but une gorgée de bière.) Chaque fois qu'il prenait vingt litres d'essence, il voulait un reçu. (Walt but encore une rasade, puis il lança vers Neff un regard torve.) En voilà un autre qui s'en met plein les poches, marmonna-t-il.

— Qu'est-ce que tu veux dire ?

— Tu as été élevé dans un ranch. Je ne sais pas si vous aviez un tracteur et si vous utilisiez de l'essence détaxée. Détaxée ou pas, ça marche aussi bien.

— Difficile de faire quelque chose contre ça, fit Joe en hochant la tête. Surtout si tu te sers d'un pickup dans ta propriété pour transporter des charges.

Le visage aux joues creuses de Walt se fit amer. Il tendit l'oreille pour écouter ce que disait Neff.

— Écoute-le donc pérorer. Tout ça pour dire que c'est un as de la pêche. (Il vida son verre et fit signe à Shorty Olson, le barman.) Deux autres.

— Non, merci, fit Joe en levant la main. Je vais à la vente de charité pour rencontrer mes électeurs. Il vaut mieux qu'ils ne me voient pas marcher à quatre pattes.

— Tu ne supporterais pas deux bières ? s'exclama Walt, stupéfait. Ce n'est pas le Joe Bain que j'ai connu autrefois. Deux bières, c'était tout juste une petite mise en train.

— Bon, d'accord, pour te faire plaisir. Mais juste une.

— Ah, j'aime mieux ça. Tu gagnerais peut-être le vote des calotins en restant sobre, mais tu perdras la confiance des ivrognes.

— C'est un bon argument. Évidemment, on ne peut pas plaire à tout le monde.

— À nos santés ! fit Walt en portant le verre à ses lèvres.

— Si tu ne laisses pas tomber la cigarette, je ne donne pas cher de la tienne, dit Joe en levant son verre.

— J'ai diminué ma ration, tu sais, fit Walt surpris. (Jetant un coup d'œil à ses doigts jaunis, il ajouta :) Ah, non, ça, ce n'est pas de la nicotine. C'est de la teinture d'iode ou de l'encre, ou je ne sais quoi. (Il cligna des yeux et lança à Joe un regard perçant.) Comment ça se fait que tu t'intéresses à ma santé, tout à coup ?

— Pour commencer, j'ai besoin de ta voix. Et si tu ne sais pas faire la différence entre de l'encre et de la teinture d'iode, tu va te payer une septicémie ou esquinter ton stylo.

Walt s'esclaffa et allait répliquer quand Neff, se levant de son tabouret, interpella Joe.

— Eh, shériff, qui est-ce qui a mis le feu à la maison des Hacker ?

— Je ne sais pas. Pas encore.

— Vous croyez que vous le saurez un jour ?

Joe crut déceler une pointe de sarcasme, et il rétorqua :

— Certainement. Je ne suis pas du genre à laisser passer des trucs comme ça.

— Vous voulez que je vous donne un tuyau, shériff ?

— Bien sûr, je ne suis pas trop fier pour refuser.

— Vous savez ce qu'on dit sur les pyromanes ? Qu'en général, ce sont eux qui donnent l'alerte ?

— Oui, je l'ai entendu dire. Il arrive aussi que des gens qui veulent vraiment qu'on éteigne l'incendie appellent les pompiers. C'est difficile pour le type chargé de faire respecter la loi : il ne peut pas arrêter tous ceux qui donnent l'alerte, ni tous ceux qui s'abstiennent de le faire.

Neff resta interdit un instant, puis il marmonna :

— Je pensais vous aider...

— Je vous remercie, Mr Neff. Je tiendrai compte de ce que vous m'avez dit.

Neff sortit du bar. Walt Hobius vida son verre et se leva à son tour.

— Bon, il faut que je file, moi aussi. Si tu vas faire un tour à la fête, je t'y retrouverai tout à l'heure.

Walt s'éloigna, et Joe sortit quelques minutes plus tard. Il s'arrêta un instant sur le trottoir. Le crépuscule avait cédé la place à la nuit. De joyeux échos de la fête parvenaient jusqu'à lui depuis l'autre côté du Parc. Chaque fenêtre du Centre était éclairée et une guirlande d'ampoules colorées courait le long de la façade.

Joe s'engagea dans le Parc d'un pas tranquille. En traversant la rue, il remarqua la fourgonnette d'Ausley Wyett garée parmi les autres voitures. Il ne put s'empêcher de rire. Manifestement, Ausley tentait de se réinsérer dans la société. Dans une vente de charité paroissiale, personne n'oserait lui dire de décamper. Quoi qu'on puisse penser d'Ausley, on ne pouvait en tout cas pas lui reprocher de manquer de courage. À moins qu'on ne préfère appeler ça du culot caractérisé. C'était une question de point de vue.

Joe entra dans le bâtiment derrière une famille de fermiers. L'homme portait un costume bleu mal coupé, sa femme une robe à fleurs. Les deux garçons avaient les cheveux luisants de gomina et les robes des deux filles froufroutaient à chaque pas. Joe prit conscience tout à coup de sa propre tenue : pantalon en whipcord, blouson gris clair, chemise blanche. Sa mère et Miranda voulaient qu'il s'habille avec plus de recherche, mais il répugnait à changer brusquement de style si tôt après sa promotion. Il préférait faire ça progressivement, afin que personne ne le remarque. Cucchinello s'habillait toujours à la perfection, costumes de gabardine, chemises sport sur mesure, cravates style western et pinces à cravate de cow-boy. Lee Gervase s'habillait aussi avec élégance, mais à la façon d'un jeune cadre qui a réussi dans les affaires. Joe écarta cette préoccupation de ses pensées. Sa tenue était bien suffisante pour des festivités paroissiales. Sans compter que les gens, en le voyant ainsi vêtu un samedi soir, pourraient se dire que c'était un travailleur acharné.

Il régla ses vingt-cinq *cents* d'entrée. Dans le premier hall, qui faisait office de salle de réception, on avait aligné des tables de bridge chargées de saladiers, de plats et d'assiettes. Sur la gauche, une arcade donnait sur le hall principal où avait lieu la vente de charité. On y trouvait tout un assortiment de couvre-lits en patchwork, de tapis à points noués, de confitures faites maison, de vieux livres et de magazines. Un stand était consacré uniquement aux objets fournis par le passionné de minéraux local, Bart North : serre-livres, pieds de lampe et bijoux en agate, bois pétrifié, jaspe…

On venait apparemment d'annoncer le dîner : une queue s'était déjà formée, qui défilait devant les plats. Joe se rendit dans la salle d'où les gens sortaient petit à petit pour aller se sustenter. Charley Blankenship était là, en compagnie de sa petite femme au teint caramel, Metty, qui était la sœur de Dora, la mère de Walt. Charley portait un costume à veste croisée un peu ample, égayé d'une flamboyante cravate rouge et bleu. Il avait aux pieds ses habituelles chaussures noires à bout rond. Il fit signe à Joe, qui s'approcha d'eux.

— Hello, Charley. Bonsoir, Mrs Blankenship. Une soirée bien sympathique, n'est-ce pas ?

— Oui, merveilleuse, répondit Metty. Jamais nous n'aurions cru qu'il y aurait une telle foule. J'espère qu'il y aura assez à manger pour tout le monde.

Charley lança un coup d'œil éloquent vers l'autre salle.

— Ce serait peut-être une bonne idée de faire la queue avant que tout ait été dévoré.

— Vas-y, toi, dit sa femme. Moi, je ne prends rien. Toute cette nourriture est bien trop riche pour moi, confia-t-elle à Joe. Mon médecin dit que c'est un problème de vésicule biliaire. Il ne m'autorise pas la moindre graisse, et je dois faire attention aussi aux sucreries. Je meurs de faim en permanence.

— Comme je vous plains, Mrs Blankenship.

Charley agrippa le bras de Joe de ses longs doigts mous et pointa l'index.

— Tenez, regardez-moi ça. Je trouve qu'il a un sacré culot…

Joe suivit des yeux la direction indiquée par le doigt tremblant de Charley. Derrière un stand de friandises maison se tenait Ellie Neff. Elle était vêtue d'une robe en cotonnade bleue sans manches, avec un ruban bleu dans ses cheveux blonds. Joe la trouva absolument charmante. Elle possédait une grâce tranquille et naturelle, et semblait désireuse de plaire sans coquetterie ni artifice. Ausley Wyett était en train de faire son choix parmi toutes les sucreries que la jeune fille proposait. Il portait un costume visiblement neuf qui ne lui allait pas très bien, avec une veste qui lui remontait au-dessus des fesses et des manches d'où dépassaient ses poignets osseux. On voyait qu'il avait soigné sa mise : ses cheveux roux étaient bien lissés, ses chaussures brillaient, sa cravate de sport rouge était tenue en place par une pince à cravate constituée d'un A en argent sur une tête de cheval en ivoire. Il posa une question à Ellie, et quand celle-ci lui répondit, il eut une réplique qui la fit sourire, rougir légèrement et sourire à nouveau.

— Ce garçon a un toupet incroyable, siffla Metty Blankenship. On aurait pu s'attendre à ce qu'il ait honte de se montrer.

Charley resserra sa prise sur le bras de Joe et le secoua.

— Vous ne pouvez pas faire quelque chose ? Sa présence scandalise tout le monde, mais comme c'est une fête paroissiale, personne n'ose le flanquer dehors.

— Vous mettez le doigt précisément sur la difficulté, répondit Joe. Ausley se tient très bien, et je pense donc que personne n'a le droit de s'en prendre à lui.

Les lèvres molles de Charley Blankenship tremblèrent. Il lança un regard furieux à travers ses lunettes et tourna les talons en secouant la tête. Metty décocha un regard venimeux à l'adresse de Joe et, prenant le bras de son époux, gagna l'autre salle. Là, se dit Joe, tu peux définitivement dire adieu à ces deux voix…

Ayant fait son choix, Ausley posa ses billets sur la table. Il hésita un instant avant d'ajouter quelques mots. En fronçant les sourcils, Ellie le regarda attentivement et hocha lentement la tête. Willis Neff entra dans la salle. Ellie se pencha aussitôt sur son étalage et s'affaira à remettre de l'ordre dans ses marchandises.

Ausley aperçut Joe et traversa la pièce pour le rejoindre.

— Alors, Ausley, tu as un faible pour les sucreries, maintenant ?

— Oh, j'ai toujours aimé ça, répondit-il avec un grand sourire. Tu veux un peu de fondant au chocolat ?

— Non, merci.

Ausley dévora une tablette et déclara en lançant un regard derrière lui.

— C'est vraiment une gentille fille. Et drôlement jolie, par-dessus le marché.

— N'oublie pas qu'elle est dotée d'un affreux bonhomme de père qui ne peut pas te voir en peinture. Fais très attention, Ausley, c'est pour ton bien que je te le dis.

— Tu sais, déclara Ausley avec une grimace désabusée, au point où j'en suis, je ne me soucie plus de rien. Quoi que je fasse, on trouvera toujours à y redire, alors autant faire ce qui me plaît.

— Pourquoi dis-tu qu'on trouvera toujours à y redire quoi que tu fasses ?

— Eh bien, si je reste enfermé chez moi sans voir personne, on dira : « Ce monstre d'Ausley Wyett sait bien qu'il n'est qu'un vaurien, il a honte de se montrer. » Si j'essaie de faire comme tout le monde, on dira : « Voilà ce monstre d'Ausley qui se pavane comme si le monde lui appartenait. » Je perds à tous les coups.

— Et alors ? Ça ne te surprend quand même pas ?

— Non, convint Ausley, ça ne me surprend pas. Mais heureusement, il y a des gens plus gentils que d'autres.

— Qui, par exemple ? Ellie ?

— Oui. Je lui ai dit de ne pas croire tout ce qu'on pouvait lui raconter sur mon compte. Elle a dit d'accord, qu'elle n'y croirait pas. Difficile d'être plus gentille que ça, non ?

— C'est vrai, reconnut Joe. C'est bien dommage qu'elle soit cloîtrée comme ça dans les collines.

— Être cloîtré, ce n'est pas très drôle. J'ai connu ça pendant seize ans. Je croupirais encore là-bas si les prisons n'étaient pas aussi pleines. Il faut bien qu'ils relâchent les uns pour faire de la place aux autres.

— Allons manger un morceau avant qu'ils n'aient vidé tous les plats.

— Vas-y tout seul, je risquerais de te faire perdre des voix si on nous voyait ensemble.

— Au moins, les gens feront attention à moi. Même mauvaise, un peu de publicité vaut toujours mieux que pas de publicité du tout

— Si tu peux le supporter, alors moi aussi, fit Ausley en haussant les épaules.

Ils se joignirent à la queue dans la salle voisine. Pour un dollar, on leur remit de grandes assiettes et des couverts et, en dépit des craintes exprimées par Mrs Blankenship, il y avait abondance de victuailles : poulet frit, haricots, spaghettis, jambon et pommes de terre gratinées, salade de pommes de terre, salade verte, petits pains, muffins et, pour finir, biscuits, tartes et café.

Joe et Ausley allèrent s'installer dans un coin de la salle.

— Je voulais te parler de cet incendie, dit Joe. Art van Horn m'a dit que c'était toi qui avais donné l'alerte.

— C'est parfaitement exact.

— Quand est-ce que tu as vu qu'il y avait le feu ?

— Oh… ça devait être aux alentours de minuit, peut-être un peu plus. Je venais juste d'éteindre la télé, et j'étais sorti me dégourdir un peu les jambes. Quand j'ai vu la lueur rouge dans le ciel, j'ai tout de suite compris.

— C'est tout ce que tu en sais ?

— Qu'est-ce que je pourrais savoir d'autre ?

— Tu n'es pas allé voir ?

— Accorde-moi tout de même un minimum de bon sens.

— Et d'après toi, qui serait responsable ?

— Bonne question, répondit Ausley en pinçant les lèvres. J'ai ma petite idée là-dessus, bien sûr.

— Dis-la-moi.

— Mon opinion importe peu. J'en veux à trop de gens, par ici.

— Ça me semble idiot, Ausley. Qu'est-ce qui te donne le droit d'en vouloir à qui que ce soit ?

— Je préfère ne pas en parler. Un jour, tout finira sans doute par se savoir. Pour l'instant, c'est encore trop tôt.

— Alors, quand ?

Ausley secoua la tête.

— Difficile à dire. Mais ce pauvre Bus Hacker, mourir comme ça, c'est vraiment terrible. Un accident, sans doute ?

— Tu as une autre idée ?

Ausley s'esclaffa et but son café.

— Tu veux que je te dise ce que j'en pense, Joe ? Quand on crache en l'air, ça vous retombe sur le nez.

Joe s'attaqua à son dîner en gardant un silence désapprobateur. Comme l'avait fait remarquer Charley Blankenship, Ausley n'avait vraiment aucune honte.

On entendit dans la salle principale le bruit des tables de bridge qu'on mettait en place en prévision du Bingo. Ausley se leva.

— Je crois que je vais aller tenter ma chance.

Joe le regarda s'éloigner. Tout ça n'était pas très satisfaisant... Il alla se servir une autre tasse de café et se posta juste sous l'arcade. Sur l'estrade, Mrs Bluett et Mrs Koshlund, l'épouse du pasteur méthodiste, disposaient le matériel nécessaire au Bingo : un petit cylindre rotatif contenant les boules numérotées, et un vaste damier comportant des cases numérotées de 1 à 100 permettant le suivi des tirages. Joe regarda autour de lui. Il pouvait mettre un nom sur au moins un tiers de l'assistance. Certains avaient été ses camarades d'école, d'autres avaient des visages dont il se souvenait à peine. Apparemment, les Destin n'étaient pas là, mais il ne s'était pas attendu à les voir. Avec quelques autres familles, ils constituaient le gratin de la société locale, et quand ils voulaient sortir le soir, ils se rendaient à Monterey ou à San Jose, ou allaient même jusqu'à San Francisco.

Les Blankenship avaient choisi une table proche de l'estrade. Mr et Mrs Al Gruber, qui tenaient le salon de coiffure et soins esthétiques de la ville, étaient assis avec eux. Willis Neff et Mrs Neff étaient à l'autre bout de la salle. Neff arborait un air de martyr. Un couple âgé vint s'installer sur les sièges qui restaient vacants à leur table. Joe chercha Ellie des yeux et la vit qui remettait le contenu de sa caisse à une dame corpulente en robe bleu lavande.

Joe traversa lentement la salle, et quand il vit s'éloigner la dame, il rejoignit Ellie.

— Bonsoir, Ellie. Comment ça se passe ?

— Oh, très bien, répondit-elle avec un sourire poli.

— Vous comptez jouer au Bingo ?

— Oui, je crois, dit-elle en jetant un coup d'œil vers la table où ses parents étaient installés.

— Moi aussi, je pense. Allons nous asseoir là-bas.

Ellie hésita un instant en regardant son stand, mais personne ne semblait vouloir acheter de friandises.

— Bon, d'accord.

— J'aurais dû d'abord vous demander si vous aviez dîné, dit Joe en l'emmenant vers une table libre.

— Oui, il y a une dizaine de minutes.

Joe lui tira une chaise, et Ellie s'assit avec un petit rire timide. Joe s'installa à sa droite.

— Figurez-vous, dit-il, que ça fait bien vingt ans que je n'ai pas mis les pieds dans une vente de charité comme ça. Pas depuis que j'ai quitté les collines.

— Où habitiez-vous ? demanda Ellie sans vraiment sembler intéressée.

— Juste au pied de Castle Mountain. À environ trois kilomètres de chez vous, il y a une petite route qui s'en va vers le sud. Si vous la suivez sur une quinzaine de kilomètres, vous verrez qu'elle grimpe, descend, tourne, fait des tas de lacets, et finalement vous arrivez sur une prairie avec une vieille maison délabrée près d'une source. C'est là que je suis né. Aujourd'hui, j'aimerais bien qu'elle soit à moi.

— À qui appartient-elle ?

— Je ne sais pas. Après la mort de mon père, ma mère l'a vendue à un type qui s'appelait A. N. Charr, et j'ignore ce que s'est passé après.

— Charr... C'est un nom bizarre.

— Je crois que c'étaient des Gallois, ou des Basques. Ou bien des Finlandais. Des gens venus de très loin, en tout cas.

Ellie demeura silencieuse. Elle posa les mains sur la table, des mains fermes, fines et vigoureuses, qui d'ici quelques années seraient abîmées par les travaux. Voyant que Joe les regardait, elle les reposa sur ses genoux.

— Cela fait très peu de temps que nous nous connaissons, dit Joe, et je ne voudrais pas paraître indiscret, mais est-ce que vous ne vous sentez pas quelquefois un peu seule, là-haut ?

— J'essaie de m'occuper le plus possible, répondit la jeune fille avec un sourire gêné.

— Je vais peut-être un peu trop vite en besogne, mais serait-il possible que je vienne vous chercher un soir ? Je ne suis pas très bon danseur, mais nous pourrions dîner ensemble et aller voir ensuite un spectacle ?

Elle fit une petite grimace.

— Je crains que ce ne soit pas possible, Mr Bain.

— Voyons, Ellie – au fait, appelez-moi Joe –, vous pouvez sûrement sortir un soir sans que le ciel vous tombe sur la tête.

— Pour commencer, déclara-t-elle après une légère hésitation, je n'ai rien à me mettre.

— La robe que vous portez ce soir est très bien, elle vous va à ravir.

Elle sourit et secoua la tête.

— Ce n'est pas tout. Il y a cinq ans à peu près, ma sœur Gertrude s'est enfuie de la maison, et... disons qu'elle a eu beaucoup d'ennuis. Alors, maintenant, mon père se fait du souci. Je crois que pour lui, je suis restée sa petite fille.

Quelqu'un s'était approché de leur table. Joe leva les yeux : c'était Ausley Wyett, qui souriait nerveusement. Avec un effort pour prendre un air dégagé, il demanda :

— Cette place est prise ?

— Non, répondit Joe sèchement, tu peux t'asseoir.

Ausley s'installa, en prenant soin de tirer un peu sur son pantalon. À cet instant précis, le Révérend Dunkwiler fit son apparition sur l'estrade.

— Mes amis, je serai bref afin de ne pas retarder le début des jeux, mais le Révérend Koshlund m'a prié de vous exprimer nos remerciements pour votre aide matérielle et tout ce que vous avez fait pour que notre vente de charité soit une aussi grande réussite. C'est une tâche difficile et un peu ingrate...

Joe glissa dans l'oreille d'Ellie :

— Tiens, ça me donne une idée.

Il se leva et se dirigea vers une petite porte sur le côté par laquelle on accédait à l'estrade.

— ... nous n'avons pas encore le montant total de la recette, mais je suis d'ores et déjà certain que les fonds destinés à l'entretien de nos deux églises seront considérablement étoffés. Je vois que les garçons et les filles s'apprêtent à distribuer les cartes, et c'est pourquoi, sans plus tarder...

Joe Bain apparut sur l'estrade et murmura quelque chose à l'oreille du Révérend, qui sourit et acquiesça aimablement.

— Mes amis, le shérif Joe Bain voudrait vous dire quelques mots.

Joe s'avança, regarda tous ces visages tournés vers lui...

— Je ne serai pas long, n'ayez crainte. Je veux simplement dire un petit bonsoir à mes vieux amis et à mes voisins, et vous rappeler qu'à la prochaine élection, je serai candidat au poste de shérif. Je vous serai évidemment très reconnaissant si vous voulez bien voter pour moi. Je n'ai aucun programme particulier, je suis simplement partisan d'une ferme application de la loi grâce à des méthodes efficaces et honnêtes, sans crainte ni favoritisme. Merci de votre attention. Merci, Révérend.

Il salua avec raideur et s'éclipsa. Il y eut quelques applaudissements clairsemés, mais à présent un groupe d'adolescents, filles et garçons, circulaient dans la salle en vendant les cartes du Bingo. Le Révérend Dunkwiler s'avança de nouveau.

— On me demande de vous annoncer que les cartes du Bingo sont vendues un dollar pièce et seront valables pour toute la durée de la soirée. Tous les prix nous ont été offerts, et nous indiquerons chaque fois la nature du prix que remportera le gagnant et le nom du généreux donateur.

Joe retourna dans la salle et lança un regard morose en direction de la table où étaient installés Ellie et Ausley, en train d'acheter des cartes. Ellie en prit une, mais Ausley, d'un geste grandiose, tendit un billet qui lui valut cinq cartes d'un coup. Ellie fit une remarque impressionnée, à laquelle Ausley répliqua d'une manière qui la fit éclater d'un rire très naturel. Joe fronça les sourcils et passa dans la salle voisine, où il se resservit du café.

Deux femmes âgées vinrent le trouver. L'une d'elles lui demanda d'un ton badin :

— Est-il possible que vous soyez Joe Bain, ce jeune vaurien qui était la honte de tout le voisinage ?

— J'en ai bien peur, répondit Joe en souriant. Et vous, ne seriez-vous pas Mrs Matthews, ma maîtresse de CE2 ?

— Vous vous souvenez donc encore de moi après toutes ces années ?

— Comment aurais-je pu vous oublier ?

— Et moi ? lança malicieusement l'autre dame. Ça m'étonnerait que vous vous rappeliez qui je suis,

— Mais si, je me souviens parfaitement. Vous êtes Mrs Beasley, la postière. Quand j'avais dix ans, j'ai embrassé votre fille. Vous m'avez surpris, et je n'ai pas oublié la taloche que vous m'avez donnée !

— Tu te rends compte ! s'exclama Mrs Beasley à l'adresse de sa compagne. Un gamin de dix ans, et il embrassait Aria sans se gêner ! Dix ans, voyez-vous ça ! Et Aria qui prétendait que c'était juste un banal petit bonjour. Oh ! les petits vauriens ! Je préfère ne pas penser à ce qui se passait quand j'avais le dos tourné…

— Ça montre qu'on n'est jamais sûr de rien, dit Mrs Matthews. Aria est maintenant mariée et mère de quatre enfants, et Joe est le shérif du comté. (Elle lança un regard espiègle à Joe.) Nous avions bien pitié de votre pauvre maman, de devoir s'occuper d'une paire de lascars comme votre père et vous !

— J'imagine qu'elle a dû s'apitoyer sur son sort, quelquefois, fit Joe.

Sur ce, les deux dames demandèrent des nouvelles de sa mère, et Joe répondit avec beaucoup de courtoisie. Deux voix d'assurées, se dit-il, si seulement elles se donnent la peine d'aller voter. Plus, éventuellement, les voix de leurs maris, enfants et relations. Ça valait la peine de faire un effort.

Mrs Beasley lui posa la main sur le bras.

— Il y a quelque chose que je meurs d'envie de vous demander. (Elle lança un regard en coin à Mrs Matthews, qui l'observait attentivement.) Mais je pense que ce ne serait pas convenable, il y aurait sans doute faute professionnelle. Il vaut mieux que je me taise.

Les scrupules de Mrs Beasley la concernaient-ils personnellement, ou pensait-elle à Joe ? Ce n'était pas clair, mais il n'insista pas. On entendait dans la salle voisine la voix de Mrs Bluett qui annonçait les numéros.

— Eh bien, Mary, fit Mrs Matthews en regardant son amie, que dirais-tu si nous tentions notre chance au jeu ?

— Tu sais comme j'adore ce genre de frissons, répondit Mrs Beasley.

— Allons-y, alors, avant que tous les prix n'aient été distribués. Vous venez, Joe ? Ou je devrais peut-être vous appeler shériff ?

— Je vais prendre une carte pour un ou deux tours.

Il les escorta jusqu'à une table au fond de la salle. On leur distribua des cartes et des haricots secs.

— Quatre-vingt-quatre ! lança Mrs Bluett.

Le cylindre se mit à tourner. Une petite fille de huit ou neuf ans alla extraire la boule qu'elle tendit à Mrs Bluett.

— Douze ! clama celle-ci.

Ausley Wyett se leva d'un bond :

— Ici ! Bingo !

Mrs Bluett hocha la tête en pinçant les lèvres. Une personne chargée du contrôle lut les numéros gagnants sur la carte d'Ausley.

— Tout est correct ! déclara Mrs Bluett. Le prix est un fer à vapeur, offert par le Drugstore Olin.

Quelques rires vite étouffés accueillirent l'information. Ausley se rassit avec un petit sourire gêné, le carton contenant le fer à repasser posé devant lui sur la table.

La partie suivante commença.

— Soixante-cinq, annonça Mrs Bluett.

Joe plaça un haricot sur la case correspondante, puis il jeta un coup d'œil vers la table de Neff, qui regardait Ausley Wyett avec un air menaçant. Joe fronça les sourcils. Pour son retour dans la société, Ausley y allait peut-être un peu fort…

Mrs Bluett continuait d'énoncer les numéros, avec de temps à autre un « Bingo ! » lancé par un heureux gagnant à qui on annonçait son prix : « Une jolie statuette de jardin, offerte par Mr et Mrs Mendoza... », « Un bon pour un repas d'une valeur de quinze dollars, à prendre au Marblestone Hotel, offert par Mr Arthur van Horn... »

Et puis la conclusion de la soirée : « C'est terminé, mes amis ! Merci à tous et bonne nuit ! »

Ausley et Ellie se levèrent. Ellie n'avait rien gagné, mais Ausley avait tenu à lui offrir le fer à repasser. Elle le tenait avec réticence, visiblement très mal à l'aise. Elle finit par hausser les épaules, souhaita une bonne nuit à Ausley et se fraya un chemin dans la foule pour rejoindre sa mère. Joe la regarda s'éloigner. Gracieuse, charmante, généreuse... et ravissante. Il faut que je tente ma chance, songea-t-il, sinon Ausley va me couper l'herbe sous le pied.

Il vit Ellie montrer le fer à vapeur à sa mère. Toutes deux tournèrent la tête pour regarder Ausley, mais il avait déjà quitté la salle. Joe chercha des yeux Willis Neff, mais il ne le vit nulle part. Il était peut-être aux toilettes.

Mrs Neff inspecta la boîte d'un œil critique et secoua la tête. Ellie fit une remarque à voix basse, Mrs Neff eut l'air plus sceptique que jamais. Elles balayèrent la salle du regard, et Mrs Neff prononça quelques mots d'un air sombre. Le visage d'Ellie se décomposa.

Joe quitta la salle. Une fois sur le trottoir, il regarda à droite et à gauche. La fourgonnette d'Ausley était garée sous un lampadaire. Dans la rue, un peu plus loin, il y avait un attroupement.

Joe pressa le pas. Willis Neff faisait face à Ausley, qu'il avait apparemment rejoint au moment où celui-ci s'apprêtait à ouvrir sa portière.

Neff parlait d'une voix gutturale :

— ... ce que j'ai l'intention de faire, mais avant ça, je tiens à vous le dire : ne vous avisez plus jamais de regarder ma fille, même du coin de l'œil !

— Calmez-vous, Mr Neff, répondit Ausley d'une voix aiguë. Je pense n'avoir rien fait de mal, et pour autant que je sache...

— Vous avez un sacré culot de vous montrer parmi nous. Un sacré culot rien que d'être encore en vie.

— Écoutez, Mr Neff, je ne veux pas me disputer avec vous. S'il vous plaît, écartez-vous pour que je puisse monter dans ma voiture.

Neff lui balança un coup de poing, qu'Ausley esquiva. Les hommes autour d'eux se mirent à gonder, et des cris d'encouragement fusèrent :

— Vas-y, Willis, cogne-le, ce fils de pute ! Tue-le, ce salopard !

Joe se contenta d'observer. Neff ne s'était pas encore rendu coupable de voies de fait, puisqu'il avait raté son coup. Neff se mit à rire et à sautiller sur place, le coude plié contre le corps, et soudain, il bondit vers Ausley. Joe avait entendu dire que Neff avait été champion de boxe dans la marine... Mais Ausley prit son assaillant de court. Il avait de gros poings au bout de longs bras, il ne connaissait rien à la boxe, mais il se mit à faire de grands moulinets, et son premier coup atteignit Neff à l'oreille. Neff se jeta alors sur lui, en lui martelant la poitrine. Ausley réussit à se dégager et recula de quelques pas. Neff reprit sa danse sautillante et s'avança. Ausley fit un autre moulinet du bras, la cravate au vent. Son gros poing maladroit frappa Neff au cou. Neff trébucha, tomba à genoux, plus surpris que blessé, mais surtout au comble de la rage. Il se rua sur Ausley, d'abord à quatre pattes, puis sur ses jambes fléchies. Un crochet du droit, un crochet du gauche : la tête d'Ausley fut projetée d'un côté puis de l'autre, sa couronne de cheveux suivant le mouvement. Ausley poussa un faible gémissement de peur et de douleur, et son gros poing frappa Neff en pleine bouche. Le sang jaillit. Neff émit un sifflement, sautilla, frappa : Ausley s'écroula à terre. Avec un grondement de satisfaction, Neff s'approcha et s'apprêtait à bourrer son adversaire de coups de pied quand Joe intervint. Il tira Neff en arrière, et celui-ci se retourna vivement.

— Bon, ça va comme ça ! aboya Joe. Qu'est-ce qui se passe ? Arrêtez tout de suite !

— Je vais le tuer, ce fils de pute !

— Qu'est-ce qu'il a fait ?

— Vous devriez le savoir. Ce soir, il a parlé avec ma fille.

— Elle ne l'a pas rembarré, que je sache ?

— Non, et alors ?

— Elle est majeure.

Ausley se remettait péniblement debout.

— Allez, poussez-vous, vous me gênez, dit Neff en bousculant Joe.

— Si vous remettez ça, je vous flanque en prison. Pour soixante jours. Je vous ai dit d'arrêter, c'est clair ?

Neff semblait prêt à le défier, mais les spectateurs le retinrent : « Ça suffit comme ça, Willis, tiens-toi tranquille. », « Tu vas faire que t'attirer des ennuis, calme-toi. »

Joe se tourna vers Ausley.

— Tu veux porter plainte contre lui ?

— Non, je ne crois pas. Il s'excite facilement, et il n'a pas dû vraiment se rendre compte de ce qu'il faisait.

— La prochaine fois, je ne te raterai pas ! lui lança Neff avec un mauvais sourire.

— Faites attention, Neff, je vous le conseille, dit Joe.

— Vous le soutenez, et vous vous figurez que les gens de Marblestone vont voter pour vous ?

— Je fais mon devoir, et j'espère que c'est comme ça qu'ils verront les choses.

— En tout cas, j'en connais un qui ne les voit pas de cet œil-là.

— Désolé, Mr Neff, j'aimerais beaucoup que vous votiez pour moi.

Neff tourna les talons et s'éloigna rapidement. Joe fit face au groupe de badauds.

— Belle équipe, vraiment ! Vous vous comportez comme une bande de délinquants juvéniles !

Ils grommelèrent et s'en allèrent d'un air penaud en regardant par-dessus leur épaule. Leurs visages étaient d'un jaune grisâtre à la lueur du réverbère.

Ausley fourra sa cravate dans sa poche avec des doigts tremblants, et il se frotta la poitrine.

— Tu devrais te montrer plus prudent, déclara Joe. Les gens n'ont pas la mémoire courte, par ici, et il ne faut pas les provoquer.

— Je serais sans doute d'accord avec toi si j'étais coupable de ce qu'ils croient. Seize ans en prison, c'est sacrément long quand on est innocent.

Joe le dévisagea d'un air grave.

— Tu prétends me dire en face que tu n'étais pas coupable ?

— J'ai plaidé non coupable au procès, Joe. Personne ne m'a cru.

— Alors, qui est le vrai coupable ?

— Je ne sais pas. Enfin, je n'en suis pas sûr. (Ausley se redressa de toute sa hauteur.) Laisse-moi te dire une chose, Joe. Si tu crois que je suis revenu à Marblestone juste pour élever du bétail et pardonner aux gens, eh bien tu te trompes. Seize ans, ça fait une grosse tranche de vie qu'on perd. Je suis bien décidé à avoir quelque chose en échange. Et si ça doit faire des dégâts au passage, tant pis !

— Tu ne sais plus ce que tu dis, grommela Joe. Tu ferais mieux de rentrer te coucher.

Les Neff descendaient la rue : Willis Neff, Mrs Neff, Ellie. La jeune fille portait le fer à repasser. Le visage figé, elle traversa pour le déposer sur le pare-chocs de la voiture d'Ausley et partit rejoindre ses parents.

Ausley la regarda s'éloigner. Il poussa un gros soupir, tendit la main vers le carton et allait le jeter dans l'herbe quand Joe l'arrêta.

— Hé, là ! Qu'est-ce que tu fais ?

— Je ne veux pas de ce foutu machin. Je ne repasse rien, moi.

— Donne-le-moi, alors. Ce sera pour ma fille. Elle passe son temps à me réclamer ce genre d'engin.

— Prends-le, il est à toi.

— Merci. Et maintenant, un bon conseil : rentre te coucher et fais-toi oublier quelque temps. Je n'ai pas envie de recevoir un coup de fil de Marblestone m'informant qu'on a trouvé ton cadavre en train de se balancer à une branche.

— Tu sais ce que je t'ai dit.

— Oui, j'ai bien entendu. Je ne peux pas dire que je te croie, mais la prochaine fois que tu voudras me parler du procès, viens me voir à mon bureau.

Ausley monta dans sa voiture, démarra, manœuvra dans la rue et disparut au loin.

CHAPITRE VIII

La matinée du lundi fut chaude, ensoleillée et calme, une de ces matinées d'été où la totale immobilité de l'air vous rend somnolent. Joe était assis à son bureau et regardait à travers les stores vénitiens ce qui se passait dans Montalva Square.

Du bureau de Mrs Rostvolt provenait le cliquetis de sa machine à écrire, et de temps à autre un murmure assourdi de conversations, ou la sonnerie du téléphone. De la partie du bâtiment réservée aux cellules, à l'autre bout du couloir, parvenait un bruit confus de voix – les six prisonniers discutant entre eux à travers leurs barreaux : plaisanteries ou fanfaronnades, commentaires mûrement réfléchis sur ce qui n'allait pas dans le monde. Joe les écoutait avec un demi-sourire. De temps en temps, il y avait une allusion désabusée aux circonstances qui les avaient placés dans leur triste situation actuelle. Joe secoua la tête avec amusement. À les entendre, on aurait dit des présidents de grandes entreprises dont les vacances avaient été interrompues par ce fâcheux coup de malchance.

La sonnerie de son téléphone retentit. Il tendit mollement le bras pour décrocher. Mrs Rostvolt l'informa qu'un certain Mr Leary désirait lui parler. Joe faillit lui dire de lui envoyer le visiteur, mais une nuance presque imperceptible dans le ton de Mrs Rostvolt – trop neutre, trop posé – le fit se raviser.

— Qu'est-ce qu'il veut ? demanda-t-il
— C'est à propos de cours de dessin pour votre fille.
— Si c'est un représentant de commerce, dites-lui que je suis occupé.

Et il raccrocha en fronçant les sourcils. Mrs Rostvolt devait bien savoir qu'il ne fallait pas le déranger pour ce genre de choses... Qu'est-ce qu'elle avait donc en tête ? Malgré toute sa compétence, elle était franchement agaçante. Joe se prit à rêver de quelqu'un qui aurait l'efficacité et le savoir-faire de Mrs Rostvolt, mais avec, disons, le physique d'Ellie Neff et ses aimables qualités...

L'évocation d'Ellie Neff le fit penser à Marblestone. Cette situation le mettait mal à l'aise, elle était franchement déplaisante, mais que pouvait-il y faire ? Il n'allait quand même pas surveiller le moindre mouvement d'Ausley Wyett. Impossible également de transformer Willis Neff en une blanche colombe roucoulante... Il y avait aussi la mort de Bus Hacker. Il pouvait soupçonner ou imaginer tout ce qu'il voulait, il n'avait aucune prise solide dans cette affaire. Cole Destin essaierait peut-être de faire marcher l'assurance pour l'incendie de la maison. Dans ce cas, ce serait à la compagnie de décider s'il y avait lieu ou non de l'indemniser.

Joe fouilla dans un tiroir et en sortit les transcriptions que le laboratoire avait réalisées des lettres de Millie Hacker. Elles ne lui apportèrent rien de plus que ce qu'il savait déjà. À une occasion, le vieux Mr Destin s'était permis de caresser la joue de Millie Landroff, ainsi que la jeune fille le racontait pudiquement. Tout cela semblait bien innocent. S'il y avait des squelettes dans le placard des Destin, Millie n'en avait révélé aucun dans sa correspondance avec le caporal Clarence Hacker.

Joe remit les feuillets dans le tiroir et se cala dans son fauteuil. Il n'avait rien à faire. Ses adjoints étaient partis effectuer leurs patrouilles, et Mrs Rostvolt veillait aux tâches administratives habituelles. Pendant vingt ans, Ernest Cucchinello était resté assis à cette place, à peu près dans les mêmes circonstances, en donnant toujours l'impression d'être très occupé. On sentait sa présence corpulente dans chaque coin de ce bureau. Il avait le chic pour tourner à son avantage la moindre occasion et le moindre événement. Pendant ce temps, le service fonctionnait à son propre rythme. De fait, c'était Mrs Rostvolt le shérif. Au fil des années, par le biais de milliers de petites décisions, elle avait pris la totalité des opérations en main. Elle avait organisé les patrouilles, géré les dépenses, imposé dans une large mesure le niveau des salaires et les promotions. Cooch était trop heureux d'échapper aux tâches fastidieuses – il appelait cela « savoir déléguer ». À ce propos, n'y avait-il pas une citation selon laquelle

« la nature avait horreur du vide » ? Joe haussa les épaules et se plongea dans le rapport du lundi matin.

Dans l'ensemble, le week-end avait été calme : quelques infractions au code de la route, deux ou trois bagarres d'ivrognes, une tentative de viol à Vino. Joe en lut les détails, fournis par Ben Boso dans son style inimitable :

> Plaignante : Leonora Maxwell, 14 ans (de couleur)
>
> Accusé : Eagle Jones, 24 ans (Blanc, valet de ferme, arrivé du Texas il y a dix semaines)
>
> Miss Maxwell déclare que Jones l'a engagée pour écaler les noix, puis qu'il lui a fait des propositions inconvenantes, aggravées par des violences.
>
> Jones nie les faits, affirme qu'elle l'a aguiché.
>
> Témoins : néant.
>
> Preuves : néant.
>
> Remarques : Jones est sûrement coupable. Miss Maxwell a l'air d'une gentille gamine.

Joe repoussa le rapport. Boso, qui détestait les Mexicains et se méfiait d'eux, s'entendait bien avec la population noire du comté de San Rodrigo, peu nombreuse et concentrée sur Aurora, Verdalia et Vino... Joe fronça les sourcils. Il se redressa dans son fauteuil et reprit le rapport. Boso, dans la patrouille A ? Tiens, tiens... Il était certain de l'avoir affecté au circuit C : Pleasant Grove, Panoche, Genesee, Wyman dans le comté de Merced, et retour par la 192 jusqu'à Burnett, puis Panoche, vers le sud jusqu'à Sanchez, de nouveau Pleasant Grove via Trevis. Ces circuits n'étaient pas totalement immuables, et l'adjoint pouvait les modifier s'il le jugeait nécessaire. Mais il était invraisemblable que Boso soit allé se balader jusqu'à Vino ! Joe prit dans son tiroir le programme qu'il avait établi à grand-peine. Bizarre... C'était bien la patrouille A qui avait été assignée à Boso durant le week-end. Joe se frotta le menton. Il devait y avoir une erreur quelque part. Une tache bleue presque imperceptible attira son attention. Il regarda de plus près, prit une loupe pour réexaminer le document... Une trace de coup de gomme ! Les noms de Boso et de Gonzales avaient été tapés, puis effacés et intervertis. À l'origine, Boso devait effectuer le circuit C et Gonzales le A. Et puis, pour une raison ou une autre, les patrouilles avaient été inversées. Pourquoi diable Mrs Rostvolt avait-elle fait une chose pareille ? Joe posa la main sur son téléphone – ses instructions avaient été bafouées –, mais il se ravisa et prit le temps de la réflexion. Il y avait forcément une intention cachée. Maintenant qu'il y pensait, Ben Boso s'était rarement vu attribuer la patrouille C – pas depuis qu'il avait entendu parler d'un grand combat de coqs à Crow Hill Ranch, aux environs de Sanchez. Non seulement Ben Boso détestait les Mexicains, mais il avait également horreur des combats de coqs. Discrètement arrivé sur les lieux, il avait dégonflé les pneus avant de toutes les voitures garées là-bas, puis il avait demandé des renforts par radio. L'opération s'était soldée par vingt-deux arrestations, ainsi que la confiscation de plusieurs coqs et de pas mal de matériel. La popularité de Boso auprès des amateurs mexicains du sport en question était tombée encore plus bas. Depuis cet événement, Ben Boso effectuait habituellement les patrouilles A, B ou D.

Et maintenant, la première fois que Joe lui assignait la C, voilà que par un simple coup de gomme, Boso reprenait la A.

Bizarre, se dit Joe. Vraiment très bizarre… Une chose était sûre : si un grand combat de coqs s'était déroulé samedi soir, les organisateurs avaient dû particulièrement apprécier la présence de Lew Gonzales dans les environs.

Joe vérifia dans l'annuaire le numéro de *Nuevos del Valley*, un petit journal en espagnol composé et imprimé à Panoche. Il fit le numéro, et une voix féminine lui répondit. Il demanda à parler à Leo Salazar, propriétaire et rédacteur du journal, qu'on lui passa aussitôt.

— Leo ? Ici le shérif Joe Bain.

— Hello, Joe, dit poliment Salazar. Comment allez-vous ?

— Très bien. Je voudrais vous demander un petit service en matière d'information.

— Oui ? fit Salazar qui sembla tout à coup sur ses gardes.

— Tout d'abord, je tiens à vous assurer que cela n'a absolument aucun caractère officiel. Excusez-moi un instant… (Joe alla jeter un œil dans le bureau voisin : Mrs Rostvolt était en train de taper à la machine. Il revint.) J'aimerais savoir, en toute confidence, s'il y a eu un combat de coqs important samedi soir.

Salazar hésita l'espace de cinq secondes.

— Pourquoi voulez-vous savoir ça, Joe ?

— Je ne peux pas m'expliquer au téléphone. Cela n'a rien à voir avec le combat lui-même.

— Je n'aime pas causer des ennuis, déclara Salazar avec un certain embarras. Ce n'est pas mon genre. Je veux juste faire mon journal et essayer de gagner un peu d'argent. Alors, les petits ragots que je peux entendre, je les garde pour moi.

— Cela ne causera d'ennuis à personne, assura Joe. Personne à Panoche, en tout cas. Pour être franc, Leo, je suis en train de vérifier quelque chose.

— Eh bien… on m'a dit qu'il y en avait eu un, en effet. Pas à Panoche, mais un peu plus loin, du côté de Barnett.

— Je vois. Une réunion assez importante, peut-être ?

— Euh… oui, mais surtout, ne dites à personne que vous le tenez de moi. Ma réputation en souffrirait gravement.

— Ne vous inquiétez pas, Leo. J'ai déjà oublié notre conversation. Qui a organisé ces combats ?

— Oh, fit Salazar de plus en plus mal à l'aise, je n'aime pas du tout donner ce genre d'informations. D'ailleurs, je ne suis pas vraiment sûr…

— Laissez-moi deviner. Rainaldo Gomez ?

— Cela m'ennuie de le dire, Joe.

— Ne vous tracassez pas, Leo. Personne ne sait que je vous parle en ce moment, et je vous garantis qu'il n'y aura aucune conséquence fâcheuse. Pas cette fois-ci. Je m'intéresse à tout autre chose. Alors, c'est Gomez ?

— Non, répondit Salazar d'un ton résigné. C'est un type du nom de Tony Aguilar. Il travaille dans l'entreprise de conditionnement de Valley Bloom, à Burnett. C'est ce qu'on m'a dit, mais surtout, pas un mot à qui que ce soit. Si je vous donne l'information, c'est parce que j'ai moi-même horreur de ces combats répugnants.

— Soyez tranquille. Personne ne saura rien de notre conversation.

Joe raccrocha et se leva d'un bond, ravi d'avoir une raison de quitter son bureau. Il passa voir Mrs Rostvolt.

— Je m'absente pour deux heures environ, lui dit-il d'une voix délibérément neutre.

Elle hocha simplement la tête. Joe alla dire deux mots à l'opérateur radio, puis il sortit sous le soleil brûlant.

Il quitta la ville par la Highway 198, en direction de l'est. Les champs de luzerne irradiaient une lumière vert foncé. Les granges badigeonnées de chaux se découpaient nettement sur le fond bleu du ciel d'été. Joe franchit une série de petites collines et descendit vers Panoche, une ville qu'il n'aimait pas. Les rues y étaient anormalement larges, les maisons et les édifices petits, ternes et délavés par le soleil. Il y avait un grand nombre d'eucalyptus et de faux-poivriers, et quelques dattiers dans le jardin de l'hôtel Panoche. Après avoir traversé la ville, Joe poursuivit sa route par les basses terres de la vallée et entra enfin dans Burnett. Moitié moins grande que Panoche, cette localité vivait de ses vergers d'abricotiers, de pêchers et de figuiers. Joe trouva l'entreprise de conditionnement de Valley Bloom et s'y gara. Il grimpa sur le vieux quai de chargement où étaient empilées des caisses remplies de pêches. À l'intérieur du bâtiment, les fruits étaient triés, classés et emballés par des femmes alignées en longues rangées. Joe demanda à l'une d'elles :

— Tony Aguilar, c'est lequel ?

— C'est lui, là-bas, au bout de la rangée, avec une chemise bleue.

Tony Aguilar était un joli garçon doté d'une toison de boucles noires luisantes. Il avait des yeux vifs, le teint olivâtre. Les deux boutons du haut de sa chemise étaient défaits, selon la mode du moment. Il portait au poignet une montre avec un bracelet en or, et au doigt une bague sertie d'un diamant. Joe lui demanda :

— C'est bien toi, Tony Aguilar ?

— Oui, c'est moi, répondit le jeune homme.

Son attitude était un mélange de respect et d'insolence.

— Je suis le shérif Joe Bain.

— Je vous connais. Qu'est-ce que vous me voulez ?

— Tu le sais parfaitement, Tony.

Le jeune homme écarquilla les yeux avec une expression d'étonnement candide.

— Non, shérif, je ne sais pas. Je n'ai rien fait.

— Je veux parler des combats de coqs. Dans ce pays, ils sont interdits par la loi.

— Oui, bien sûr. Ça, je le sais.

— Alors, comment ça se fait que tu enfreins la loi ?

Tony secoua la tête avec un air de totale incompréhension.

— Tu veux que je te dise une chose ? reprit Joe. Je pourrais te flanquer derrière les barreaux pour six mois. Peut-être même un an.

— Je ne vois pas pourquoi, shériff. Je me tiens à carreau, je ne fais rien de mal.

Joe éclata de rire.

— Bon, je crois qu'il vaut mieux que tu viennes avec moi. Allez, en route pour la prison.

Tony Aguilar haussa les épaules en un geste d'impuissance, et les plis de sa bouche s'affaissèrent. Joe jeta un coup d'œil le long du quai.

— La saison est comment, cette année ? demanda-t-il.

— Oh… assez bonne, répondit Tony Aguilar avec une petite moue boudeuse.

— Tu as donné combien à Mrs Rostvolt ? dit Joe négligemment. Parce que tu sais, c'est de l'argent jeté par les fenêtres.

— Je ne sais pas de quoi vous parlez.

Joe fit semblant de réfléchir en se frottant le menton.

— Voyons voir… Six mois de prison… Tu sortirais au tout début de l'année prochaine. Si tu en prends pour un an, ils t'enverront à San Quentin. Ça te plairait, ça ?

— Non, pas trop, shériff.

— Bon, en fait, je n'ai pas vraiment l'intention de te mettre sous les verrous, à condition que tu ne refasses pas un coup comme samedi soir.

Tony Aguilar se passa la langue sur les lèvres, et décida finalement que le silence était la stratégie la plus sûre.

— Juste entre nous, reprit Joe, combien as-tu filé à Mrs Rostvolt ? Personne n'aura d'ennuis, mais je tiens à savoir ce qui se passe.

— Pour que vous empochiez l'argent vous-même ? demanda Tony dans un dernier effort pour se montrer bravache.

— Non, fit Joe en secouant la tête. L'argent sale, je n'en veux pas. De toute façon, ce genre d'histoire ne se reproduira plus, parce que je vais mettre Mrs Rostvolt à la porte.

— Mrs Rostvolt, répéta Tony Aguilar d'un air perplexe. (L'innocence dans sa voix était encore intensifiée par son fort accent.) Je ne la connais pas.

— Allons, Tony, les petits jeux, ça va comme ça. Si tu ne me dis pas tout, je te boucle jusqu'à ce que tu n'aies plus un seul cheveu sur le caillou. Et ensuite, je dirai au juge Murdock de te renvoyer à Chihuahua, parce que tu es un Mexicain mouillé dans des trucs pas nets…

— Je ne suis pas un clandestin, vous ne pouvez pas me renvoyer comme ça.

— Peut-être bien, mais en tout cas, je peux vérifier ce qui se passe dans ta famille. En fait, je pourrais bien lâcher Ben Boso après toi.

— Si je parle, qu'est-ce que vous ferez ?

— En ce qui te concerne, rien. Aujourd'hui, je veux juste des informations.

— OK, je vais vous faire confiance. Je lui ai refilé vingt dollars. Je lui ai demandé d'empêcher Boso de s'en mêler. Ce gars-là, c'est vraiment un dur.

— Vingt dollars, répéta Joe.

— Oui, vingt.

— Je n'ai pas besoin de te dire de ne pas recommencer un coup pareil. Tu sais où ça peut mener, de soudoyer un représentant de la loi ?

— Je n'avais pas de mauvaises intentions.

— Ça mène à quelque chose qui se trouve à cent cinquante kilomètres au nord, une jolie chambre avec vue sur la baie. Dans cette bonne vieille prison de San Quentin.

Sourire jaune de Tony Aguilar…

— Encore un mot, dit Joe. Tu es un bon citoyen ?

— Bien sûr que je le suis.

— Très bien. Il va bientôt y avoir des élections. N'oublie pas de voter pour Joe Bain. Si tu as des amis, dis-leur de voter pour Joe Bain. L'autre type, Lee Gervase, il ne t'écouterait pas. Il te ferait coffrer, que tu sois correct avec lui ou pas.

— D'accord, shériff, je ferai passer la consigne.

— Et attention, plus de combats de coqs, hein ? Je t'aurai prévenu. Je ne veux plus de ça dans notre comté, quand bien même je devrais mettre Ben Boso en patrouille jour et nuit pour y veiller.

— OK, shériff, j'ai compris.

Joe retourna à Pleasant Grove. En principe, il devrait tout de suite renvoyer Mrs Rostvolt, mais… il hésitait en pensant aux conséquences.

Il faudrait qu'il forme une nouvelle secrétaire, ce qui l'obligerait à passer toute la semaine suivante dans le bureau de réception. Mieux valait attendre jusqu'après les élections. Ou du moins jusqu'à ce qu'il voie comment les choses se présentaient. Mais d'ici là…

Assis dans son bureau, il composa une étiquette :

APPEL DE LA SPA

VENEZ EN AIDE AUX COQS BLESSÉS
LORS DES COMBATS DE SAMEDI SOIR

Il colla l'étiquette sur un bocal qu'il emporta dans le bureau de Mrs Rostvolt. Il le posa devant elle.

— Vous voulez contribuer, Mrs Rostvolt ?

Elle écarquilla les yeux, et sa petite bouche en bouton de rose s'ouvrit et se referma rapidement.

— Vingt dollars, ça devrait faire l'affaire.

— Vingt dollars ! s'exclama-t-elle d'une voix mal assurée. Je ne peux pas me permettre une somme pareille !

Joe secoua tristement la tête.

— Je me disais que vous aviez peut-être un billet en trop… Bon, je vais quand même laisser ça là, au cas où vous auriez envie de participer.

Il retourna dans son bureau, sentant les yeux de Mrs Rostvolt rivés sur son dos. Quelques minutes plus tard, il alla jeter un coup d'œil de l'autre côté du couloir et vit Mrs Rostvolt plongée dans une conversation téléphonique. Il l'observa un moment. Elle semblait tendue et furieuse. Il n'aurait pas dû dire à Tony Aguilar qu'il allait la mettre à la porte. C'est toujours une erreur de dévoiler son jeu trop tôt. Mais bon, il était maintenant trop tard pour y remédier.

De retour dans son bureau, il prit l'édition du dimanche du *Messenger* de Pleasant Grove, qu'il n'avait pas encore lue. En première page de la deuxième section, un gros titre attira son attention.

LA CAMPAGNE POUR LE POSTE DE SHÉRIFF S'ANIME
Lee Gervase insiste sur la nécessité
d'adopter de nouvelles méthodes.

Joe se dit avec amertume qu'il n'y avait aucun mystère sur le candidat que Griselda avait choisi de soutenir. Il lut l'article. Apparemment, Lee Gervase avait prononcé un discours samedi soir lors d'une réunion du Pleasant Grove Optimists' Club. Il n'avait pas mâché ses mots pour critiquer « l'inefficacité, la négligence et la corruption » dont le shérif Ernest Cucchinello avait fait preuve dans l'exercice de ses fonctions.

« En temps normal, je n'aurais pas songé un seul instant à dénigrer la mémoire d'un disparu, mais les pratiques ne disparaissent pas forcément avec l'homme. Je veux changer tout cela. Le comté de San Rodrigo mérite de se voir attribuer, en même temps que les nouveaux Palais de justice et Centre administratif proposés, une charge de shérif tout aussi moderne. Je le dis haut et fort : laissons derrière nous l'ère de la voiture à cheval pour nous lancer dans celle de la conquête spatiale. »

Le discours avait été accueilli par un tonnerre d'applaudissements, commentait l'article. Joe jeta le journal dans sa corbeille à papiers et se plongea un instant dans des réflexions moroses. Il devait absolument réagir, contre-attaquer...

Il sortit en hâte, prit sa voiture et fila vers le nord jusqu'à Aurora, où il se gara devant le bâtiment qui abritait les bureaux du *Sun*, le journal local. Le rédacteur en chef, que Joe connaissait un peu, se nommait Harry Liggett. C'était un petit Écossais aux cheveux blond-roux, qui avait la réputation d'avoir un esprit indépendant.

Joe eut remarquablement peu de difficultés à atteindre son but. En fait, Harry Liggett avait déjà pris la décision de s'opposer à Lee Gervase. Enfoncé confortablement dans son fauteuil et pointant sa pipe en l'air pour ponctuer ses phrases, il déclara :

— Notez bien que j'aime que les choses soient faites honnêtement, et le vieux Cucchinello était un peu escroc sur les bords... mais je ne peux pas supporter ces sémillants experts en relations publiques, avec leurs idées de démolir les choses du passé pour faire du moderne partout. Ils veulent nous transformer en un nouveau comté de Santa Clara, avec des lotissements à la place des champs et des vergers. J'aime la paix et la tranquillité. J'aime les vieilles choses. Je ne veux pas de ces fichues « rénovations » tape-à-l'œil.

Joe se leva.

— Je pense qu'il est inutile de vous dire que je ne suis pas intéressé par les pots-de-vin. J'ai l'intention de diriger un service honnête. En fait, j'ai déjà mis fin à deux petites magouilles. Dieu sait combien d'autres je vais encore découvrir...

— Je suis heureux de vous l'entendre dire, fit Liggett sans manifester beaucoup d'intérêt. Vous êtes de Marblestone, dites-vous ?

— Oui, c'est ça. Je suis né dans une baraque à mi-pente de Castle Mountain.

— Dans ce cas, vous devez connaître cet homme. Il est mort hier soir, dit Liggett en montrant une épreuve d'article.

Joe lut le texte une fois, une deuxième fois, et dit à voix basse :

— Oui, je le connaissais... C'est étrange...

— Oh ! ce sont des choses qui arrivent souvent. Personnellement, je me garde bien d'y toucher.

Joe relut encore le texte de l'article :

DES CHAMPIGNONS VÉNÉNEUX PROVOQUENT
LA MORT D'UN PIONNIER DE MARBLESTONE

Charles Blankenship, 75 ans, natif de Marblestone, est mort hier soir à l'hôpital St Luke de Pleasant Grove après avoir mangé un plat de champignons vénéneux. Il laisse derrière lui une veuve, Mrs Metty Blankenship. Le couple n'avait pas d'enfants.

Chapitre IX

Joe trouva Metty Blankenship moins éprouvée qu'il ne l'aurait cru, bien que ses yeux fussent rougis par les larmes. Toute de noir vêtue, elle avait l'air encore plus boulotte et jaunâtre que d'habitude. Elle était dans le salon, assise dans un rocking-chair, tandis que sa sœur, Dora Hobius, et une voisine, Clara Colmer, étaient dans la chambre à coucher pour emballer les vêtements de Charley dans des cartons.

— Il faut bien se faire une raison, expliqua-t-elle. Plus j'attendrai, plus ce sera dur. Je donne toutes ses affaires à l'Armée du Salut. Je vais vendre sa montre et ses épingles de cravate. Il ne voulait pas qu'elles aillent à Walt, à qui elles seraient normalement revenues. Je ne sais pas quoi faire de ses magazines. Ce serait dommage de les donner. Vous savez, il avait tous les numéros du *Reader's Digest*. Il les gardait au cas où il aurait besoin de chercher un renseignement, mais je ne crois pas qu'il en ait jamais rouvert un seul.

Quand Joe put enfin placer un mot, il demanda :

— Que s'est-il passé exactement, Mrs Blankenship ?

Elle le regarda fixement sans comprendre.

— Qu'est-ce qui s'est passé quand ? Vous voulez parler des champignons ?

— Oui, c'est ça.

— Je ne saurais vous le dire. Ils avaient l'air bien appétissants, ces champignons. Finalement, j'ai de la chance d'avoir cette vilaine vésicule biliaire qui m'empêche de manger tout ce qui est cuit avec du beurre ou de la matière grasse.

— Quelqu'un vous a-t-il offert ces champignons ?

— Oh, non, Charley les a ramassés lui-même. Ils avaient poussé dans notre plate-bande de pensées.

— Il les a cueillis hier matin ?

— Oui, et il les a fait sauter à la poêle pour son déjeuner. Je n'arrive pas à comprendre comment il a pu être aussi imprudent.

— Pourriez-vous me montrer où il les a ramassés, exactement ?

Mrs Blankenship désigna l'endroit par la fenêtre.

— Vous voyez, juste au bord de la pelouse, au milieu de ces Purple Emperor.

— Étiez-vous avec lui quand il les a ramassés ?

— Non. Je regardais par la fenêtre, et je me suis d'abord demandé ce que ça pouvait être. On aurait dit des bouts de papier. Je les ai montrés à Charley, et il est sorti les cueillir. Il a toujours adoré les champignons.

— Il y a quand même une chose que je n'arrive pas à comprendre. Il a ramassé des champignons pendant des années. On pourrait penser qu'il savait faire la différence entre les bons et les mauvais, non ?

— Je ne cherche pas à comprendre, déclara Mrs Blankenship. Il ne m'appartient pas de mettre en question les voies du Seigneur.

Joe se fit discret et confidentiel.

— Je ne devrais peut-être pas vous demander ça, mais… comment se présentent les choses pour vous, sur le plan financier ?

Metty Blankenship cligna des yeux, qu'elle avait bleus et globuleux.

— Je me débrouillerai pas trop mal. Les cerises rapportent bien, j'aurai l'assurance-vie de Charley, et nous avions mis de l'argent de côté. Ainsi, grâce à Dieu, je n'ai pas de souci à me faire de ce côté-là.

— J'en suis très heureux pour vous.

Dora Hobius entra dans la pièce, et Joe se leva. Dora était nettement plus jeune que sa sœur. C'était une femme de taille moyenne, avec des cheveux gris frisés, les yeux globuleux de Metty et, en moins prononcé, ce même creux entre la mâchoire et la joue que chez Walt, qui leur donnait à tous deux un petit air de renard. Joe allait prendre congé, mais il hésita et leur demanda :

— Auriez-vous par hasard gardé les pieds et les épluchures des champignons ?

— Ils doivent être dans la poubelle, dit Metty. (Avec un petit frisson

et un gémissement, elle ajouta :) Pour rien au monde je n'y toucherais !
Non, je ne pourrais pas !

Joe sollicita la permission, qui lui fut accordée, d'aller fouiller dans les
ordures. Il renversa le tout par terre et remit dans la poubelle les boîtes
de conserve vides, les écorces de pamplemousse, les coquilles d'œufs et
les os, ne conservant qu'une dizaine de morceaux de tiges, soigneusement coupées à chaque extrémité, et une poignée d'épluchures.

Dans le jardin devant la maison, il examina avec soin la plate-bande
de pensées, où il crut voir de minuscules indentations dans le terreau.
En fouillant un peu, il exhuma quatre tronçons de pieds. Il aurait dû y
en avoir plus, mais peut-être avaient-ils été déterrés avec le reste des
champignons.

Joe retourna dans la maison, où il trouva dans la cuisine les deux
sœurs en train de boire du thé. Mrs Colmer était partie.

— Vous arrive-t-il souvent de trouver des champignons dans ce parterre de fleurs ? demanda-t-il.

— Je ne peux pas dire que j'en aie jamais remarqué.

— Mr Blankenship aimait donc beaucoup les champignons ?

— Oh, oui, il en raffolait. C'était un de ses plats favoris.

— Son goût pour les champignons était-il bien connu ?

Metty Blankenship le regarda d'un air interrogateur. Sentant en elle
un début d'agacement, Joe s'empressa d'ajouter :

— J'ai bien conscience que mes questions sont pour vous une
épreuve supplémentaire, mais dans les cas de mort soudaine, il est de
mon devoir d'en poser de toutes sortes.

— Je ne vois pas à quoi elles mènent, c'est tout.

Joe n'en avait pas non plus une idée précise, mais il semblait
bizarre que Charley Blankenship soit mort aussi tôt après Bus, et de
façon accidentelle.

— Eh bien ? lança Mrs Blankenship en lui décochant un regard dur
et incisif.

— Je crois que ce sera tout, Mrs Blankenship.

* * *

Joe se rendit à l'hôpital pour voir le médecin qui s'était occupé de
Charles Blankenship dans ses derniers moments. On lui assura qu'il n'y

avait aucun doute, Mr Blankenship était bien mort d'avoir mangé des champignons vénéneux : des amanites phalloïdes, pour être plus précis. Quant au fait qu'il avait ramassé, cuisiné et consommé toute sa vie des champignons – ma foi, dans les cas de ce genre, la première erreur était la dernière… La toxicité de l'amanite était extrême : le simple fait d'en goûter pouvait provoquer la mort chez un homme fragile ou âgé, et Charles Blankenship avait été les deux.

— Les effets d'un autre poison pourraient-ils être confondus avec ceux causés par des amanites ?

— Certainement, mais pourquoi chercher plus loin ?

— Si l'affaire venait en justice, pourriez-vous jurer qu'il est mort d'avoir mangé une amanite ?

— Disons que la diversité des symptômes pour n'importe quel poison est étonnante.

Joe demanda que le contenu de l'estomac de Charles Blankenship soit gardé pour analyse.

* * *

Joe reçut le lendemain le rapport des analyses effectuées par le laboratoire d'État. Charles Blankenship était bien mort d'une intoxication due à l'absorption d'amanites phalloïdes. Il n'y avait aucune trace d'autres substances toxiques. Les pieds et les épluchures que Joe avait envoyés provenaient d'agarics champêtres, une espèce comestible très répandue. Le contenu de l'estomac donnait un test positif à la phalline, mais la substance spécifique de l'amanite ne pouvait être isolée du reste du bol alimentaire.

Joe se plongea dans une profonde méditation. Des cinq témoins de l'accusation au procès d'Ausley Wyett, deux étaient morts dans la semaine… accidentellement.

Accidentellement ?

Il y avait de quoi s'interroger.

Comment Bus Hacker aurait-il pu être tué – assassiné – restait une énigme. Joe avait bien sa petite idée là-dessus, mais il n'avait malheureusement aucun moyen de la confirmer, la maison ayant totalement brûlé.

En ce qui concernait Charley Blankenship, la chose semblait également assez simple. Blankenship avait cueilli et préparé les champignons

JACK VANCE

lui-même. Et si Metty avait ajouté subrepticement dans la poêle quelques petits morceaux d'amanite ? Possible… mais extrêmement improbable. Elle ne semblait pas accablée de chagrin. À l'évidence, elle s'attendait à rejoindre Charley dans l'autre monde, et projetait sans doute d'ici là de profiter au maximum des années qui lui restaient à vivre sans lui.

Joe reprit la route pour se rendre à Marblestone. La chaleur estivale et l'odeur du foin sec flottaient sur Fox Valley. Il se gara devant le Bazar & Alimentation générale de Fritz, à l'endroit où le grand chêne formait une oasis de relative fraicheur. En entrant, il trouva Fritz lisant le journal accoudé à son comptoir. Joe sortit de la vitrine réfrigérée deux bouteilles de root-beer et jeta deux pièces de dix *cents* sur le comptoir.

— Tiens, Fritz, je t'offre une bière.

— Ce n'est pas de refus, dit Fritz en décapsulant les bouteilles.

— Juste entre nous, dit Joe après avoir bu une gorgée, qu'est-ce que tu penses de toutes ces morts soudaines ?

— Tu veux parler de Charley Blankenship, tout juste après Bus Hacker ?

— Oui, c'est ça.

— Ma foi… je n'ai pas d'opinion personnelle à ce sujet, mais il y a des gens en ville qui trouvent bizarre que ça arrive si tôt après la libération d'Ausley Wyett.

Joe hocha lentement la tête comme si Fritz venait d'énoncer une vérité jusque-là enfouie.

— Qu'est-ce qu'on dit d'autre ?

Fritz réfléchit un instant.

— Rien de spécial. Beaucoup de paroles en l'air. Il y en a qui veulent chasser Ausley Wyett de la ville.

— Ce n'est pas très étonnant. Du moment qu'ils n'essaient pas de passer à l'acte… (Joe but une dernière gorgée au goulot.) Dis-moi, où habite Oliver Viera ?

— Eh bien… c'est un peu difficile à expliquer. Tu remontes Quarry Road sur un peu moins de deux kilomètres, et là, tu verras une petite route qui part sur le côté et qui longe le ravin. Oliver a une jolie maison toute neuve à peu près à deux cents mètres de l'embranchement.

— Je vois à peu près où c'est. Les affaires d'Oliver doivent drôlement bien marcher.

— Comme pour tous les gens dans ce coin-là.

— Je pense que je vais lui rendre une petite visite.

— Il vaut mieux lui passer un coup de fil d'abord. Je vais l'appeler de ta part.

Fritz alla téléphoner, dit quelques mots et revint vers Joe.

— C'est bon. Il est chez lui, il t'attend.

Une fois passé le Centre culturel, Quarry Road obliquait derrière le cimetière et traversait une prairie desséchée parsemée de chênes. Au pied des collines, la route franchissait Candelara Creek avant de grimper au milieu d'un bois d'eucalyptus, et débouchait sur un vaste plateau en pente douce. De l'autre côté du canyon, sur les terres appartenant à Ausley Wyett, on apercevait la carrière qui donnait son nom à la route : une cicatrice d'une couleur rose saumon, striée de brun, de gris et de vert foncé là où poussaient des buissons de houx et des ronciers. Deux kilomètres plus loin, Joe repéra la petite route latérale dont Fritz lui avait parlé, et une boite à lettres coquettement peinte en noir et argent.

La maison d'Oliver Viera était une construction prétentieuse qui alliait le bois de séquoia, la pierre et le verre. Elle était perchée sur le bord du ravin, et sa terrasse en surplomb offrait une vue plongeante jusqu'au fin fond de Fox Valley.

Alors que Joe remontait le chemin dallé, la porte s'ouvrit et Oliver Viera apparut sur le seuil. Il leva une main grassouillette.

— Hello, Joe ! Entre donc.

— Tu as une sacrée maison, Oliver, dit Joe en s'arrêtant un instant pour l'examiner.

— Il reste encore quelques travaux à faire, mais elle est tout à fait habitable. Viens, entre. Je ne sais pas si tu connais ma femme.

Joe entra dans la maison. Comme Oliver, Connie Viera était brune et potelée, et il y avait un nombre indéterminé de petits enfants bruns qui couraient, rampaient, marchaient à quatre pattes et s'affairaient un peu partout sur les parquets en bois.

Sur l'invitation d'Oliver, Joe s'assit prudemment dans un fauteuil aux formes tarabiscotées, qui se révéla moins inconfortable qu'il ne le semblait de prime abord.

— Jamais je ne me serais attendu à voir une maison pareille en haut de Quarry Road, déclara Joe. La plus récente par ici, si j'ai bonne mémoire, était celle de Mrs Sullivan, en stuc rose, avec une grande baie vitrée donnant sur la pelouse.

Oliver fit une petite moue comme pour signifier qu'il n'y avait pas de comparaison possible.

— J'en ai dessiné les plans moi-même, d'après des modèles que j'avais vus dans des magazines.

— C'est vraiment très réussi.

— Ce n'est pas tout à fait terminé. J'ai conduit moi-même les travaux, et il me reste encore quelques détails à fignoler. Viens jeter un coup d'œil dehors.

Il ouvrit les portes coulissantes. Joe se leva et sortit sur la terrasse. À l'extrémité, il y avait une bâche, une échelle et quelques seaux, là où Oliver peignait la frise en bois de séquoia qui courait le long du toit.

— Voilà les finitions dont je te parlais, expliqua-t-il. J'y vais par petits bouts, un peu chaque jour. C'est à peu près mon seul exercice physique, maintenant. (Il montra la vallée.) Regarde, tout là-bas, tu vois ce petit point blanc ? C'est l'église méthodiste de Marblestone.

— C'est vraiment une très belle vue.

— Si jamais l'envie te prend de revenir t'installer dans la vieille ville, je te trouverai quelque chose d'aussi bien. En fait, un peu plus loin, il y a un terrain avec une petite maison et tout ce qu'il faut. Le type en demande quinze mille dollars, mais je pourrais te l'avoir à moins.

— Pas pour l'instant. (Joe regarda le fond du canyon où le Candelara Creek coulait entre de gros blocs de roche gris.) Tu devrais installer un petit barrage en travers, et tu aurais un grand lac juste devant ta maison.

— J'y ai pensé, dit Oliver, mais il y a un problème. (Il désigna le versant opposé du ravin, distant d'une centaine de mètres.) L'autre côté ne m'appartient pas.

— Qui en est le propriétaire ?

— Ça fait partie du domaine des Wyett.

— Pourquoi n'en parles-tu pas à Ausley ? L'idée pourrait l'intéresser.

Oliver fit une moue dubitative.

— Je ne suis pas sûr de vouloir faire ami-ami avec Ausley. En tout cas, pas après cette lettre. (Il lança à Joe un rapide coup d'œil.) Ça semble bizarre que Bus Hacker et Charley Blankenship soient morts à si peu d'intervalle.

— C'est ce que je me suis dit aussi, et je suis venu ici pour en discuter avec toi.

Oliver rit nerveusement en passant les doigts dans sa tignasse brune.

— Je ne vois pas très bien de quoi on pourrait discuter, à moins que je ne me fasse tuer d'une manière ou d'une autre. Et alors, ce sera trop tard.

— Je ferai mon possible pour que cela n'arrive pas. Mais j'aimerais que tu fasses particulièrement attention aux situations où tu pourrais avoir un accident. Par exemple, il y a des pentes très raides sur Quarry Road. Chaque fois que tu sors, vérifie l'état de tes freins.

— Tu plaisantes, là, dit Oliver avec un petit sourire tremblant.

— Pas du tout. Je te suggère d'être particulièrement prudent jusqu'à ce que cette affaire soit éclaircie.

— Je n'arrive pas à imaginer, dit Oliver en contemplant le ciel, qu'Ausley ou qui que ce soit d'autre puisse m'en vouloir. De toute ma vie, je n'ai jamais fait de mal à personne. Même pas à Ausley. Je me suis contenté de dire la vérité.

— Ça suffit peut-être.

Oliver éclata de rire.

— Allons, Joe, ça fait seize ans !

— Seize ans en prison.

— Tu crois vraiment qu'Ausley est responsable de la mort de Bus Hacker et de Charley Blankenship ?

— Disons que je ne suis pas totalement convaincu que ces morts aient été accidentelles. Il y a des circonstances bizarres dans les deux cas. Je dois dire aussi que j'ai parlé à Ausley l'autre soir, et il ne se comportait pas du tout comme un coupable. Mais on ne peut jamais savoir.

— J'ai une idée, dit Oliver d'un air décidé. Je vais aller voir Ausley au sujet de ce barrage qu'on pourrait construire. Ce serait aussi bénéfique pour lui que pour moi. Il ne serait pas difficile d'obtenir un prêt du gouvernement, et nous aurions tous les deux un beau petit lac pour pêcher, nager et irriguer.

— Qu'est-ce que le barrage a à voir avec les risques d'accident ?

— Je verrai comment il réagit. Je le sens très bien quand quelqu'un mijote quelque chose contre moi. Ça arrive tous les jours, dans l'immobilier.

— Bon, dit Joe en s'écartant de la balustrade. Je voulais juste te mettre en garde.

— Merci, Joe. Je ferai attention, même si je ne m'attends pas vraiment à des ennuis.

* * *

Joe repartit vers Marblestone, mais au lieu d'entrer dans la ville, il tourna à droite dans Destin Road. Il longea la cerisaie des Blankenship, passa devant la baraque décrépite des Wyett et continua de monter en direction de la résidence des Destin.

Les deux petites filles de la maison étaient assises sur une balancelle, au fond d'une pelouse ombragée. Elles portaient toutes les deux un short et un tee-shirt blancs, immaculés et fraîchement repassés. Elles regardèrent Joe gravir les marches du perron avec une innocence hautaine.

Mrs Destin, née May McAllister, ouvrit la porte.

— Tu te souviens de moi ?

— Joe ! s'écria May en riant de plaisir.

Elle fit deux pas en avant, lui passa les bras autour du cou et lui posa deux baisers retentissants sur les joues.

— Alors ça, quelle surprise de te voir !

— Ça fait un bail, dit-il en se dégageant doucement. (Il l'examina un instant.) Tu n'as pas beaucoup changé. Quelques rondeurs en plus, c'est tout.

— Des rondeurs ? Bah ! Tu veux dire de la graisse, oui ! Sois honnête ! Mais toi, tu n'as pas du tout changé, tu as toujours ton petit air voyou…

— Allons, May, tu sais bien que ce n'est pas vrai.

Il prit le temps de regarder autour de lui. Vingt-cinq ans auparavant, une commission dont il était chargé l'avait amené dans cette maison, dont l'élégance princière l'avait ébloui. Elle lui semblait à présent moins vaste et moins grandiose, mais c'était toujours le produit d'une fortune datant de plusieurs générations. Le vestibule s'ouvrait d'un côté par une arcade sur un grand salon décoré de tapis d'Orient et de meubles anciens, et du côté opposé, par une autre arcade, sur une salle à manger lambrissée de noyer. La pièce était éclairée par un lustre suspendu au-dessus d'une table aux dimensions imposantes.

Joe se retourna vers May.

— Je suis venu voir Cole. Où est-il ?

May sourit et fit la moue.

— Il est parti dans la prairie du nord. Il veut y faire planter une cerisaie. Si tu savais les idées qu'il a pour se distraire ! (Elle fit un pas vers Joe et leva les yeux vers lui.) Laisse-moi t'offrir un verre, on parlera du bon vieux temps.

— Non, merci, dit Joe en souriant. Ça pourrait me donner envie de revivre quelques-uns de ces bons moments, et ça ne nous mènerait à rien.

May eut un petit sourire nostalgique, puis elle se mit à rire en regardant Joe. Elle fit encore un petit pas vers lui et posa les mains sur ses épaules :

— Tu sais, tu as du rouge à lèvres sur la figure.

— Il vaudrait peut-être mieux que…, fit Joe en essayant de lui faire retirer ses mains.

Il sentit soudain une présence dans son dos. Il se retourna et vit que c'était Cole, qui venait d'entrer par la cuisine.

— Laisse-moi tranquille ! hurla May Destin. Bas les pattes ! Je vais le dire à mon mari, il va te… Oh, Cole ! (Elle sanglota de soulagement.) Comme je suis heureuse que tu sois là !

Cole entra d'un pas décidé dans le vestibule. Joe sortit bêtement son mouchoir de sa poche et commença à se frotter les joues.

— Hello, Cole, dit-il. Surtout, ne va pas t'imaginer…

Cole lui décocha un coup de poing, que Joe esquiva en faisant un bond en arrière, mais le tapis glissa sous ses pieds et il tomba. Cole l'agrippa par le col et la ceinture, et le traîna jusqu'à la porte d'entrée.

— Cole, écoute-moi, dit Joe. Ce n'est pas du tout ce que tu crois.

Cole ouvrit la porte et le projeta sur le gravier. Il sortit sur le seuil pour contempler Joe du haut des marches. Derrière lui, on entendait la voix hystérique de May :

— Oh ! Cole, je suis si contente que tu sois arrivé ! Je n'ai jamais eu aussi peur de ma vie ! Oh, Cole…

D'une voix rauque et menaçante, Cole lança :

— Ça ne va pas en rester là, Bain… ou shériff Bain, devrais-je dire, ajouta-t-il avec un sarcasme appuyé.

— Écoute-moi, Cole. Je suis venu pour te prévenir…

— C'est moi qui te préviens : si jamais tu remets les pieds chez moi, je t'abats comme un chien. D'ici là, tu as intérêt à te trouver un bon avocat.

Joe se releva et tourna les talons. Les petites filles, toujours assises sur leur balancelle, l'observaient avec intérêt.

— Qu'est-ce que vous faisiez ? demanda l'aînée.

— Votre papa et moi, on jouait, répondit Joe.

Il regagna sa voiture en boitillant. Il entendait encore faiblement les cris de May dans la maison.

— Quelle petite garce hypocrite, grommela-t-il. Bon sang, je me suis fourré dans un drôle de pétrin…

Il redescendit lentement Destin Road. Il avait essayé d'alerter Cole Destin. Si celui-ci ne voulait rien entendre, tant pis pour lui. Pourquoi avait-il parlé d'avocat ? Des paroles en l'air, sans doute. Une fois calmé, il se rendrait sûrement compte que ce serait une folie de faire de sa femme un sujet de cancans. Joe poussa un profond soupir. Aucun doute qu'il fallait être prudent avec ce genre d'histoire… Arrivé au carrefour de Destin Lane et de Mitre Canyon Road, il s'arrêta net. Il y avait encore Willis Neff. Il était de son devoir de lui parler, même s'il en avait par-dessus la tête de toute cette affaire. Il tourna donc dans Mitre Canyon Road et se rendit au ranch des Neff, où il se gara devant la maison. Il examina un instant l'espace dégagé entre la grange, la laiterie et le bâtiment d'habitation. L'air était immobile comme si la nature entière somnolait. Les mouches bourdonnaient dans l'atmosphère brûlante et poussiéreuse. Le pickup n'était plus là. Rien n'indiquait une présence dans les environs. Joe regarda la maison, qui donnait une impression d'ordre et de propreté. Le jardin était en pleine floraison : roses, marguerites, soucis, gueules-de-loup, roses trémières… Ellie apparut derrière la porte grillagée et sortit sur la première marche du perron. Elle était vêtue d'un sarrau bleu et gris dans lequel elle semblait parfaitement à son aise. Elle dit à mi-voix :

— Ma mère est couchée, elle ne se sent pas bien.

— Je suis désolé, répondit Joe sur le même ton, mais je suis venu en partie pour vous voir, et en partie pour voir votre père.

Le regard d'Ellie se tourna vers les collines.

— Il est allé réparer une citerne, je crois. Mais moi, je suis là, ajouta-t-elle avec un léger sourire. Aimeriez-vous une tasse de café ? Je viens juste d'en faire.

— Oui, volontiers.

— Je vais l'apporter ici. Si nous nous installons à l'intérieur, ma mère risque de se réveiller. Vous prenez de la crème ? Du sucre ?

— Non, merci, juste du café noir.

Ellie retourna dans la maison, d'où elle ressortit quelques instants plus tard avec deux tasses. Elle en tendit une à Joe, qui s'assit sur une marche. Ellie s'assit à côté de lui et le dévisagea d'un air assez intrigué.

Joe se souvint des traces de rouge à lèvres. Il s'essuya la bouche avec son mouchoir.

— Comme ça, c'est mieux ?

— Un petit peu. En fait, vous n'avez réussi qu'à l'étaler.

— Il m'est arrivé un truc très bizarre, expliqua-t-il en buvant son café à petites gorgées. Une femme s'est jetée à mon cou et m'a embrassé. Moi, je n'ai absolument rien fait.

Ellie ne fit aucun commentaire. Joe remarqua une canne à pêche appuyée contre le mur.

— Votre père est allé à la pêche, on dirait ?

— En fait, il s'apprête à y aller. L'envie lui en prend de temps en temps, tous les deux ou trois mois, et il part pour quelques jours.

— Peut-être bien qu'il attrape du poisson, et peut-être bien aussi qu'il croise un chevreuil qui tombe raide mort en le voyant, et alors il le rapporte à la maison par la même occasion.

Ellie sembla gênée, et Joe s'empressa de la rassurer :

— Ne craignez rien, je m'en fiche. J'ai été élevé dans les collines, et la plupart du temps, la viande que nous mangions était du gibier braconné.

— J'ai toujours peur, dit-elle de sa voix douce, que le garde-chasse le surprenne.

— Ça peut toujours arriver. Quand doit-il partir ?

Ellie lui jeta un regard incertain.

— Si je vous pose cette question, dit Joe, c'est parce que j'aimerais vous emmener dîner à San Jose et voir un spectacle, quelque chose comme ça.

— Oh ! ça ferait des histoires épouvantables, dit-elle en secouant la tête. Vous avez vu comment il est. Et ma mère est souffrante en ce moment.

Joe manifesta sa sympathie par une mimique appropriée, puis il s'enhardit :

— Ne m'en veuillez pas si ma question est trop personnelle, mais est-ce qu'il lui arrive de vous brutaliser, vous ou votre mère ? Parce que si c'est le cas…

Ellie fit rapidement non de la tête, et Joe crut déceler de la crainte dans son geste.

— Le voilà qui arrive, dit-elle.

Le pickup apparut derrière la grange et s'arrêta. Neff en descendit d'un bond et se figea, médusé, en apercevant Joe et Ellie côte à côte. Puis il tourna les talons et entra dans la grange. Joe se leva.

— Merci pour le café. Et n'oubliez pas : si jamais ça devient trop difficile pour vous… faites-moi signe.

Sans un mot, Ellie emporta les tasses à l'intérieur. Joe se dirigea vers la grange.

Neff était penché sur son établi : il prenait des outils dans une boîte et les suspendait à des clous. Il jeta un rapide coup d'œil vers Joe qui entrait.

— Je suis venu vous voir pour m'acquitter d'une drôle de mission, Mr Neff.

— Ah oui ? fit Neff d'un ton glacial.

— Vous vous souvenez sans doute de notre conversation de l'autre jour ? Eh bien, depuis, il y a eu deux morts. Il s'agit peut-être d'une simple coïncidence, mais… je crois qu'il est de mon devoir de vous prévenir : soyez prudent et restez sur vos gardes jusqu'à ce que j'aie pu découvrir ce qui se cache là-dessous.

Neff lui fit face, son dos massif appuyé contre l'établi, et il le fixa de son regard d'un bleu intense.

— Moi, je vais vous le dire, ce qu'il faut faire : il faut châtrer ce fils de pute avec une lame émoussée. S'il s'avise encore d'adresser la parole à ma femme ou à ma fille, je lui règlerai son compte une bonne fois pour toutes.

— Il vaut mieux faire attention, Mr Neff ! Ce n'est pas une bonne idée de proférer des menaces.

— Je m'en vais vous dire une autre chose, fit Neff qui commençait à s'échauffer. On m'a raconté pas mal d'histoires sur votre compte, des trucs pas très nets. Je ne veux pas vous voir tournicoter autour de ma fille, vous non plus. Autant que vous le sachiez.

— Ma foi, je ne vois pas en quoi ça vous regarde, Mr Neff, dit posément Joe. Mes intentions sont parfaitement honorables et nous sommes tous les deux majeurs.

— Je me fiche complètement de l'âge que vous avez. Ne remettez plus les pieds ici ou je vous brise le cou, c'est clair ?

— D'abord, dit Joe, vous n'êtes pas de taille à le faire. Ensuite…

Neff avança d'un pas, la bouche fendue d'un rictus, et il décocha un crochet du droit que Joe intercepta avec la paume de sa main gauche.

— Du calme, Mr Neff.

Neff, grimaçant de plus belle, l'agrippa et le jeta à terre, puis il bondit en avant et lui donna un coup de pied dans les côtes. Joe saisit la lourde chaussure et la tira d'un coup sec. Neff recula en sautillant, et Joe parvint à se relever. L'après-midi avait été rude, entre Cole qui l'avait littéralement jeté dehors et Neff qui lui balançait à présent son pied dans les côtes. Le ressentiment de Joe ne connaissait plus de limites.

Neff se jeta sur lui avec la force et le poids d'un taureau.

Joe lui décocha deux coups de poing, l'un du gauche en pleine bouche, l'autre du droit dans les reins. Neff sembla ne rien sentir, mais ces coups décuplèrent sa rage. Il s'avança de nouveau, mais avec plus de prudence. Joe lui asséna quelques coups rapides – un, deux, trois directs du gauche, puis ce fut son tour de prendre en pleine figure un coup terrible qui lui fit voir trente-six chandelles. Ses genoux fléchirent, mais il n'était pas question de tomber. Pas ici, dans cette grange, sans témoins pour empêcher Neff de lui défoncer méthodiquement les côtes à coups de pied. Il recula, en maintenant son poing gauche devant le visage de Neff. Celui-ci tenta un crochet qui rata sa cible. Joe mit toutes ses forces dans une riposte à la mâchoire de son adversaire. Neff, sonné, s'assit par terre. Tâtonnant derrière lui, il saisit une fourche et la lança vers Joe, qui l'écarta d'un geste.

— Méfiez-vous, Neff ! cria-t-il en haletant. Un coup pareil, ça pourrait vous valoir de la prison.

Neff se releva d'un bond, saisit une autre fourche et avança lentement. En reculant, Joe ramassa la première et se mit en garde. Neff passa à l'attaque. Joe attrapa les dents de sa fourche entre celles de la sienne. Ils luttèrent, chacun tentant de forcer l'autre à lâcher prise. Ce fut Neff qui l'emporta. La fourche de Joe tomba par terre, mais il la saisit aussitôt par le manche et asséna un coup sur le crâne de Neff, juste au-dessus de l'oreille. Le sang jaillit. Joe frappa de nouveau, plus fort. Neff poussa un gémissement et recula en titubant jusqu'à l'établi, auquel il s'adossa pour ne pas tomber. Il regarda fixement Joe.

— Vous en voulez encore ? demanda Joe en essayant de reprendre son souffle. J'ai largement de quoi vous satisfaire, espèce de sale fils de pute.

Neff porta la main à sa tête et la retira pleine de sang. Il avait l'air hébété. Joe sortit de la grange et se dirigea vers la maison. Ellie passa la tête par la porte entrebâillée. Elle avait une expression horrifiée

— Vous devriez aller vous occuper de votre père, lui dit Joe. Il a le crâne en piteux état.

Puis il regagna sa voiture et prit la route de Fox Valley.

Au bout d'un kilomètre ou deux, il éclata d'un rire amer. Encore deux voix de perdues ! se dit-il. Il inspira profondément, relâcha son souffle : ses côtes étaient endolories. Une drôle de journée, dans l'ensemble, à la fois insolite et éprouvante… Il envisagea un instant de flanquer Neff en prison pour violences à l'aide d'une arme pouvant entraîner la mort. Ce serait peut-être une bonne idée de lui donner une leçon. Il imagina Neff regardant à travers les barreaux d'une des cellules. Cela le fit sourire, et même rire. Mais ça ne ferait que donner un terrible surcroît de travail à Ellie et Mrs Neff. Il décida de passer l'éponge.

Joe poursuivit sa route directement, en traversant Marblestone et en descendant Candelara Creek Road. La vallée centrale s'ouvrit devant lui. Pleasant Grove miroitait, blanche et grise, sous le soleil de l'après-midi. Il se sentit plus calme, comme si, en s'éloignant des montagnes, il était passé dans un autre univers.

Quand il se gara enfin derrière le palais de justice, il avait recouvré la dignité et la maîtrise de soi que les aventures de l'après-midi avaient passablement écornées.

Mrs Rostvolt le regarda avec une drôle d'expression quand il entra : une sorte de petit sourire grimaçant et fielleux qui lui déplut profondément. Il était sans doute décoiffé. Des traces de rouge à lèvres, peut-être ? Non, sûrement pas.

— Le District Attorney demande que vous l'appeliez.

— Mettez-moi en communication avec lui.

Il entra dans son bureau, s'assit lourdement dans son fauteuil et décrocha son téléphone. Un instant plus tard, la voix de baryton du District Attorney, Paul Wentzman, résonna dans son oreille.

— Shériff ?

— C'est moi.

Wentzman sembla chercher ses mots. Il finit par demander :

— Qu'est-ce qui vous a pris, Joe ?

— Que voulez-vous dire ?

— Cole Destin m'a appelé. Il veut porter plainte contre vous. Voies de fait, rixe, tentative de viol et tout le tremblement.

— Je ne pensais pas qu'il irait jusque-là, dit Joe stupéfait.

— Il est vraiment furieux.

— Tout cela est sans fondement. Le problème, c'est que je ne sais pas si je peux le prouver.

— Si j'étais vous, j'y réfléchirais sérieusement.

— Pour résumer brièvement, voici la situation : sa femme est une coureuse, et Cole doit probablement s'en douter. Elle m'a fait des avances. Cole l'a surprise, et elle s'est mise à crier au viol. Remarquez qu'elle n'avait pas d'autre solution, je dois bien le reconnaître.

— Cole voulait faire appel à la police d'État, mais je lui ai dit que ce n'était pas nécessaire, que vous vous présenteriez certainement au tribunal.

— Naturellement. Quand il voudra.

— Eh bien, j'ai prévu ça pour demain matin, 10 heures. Juste une audience préliminaire, pour fixer le montant de la caution.

Joe réfléchit un instant avant de demander :

— Il y a beaucoup de gens au courant ?

— Je ne saurais le dire. Griselda en a eu connaissance.

— Ah, bon sang… Il faut que j'agisse vite, ou sinon, il va me traîner dans la boue.

— Ça ne m'étonnerait guère.

Joe raccrocha et arpenta son bureau. Il était dans de sales draps… Il se laissa tomber dans son fauteuil et tendit la main vers le téléphone, puis il se ravisa. Il sortit et parcourut rapidement la centaine de mètres le séparant des locaux du *Messenger* de Pleasant Grove. Il entra en trombe, à la stupéfaction d'Amelia, la jeune réceptionniste.

— Je veux voir Mr Griselda, dit-il. Immédiatement.

La jeune femme se précipita derrière la cloison basse qui abritait des regards la salle de composition. On entendait le cliquetis d'une lino-type.

Griselda apparut dans l'embrasure de la porte, les manches de che-mise retroussées, la cravate desserrée, sa grosse tête penchée en avant. Après un bref salut, il demanda :

— Que puis-je pour vous ?

— Vous avez l'intention d'écrire un article sur moi ?

— Oui, il paraîtra dans l'édition de ce soir.

Joe inspira profondément.

— Je pense que nous devrions en discuter sérieusement, avant que le mal ne soit fait.

— Il me semble que le mal est déjà fait, rétorqua Griselda avec un grand sourire. Une plainte a été déposée, ce qui en fait une information à publier.

— Pouvons-nous parler en privé ?

— Venez dans mon bureau.

Joe suivit Griselda dans une pièce qui ressemblait plus à une chambre qu'à un bureau. Des étagères garnies de livres et de photos couraient le long des murs. Derrière les portes vitrées d'un buffet étincelaient des bouteilles, une douzaine au moins. Griselda prit place derrière son bureau et désigna un antique fauteuil capitonné de cuir.

Joe s'assit, très raide.

— J'imagine que nous parlons des mêmes faits, dit-il

— Le titre de l'article, si je me souviens bien, est le suivant : « LE SHÉRIFF PAR INTÉRIM JOE BAIN ACCUSÉ D'AGRESSION SEXUELLE »

— Oui, c'est bien ça. Je ne pense pas que ça améliore mes chances aux élections.

— Qui sait ? Ça pourrait vous valoir quelques voix, lança le journaliste dans une tentative d'humour noir.

— Ces voix-là, je n'y tiens pas. Voici ce qui s'est passé. Je suis allé voir Cole, mais il était absent. Il se trouve que May Destin est un ancien flirt à moi, et elle a voulu tout à coup rejouer le scénario de sa jeunesse. Cole est entré à ce moment-là, et elle m'a tout mis sur le dos alors que je n'étais qu'un spectateur passif.

— Tout cela ressortira au procès.

— D'ici là, l'élection aura eu lieu… et moi, je serai fini. Je ne sais pas de quel recours légal je dispose, mais à votre place, je serais très prudent. Je ne pense pas qu'on puisse retenir quoi que ce soit contre moi, et si votre article paraissait quand même, je me montrerais impitoyable.

Griselda dévisagea Joe par-dessous ses sourcils broussailleux.

— La plainte a été enregistrée. C'est donc une information officielle.

— Que la plainte soit justifiée ou non ? En fait, Howard, vous cherchez uniquement à me salir.

Le lourd visage de Griselda s'empourpra.

— Vous savez bien que ce n'est pas mon genre. Comme je vous l'ai déjà dit, la plainte a été enregistrée, et c'est donc une information.

— Je vais passer un coup de fil, et je veux que vous écoutiez la conversation. Acceptez-vous ma proposition ?

Griselda réfléchit un instant avant d'acquiescer de mauvaise grâce.

— Ça ne me plait pas du tout, mais j'accepte, à condition que vous préveniez votre interlocuteur qu'un témoin écoute la communication.

— Non, ça ne marcherait pas. Je tiens à ce que vous l'écoutiez pour vous convaincre que cette affaire est montée de toutes pièces.

— Bon, très bien, grommela Griselda. Servez-vous de cet appareil, je vais écouter dans la pièce à côté.

Joe fit une recherche dans l'annuaire et composa un numéro. Il y eut une sonnerie, deux, trois. Joe commençait à être gagné par le découragement quand May décrocha enfin. Il poussa un soupir.

— C'est Joe Bain, à l'appareil.

— Oh ! Joe, gémit May. Je ne sais pas quoi dire…

— Peu importe. Ce qui m'intéresse, c'est ce que tu comptes faire maintenant.

— Je ne sais pas.

— Tu sais que Cole a déboulé en ville et qu'il cherche à me faire les pires ennuis ?

— Oui. (D'une voix basse et désespérée, May poursuivit :) Mais qu'est-ce que je pouvais faire ? J'ai perdu la tête, c'est vrai, mais sur le moment, je n'ai pas eu d'autre idée. C'est l'instinct de préservation, sans doute. Je me suis comportée comme une parfaite idiote.

— Une idiote ? Oui, on peut le dire comme ça. Bon, de toute façon, il faut que tu fasses faire machine arrière à Cole. Peu importe comment tu t'y prends, mais je tiens avant tout à ma réputation. Je suis candidat au poste de shérif.

— Mais tu ne connais pas Cole, fit May d'un ton geignard. Il est collet monté à un point que tu ne peux même pas imaginer.

— Ce sera pire si l'affaire passe devant le tribunal, parce que j'aurai plein de choses à dire.

— Je ne vois pas bien ce que tu peux faire, dit simplement May. C'est ta parole contre la mienne.

— Devant un tribunal, ce sera beaucoup plus que ça. D'abord, tu dois comprendre que ce sera une affaire dont le public va se délecter. Tous les gens que tu connais viendront assister au procès. Je ferai appeler tes deux gamines pour leur demander si elles t'ont entendue hurler ou gémir. Elles répondront : « Non, on a seulement entendu Maman qui riait. » En fait, elles ont peut-être même vu ce qui s'est réellement passé. Je ferai venir à la barre le Révérend Dunkwiler, et il pourra raconter comment il nous avait surpris dans la crypte de l'église alors que nous étions censés être au catéchisme. Walt Hobius viendra aussi sur ma demande témoigner que tu voulais que je t'épouse, en prétendant être enceinte. Je ferai également appel à des experts en traces de rouge à lèvres. Quand un homme s'apprête à violer une femme, il est rare qu'elle lui colle une belle marque de rouge en travers des lèvres. Et puis encore une chose : ça ne tient vraiment pas debout que j'essaie d'abuser d'une femme dont je suis venu voir le mari, alors que ses enfants ne sont pas loin et qu'elle peut crier à pleins poumons. J'ajoute que je remuerai ciel et terre pour trouver tes autres petits amis, et je les ferai venir aussi pour témoigner. Tu commences à comprendre ce que je veux dire. Ce ne sont pas des menaces. J'essaie simplement de t'expliquer comment je compte me défendre.

Silence total à l'autre bout du fil. Puis une voix morne :

— D'accord. Je vais m'arranger pour que Cole laisse tomber. Je trouverai un moyen.

— Tâche de faire vite, parce qu'il a déposé plainte.

— Je sais par où le prendre. Je... je crois que je peux le convaincre. Je lui raconterai quelque chose, n'importe quoi. Tout va s'arranger.

— Je suis vraiment désolé, May. Mais voilà, ce sont des choses qui arrivent.

La voix de May n'était plus qu'un murmure :

— Au fond, tu n'es pas vraiment un gentleman, hein, Joe ?

— Je suis shériff avant tout, et gentleman ensuite. C'est dur à avaler, mais c'est comme ça.

May raccrocha.

Griselda revint dans la pièce. Il hocha lentement la tête en évitant de croiser le regard de Joe.

— Je vais jeter l'article à la poubelle... Sale histoire.

— Ce n'est pas moi qui l'ai cherché.

— À moins que ce ne soit dû à votre personnalité, à votre réputation, à votre passé, à votre moralité.

— Ça va comme ça, Howard. Je ne suis pas venu ici pour échanger des insultes. Pour ce qui est de ma moralité, je suis prêt à parier qu'elle vaut largement plus que celle de votre cher Lee Gervase

— Tout est possible.

Griselda fit un geste impatient de sa grosse main velue, comme pour signifier que l'entrevue avait assez duré. Joe prit congé et retourna lentement à Montalvo Square en se disant qu'il l'avait échappé belle.

Quand il arriva dans le bureau, Mrs Rostvolt lui lança un regard interrogateur, mais Joe se garda bien de lui dire quoi que ce soit. Un peu plus tard, elle lui apporta le courrier du jour à signer. Comme d'habitude, elle avait accompli un travail admirable. Mrs Rostvolt, le parangon des secrétaires ! Dommage qu'elle soit si malhonnête... Sa place était de l'autre côté des barreaux. Mais bon... À chaque jour suffisait sa peine. Joe rentra chez lui, où sa mère et Miranda se demandèrent pourquoi il avait l'air de si méchante humeur.

Après le diner, la mère de Joe s'installa devant le poste de télévision et Miranda fit ses devoirs. Après avoir pris une douche, Joe ouvrit une cannette de bière et alla s'asseoir en pyjama et robe de chambre sur la terrasse derrière la maison, le plus loin possible des couinements de la télé.

Il avait eu une journée bien remplie, dans laquelle le seul élément agréable avait été sa rencontre avec Ellie Neff. Il leva les yeux vers le ciel où la lune, presque pleine, flottait au-dessus du faux-poivrier. À une cinquantaine de kilomètres de là, Ellie la contemplait peut-être, elle aussi… Il écrasa d'une tape un moustique importun, termina sa bière et retourna à l'intérieur. Miranda avait fini ses devoirs et bavardait au téléphone. Joe ouvrit la bouche pour la réprimander, mais il se ravisa. Sa mère se leva pour changer de chaîne. Joe passa dans la cuisine, où il s'installa à la table après avoir ouvert une autre cannette. Au dos d'une enveloppe, il écrivit :

Questions en suspens
A. Bus Hacker
   1. Qui a versé de l'eau dans le réservoir de Bus Hacker ?
    Pourquoi ? Pour l'obliger à aller à pied en ville ?
   2. Qui a prévenu Hacker qu'une lettre importante l'attendait à
    la poste ? Pourquoi ? Pour l'obliger encore une fois à aller à
    pied en ville ?
   3. Pourquoi l'obliger à aller à pied en ville ?
Possibilités :
   a. Simple blague.
   b Volonté de le mettre en rage, de le surexciter, afin de provo-
    quer une crise cardiaque.
   c. Désir de mettre la main sur le contenu du coffre-fort. Qu'y
    avait-il de si important dans ce coffre ? Le feu l'avait-il
    détruit ?

Joe réfléchit un instant à ce qu'il venait de noter. Quelqu'un avait peur de ce coffre, aucun doute là-dessus. Cole avait manifesté un empressement fébrile à le fouiller. Walt Hobius et lui l'avaient considérablement malmené. Joe n'arrivait pas à imaginer un quelconque rapport entre Ausley Wyett et cette affaire. Ausley n'avait désormais plus rien à craindre. Malgré son manque de tact, il donnait l'impression d'être extrêmement prudent. Et puis… Joe était bien forcé de le reconnaître, il avait clamé son innocence du crime originel avec une grande force de conviction.

Joe repensa aux circonstances de la mort atroce de Tissie McAllister. Charley Blankenship avait pu voir la portion de route au nord de la grange des Wyett, Bus Hacker celle du sud. Blankenship avait témoigné avoir vu Tissie, et un peu plus tard Cole Destin. Hacker, lui, n'avait vu que Cole Destin. Cole Destin avait déclaré n'avoir vu que Tissie et Ausley. Si Ausley était innocent, il aurait lui-même remarqué quelqu'un descendant des collines. Hacker ou Blankenship, ou les deux, auraient vu quelqu'un traversant les champs à l'est de la route. Si Ausley était innocent, quelqu'un mentait. Joe se dit que ce devait être Bus Hacker. Demain, il étudierait le compte-rendu du procès.

Il continua de noter :

B. *Charley Blankenship*
  1. *Comment se faisait-il que Charley Blankenship, un amateur de champignons bien connu, ait été amené à ramasser, préparer et manger des amanites ? Par erreur ? Hautement improbable. Personne, pas même un néophyte, ne peut manquer de remarquer les lamelles blanches caractéristiques de l'amanite.*
  2. *Qui d'autre aurait pu vouloir la mort de Blankenship comme de Hacker ? Ausley, peut-être. Quelqu'un d'autre ? Pourquoi ? Pour de l'argent ? Metty Blankenship héritait à la mort de Charley Blankenship. Il était absolument impensable que Metty ait pu empoisonner son mari. Où serait allé l'argent si Metty était morte avant Bus ?*

Joe fit une pause pour boire une gorgée de bière. La situation était délicate. Si Ausley Wyett était responsable des deux décès, alors Cole Destin, Willis Neff et Oliver Viera devenaient des clients à haut risque pour une compagnie d'assurances.

Si Ausley n'était pas responsable… alors quoi ? Sa libération de prison, la mort de Hacker et celle de Blankenship coïncidaient de façon troublante, survenant à si peu d'intervalle. Qui pouvait leur en vouloir ainsi qu'à Viera, Cole Destin et Willis Neff ?

Willis Neff s'était mis à dos une bonne moitié de la région.

Cole Destin avait marché sur les pieds de pas mal de gens. Il se montrait impitoyable quand il s'agissait d'agrandir ses terres, et il avait tendance à se comporter en seigneur féodal.

Oliver Viera avait toujours joui d'une grande popularité, et il n'avait vraisemblablement pas un ennemi au monde.

À l'exception d'Ausley Wyett.

Joe se cala confortablement dans son fauteuil et contempla sa cannette de bière vide. Avec des gestes lents, mesurés, il en ouvrit une autre et se rassit, le cerveau parcouru d'une bonne douzaine d'hypothèses. Une personne aussi astucieuse, malveillante et malfaisante qu'un singe enragé commettait avec délectation des meurtres qui n'étaient pas tout à fait des meurtres… Joe posa la cannette sur la table et se renfonça dans son fauteuil. Comment, songea-t-il, m'y serais-je pris pour assassiner Bus Hacker de telle sorte qu'il ait une crise cardiaque, et Charley Blankenship de telle sorte qu'il se prépare des champignons vénéneux ? Vue sous cet angle, la situation devenait grotesque… Joe poursuivit ses réflexions. Le visage du vieux Bus Hacker avait été très rouge, ce qui était un symptôme d'électrocution. Mais Joe avait fait exactement les mêmes gestes que lui, gravi les marches du perron, tenté d'ouvrir la porte, et il ne lui était rien arrivé…

Joe termina sa bière et alla se coucher. Il resta éveillé de longues heures à réfléchir.

Chapitre X

À la limite nord-ouest du comté, dans une région de collines fortement boisées et de vallées encaissées, se trouvait Nazareth, une communauté religieuse fondée cinquante ans plus tôt et qui se maintenait volontairement dans le plus grand isolement possible. Il n'y avait pas de téléphone, pas d'électricité ni de distribution de courrier. La communauté s'occupait elle-même de l'enseignement de ses enfants, des soins de ses malades, de l'enterrement de ses morts, et d'une façon générale fonctionnait pratiquement en autarcie. Inutile de préciser qu'il n'y avait à Nazareth ni bars ni cafés, pas de théâtres ni de bowlings. Il arrivait que les jeunes en aient assez de cette vie monotone et aillent chercher un peu de distraction à Verdalia, au grand dam des chefs de la communauté.

Non loin de là se trouvait la ville de Vino, laquelle tirait son nom des vignobles qui couvraient les collines environnantes ainsi que de plusieurs établissements vinicoles réputés.

Le samedi, dans la soirée, quatre jeunes de Nazareth revenant d'une « orgie » chez un glacier de Verdalia furent abordés par autant de jeunes de Vino entassés dans une vieille voiture dont ils avaient gonflé le moteur. Il en résulta un léger accrochage qui entraîna récriminations, menaces et ripostes, et finalement une bagarre. Joe fut averti qu'une bataille en règle se préparait, car si les jeunes de Nazareth étaient de bons chrétiens pacifiques, ils n'en étaient pas moins susceptibles et n'avaient nullement l'intention de se laisser marcher sur les pieds.

Le mardi suivant, Joe se mit en route, accompagné de l'adjoint Phipps. Il fit quelques tours dans les rues de Vino et de Nazareth afin que tous voient bien la voiture de police, et adressa quelques mises en garde aux groupes de jeunes qu'il rencontrait.

Ses mises en garde tombèrent dans l'oreille d'un sourd. En effet, le soir même, à la nuit tombante, une bonne trentaine de garçons de Vino, qui avaient entre quatorze et vingt ans, lancèrent un raid dans les collines et entreprirent de peindre une énorme étoile de David sur le versant qui dominait Nazareth. Ils furent presque aussitôt découverts. Pendant quelques minutes, les habitants de Nazareth demeurèrent indécis, puis un groupe de jeunes gens passa à l'attaque.

Joe, qu'une mère inquiète de Vino avait appelé à la rescousse, arriva sur ces entrefaites avec trois adjoints. N'écoutant que son devoir, il grimpa sur les hauteurs. Alors que Joe approchait de la scène du combat, il entendit crier : « Hé, cul-bénit ! Je vais te botter les fesses ! », suivi aussitôt de la réplique : « Essaie donc, si t'es un homme ! »

Joe reçut sur la nuque une grappe de raisin lancée avec force, mais malgré cette motivation supplémentaire, il fut incapable de capturer le moindre combattant. À la vue de la police, tous s'égaillèrent comme une volée de moineaux. Après avoir laissé deux adjoints pour patrouiller, Joe rentra chez lui, certain que le raid se répéterait et deviendrait peut-être une sorte d'événement annuel. Ma foi, il y avait des façons bien pires de se défouler, et au fond, ça devait faire le plus grand bien aux gars de Nazareth…

Le lendemain était un mercredi. Ayant obtenu les vingt-cinq parrainages nécessaires, Joe versa au greffier du comté les deux cent quarante dollars réglementaires et officialisa sa candidature au poste de shérif. Le *Messenger* fit un bref compte rendu de l'affrontement entre Nazareth et Vino, en indiquant simplement que « les hostilités avaient été rapidement calmées ». Joe chercha en vain une mention de l'intervention rapide et décisive du shérif Bain et de ses adjoints. Sur une autre page, son attention fut attirée par un article intitulé :

RÉUNION POLITIQUE EN PLEIN AIR DU COMITÉ POUR LE PROGRÈS.

Joe apprit en le lisant que le Comité pour le Progrès du comté de San Rodrigo avait obtenu l'autorisation de tenir une réunion publique à Montalvo Square, le samedi 29 septembre dans la soirée. Il y aurait de la musique et un buffet gratuit avec café et doughnuts. Au nombre des orateurs, on annonçait Fred Hatch, le président de la Chambre de Commerce de Pleasant Grove ; Henry Heillbronner, président du Syndicat des Agriculteurs ; Howard Griselda, propriétaire et rédacteur en chef du *Messenger* ; Lee Gervase, avocat et candidat au poste de shériff ; Edgar H. Laumeister, secrétaire général du Lion's Club de Pleasant Grove.

— La seule célébrité qui ne soit pas invitée, et qui se trouve être aussi le cochon à sacrifier, c'est moi, marmonna-t-il en grimaçant.

— Qu'est-ce que tu as, Papa ? demanda gaiement Miranda. Un problème digestif ?

— Juste quelques élancements de faim, parce que les temps seront durs, après les élections.

— Allons, Joe, déclara sa mère. Ce n'est probablement même pas vrai !

— Je serai bientôt débarrassée de l'école, dit Miranda. Après, on pourrait faire un petit voyage au Mexique. Génial ! J'espère que tu vas te faire ramasser, Papa !

— Voyons, Miranda ! s'offusqua la mère de Joe.

— Laisse-la, dit tristement Joe. Autant qu'il y ait quelqu'un qui prenne ça du bon côté.

— De toute façon, dit Miranda, j'en ai assez que tu sois shériff. J'ai envie que tu deviennes sénateur ou diplomate, quelque chose de vraiment important, un poste plein de prestige.

— J'ai été cueilleur de laitues, autrefois. Je crois que j'ai gardé le coup de main. Bon, on arrivera toujours à s'en sortir. Miranda pourra se faire embaucher à l'emballage des fruits et légumes.

— Papa ! Ne dis pas des choses pareilles !

— Il faudra bien manger.

— Je me ferai mannequin. Tu ne le savais pas ? Je suis belle, j'ai ce look de croqueuse d'hommes efflanquée et féroce…

— Enfin, Miranda, dit sa grand-mère. De mon temps, les jeunes filles ne parlaient pas ainsi. Ça ne leur serait même pas venu à l'idée.

— Oh, Grand-mère, toi, tu étais innocente et naïve. La plupart des autres filles ne te ressemblaient pas.

Mrs Bain se contenta d'un léger sourire nostalgique.

Miranda se jucha sur la table.

— Alors, Papa, raconte-nous. Quel a été le grand crime de la journée ?

— Pas grand-chose. Un ivrogne ou deux. Ah ! si, j'y pense : on a épinglé un pickpocket à Aurora. Un vieux bonhomme de soixante ans. Sacrément expérimenté, mais terriblement lent.

— Et à Marblestone, qu'est-ce qui se passe, dis-moi ? demanda Mrs Bain.

Joe leva lentement les yeux vers sa mère.

— Qu'est-ce que tu as entendu dire ? Et qui t'en a parlé ? Mrs Henderson ?

— Elle est passée dimanche voir sa fille. Elle dit que toute la ville est en émoi à cause de cet affreux Wyett.

— Qu'est-ce qu'il a fait ? demanda Miranda.

— Il a été emprisonné pour meurtre, expliqua Joe. Tu n'étais pas née. Mais va savoir, il y a eu tant de barouf qu'on ne voit plus très bien qui a fait quoi et à qui.

— Mais qu'est-ce qui se passe exactement ?

— Eh bien, Ausley est sorti de prison, et tout de suite après, les cinq principaux témoins à charge de son procès ont reçu une lettre de lui. C'est difficile de savoir ce qui se passe dans sa tête. On peut interpréter ces lettres comme des menaces, une demande de coopération ou je ne sais quoi. C'est peut-être encore une de ces idées absurdes dont il a le secret. En tout cas, les cinq témoins en question n'ont pas été particulièrement ravis de recevoir ce courrier. Ils se sont dit qu'Ausley voulait exercer une pression sur eux. Surtout qu'immédiatement après, deux d'entre eux sont morts.

Miranda en resta bouche bée, tandis que sa grand-mère faisait un petit claquement de langue désapprobateur.

— Alors, dit Miranda, tout le monde se demande qui sera le suivant ?

— Exactement.

— Et qu'est-ce qu'en dit Ausley Wyett ?

— Il dit qu'il ne voit pas pourquoi les gens en font toute une histoire.

— Et qui risque d'être la prochaine victime ?

— Eh bien, dit Joe, il y a Oliver Viera, Cole Destin et Willis Neff. Je les ai tous prévenus. Willis Neff s'est colleté avec moi, Cole Destin a essayé de me faire jeter en prison, et Oliver Viera a voulu me vendre une maison. Je dirais qu'au départ, leurs chances sont les mêmes.

* * *

Le jeudi matin, Joe dut se rendre à Mulberry pour y remettre une assignation, et il arriva tard au bureau. Il salua poliment Mrs Rostvolt, qui lui répondit par un hochement de tête et un sourire. Ce sourire l'inquiéta plutôt… Qu'est-ce que ça signifie ? se demanda-t-il. Saurait-elle quelque chose que j'ignore ?

Le reste de la matinée, il fut retenu au bureau par la visite de Milo Gentry, le plus âgé et le plus exaspérant des membres du Conseil de surveillance du comté. Joe était dans ses petits souliers. S'il écourtait l'entretien en prétextant une affaire urgente, Mr Gentry risquerait de s'en offusquer et d'aller grossir les rangs de ses adversaires. S'il écoutait patiemment les interminables digressions de son interlocuteur, celui-ci pourrait bien avoir l'esprit assez tordu pour trouver que le shérif était payé à ne rien faire…

Finalement, Milo Gentry prit aimablement congé. Joe décida d'aller déjeuner rapidement avant de filer à Marblestone. Quand il informa Mrs Rostvolt de ses projets, elle se contenta de hocher la tête. Joe était mal à l'aise quand il prit la route. Il avait horreur des problèmes sans réponse, et Mrs Rostvolt était une véritable énigme. Elle devait se douter que ses jours étaient comptés à ce poste, mais elle continuait pourtant de se comporter comme si elle dirigeait le service…

À son arrivée à Marblestone, Joe aperçut la Ford décapotable blanche d'Oliver Viera garée devant l'enseigne de l'Agence immobilière de Fox Valley. Il alla se ranger à côté. Venant du centre-ville arriva un pickup GM gris qui s'engagea dans la station-service de Walt Hobius. Willis Neff en descendit. Sans un sourire, Walt sortit de son atelier de graissage et commença à faire le plein. Neff sortit un pneu rangé à l'avant et donna quelques brèves instructions à Walt, qui hocha simplement la tête d'un air maussade. Joe remarqua que Neff ne portait pas sa tenue de travail habituelle. Il avait un pantalon marron, des chaussures noires, et une chemise écossaise à carreaux rouges et bleus.

Joe traversa la rue. Neff, qui était en train de boire à la fontaine, l'aperçut. Joe jeta un coup d'œil œil à l'arrière du pickup. L'emplacement de la roue de secours était vide. Il y avait un sac de couchage, un réchaud de camping, un carton de provisions, une pelle et une hache. Sur le siège avant se trouvaient un panier en osier, une canne à pêche démontable et un fusil.

Neff s'approcha du pickup.

— Bonjour, Mr Neff, dit Joe. Vous m'avez tout l'air d'aller à la pêche, dites-moi.

— Peut-être bien, grommela Neff.

— Il se pourrait que vous ayez aussi l'intention de chasser un peu ?

— Difficile à dire.

— Pour le chevreuil, ce n'est pas la saison, fit Joe d'un air pensif. Ce serait vraiment dommage que le garde-chasse vous prenne en train de faire une bêtise.

— Il ne faut pas que ça vous inquiète, répondit Neff avec un sourire carnassier. Là où je vais, il n'y a pas de gardes-chasse.

— J'en suis très heureux, pour votre famille.

— Laissez ma famille en dehors de ça, à moins que vous n'ayez envie d'une nouvelle correction.

— Ne tirez pas trop sur la corde, lui lança Joe.

Il retraversa la rue. La porte de l'agence était ouverte. Joe entra, et Oliver leva les yeux. Il était en train de taper laborieusement à la machine une petite carte.

— Salut, Joe. Une seconde, si tu veux bien, le temps de terminer cette fichue description.

Joe alla se poster à la fenêtre, d'où il vit Walt nettoyer le pare-brise de Willis, jauger le niveau d'huile, encaisser l'argent et rendre la monnaie, le tout avec la même expression renfrognée. Walt avait eu lui aussi l'occasion de connaître la lourdeur des poings de Willis.

Oliver retira la carte de sa machine et fit pivoter son fauteuil vers son visiteur.

— Alors, quoi de neuf, Joe ?

— Pas grand-chose.

Joe regarda Neff monter dans son pickup, faire demi-tour et repartir dans la direction d'où il était venu.

— Pas de doute, dit-il, voilà un type pas commode.

— Oui, comme disait ma grand-mère en espagnol, même les mouches évitent de se poser sur lui.

— Je n'arrive pas à le situer. Il doit être relativement à l'aise, pas riche mais avec ce qu'il faut pour vivre confortablement. Il a un beau ranch, une bonne épouse, une gentille fille. Il est en bonne santé…

— Et il a une gentille fille.

— … il n'est sans doute pas obligé de travailler trop dur, il va à la pêche quand ça lui chante…

— Et il a une gentille fille.

— Oliver, tu es libidineux, et marié par-dessus le marché. Je voulais te parler d'Ausley. Tu l'as vu récemment ?

Le visage poupin d'Oliver se plissa sous l'effet de la perplexité.

— Ausley ? Pourquoi donc l'aurais-je vu ?

— À propos de ce barrage. Tu m'as dit qu'il faudrait l'ancrer sur un terrain qui lui appartient.

— Ah, le barrage… J'avais complètement oublié. Non, je ne l'ai pas encore vu, mais c'est une bonne idée. (Parfois, quand Oliver était agité ou distrait, sa voix prenait une intonation mexicaine chantante.) Peut-être bien que j'ai peur, Joe. Je ne sais pas au juste. Bus Hacker et Charley Blankenship ont eu des accidents… alors, pourquoi pas moi ?

— Ça me rappelle une question que je voulais te poser. À part Ausley, y a-t-il quelqu'un par ici qui aurait des raisons de t'en vouloir ?

Oliver haussa les sourcils de sa façon si expressive. Il secoua la tête.

— Non, je ne vois pas. Personne ne m'en veut. Je n'ai même jamais eu la moindre dispute avec Neff, ce qui n'est pas le cas pour les autres habitants de cette ville.

— Et sur le plan des affaires ? Tu ne marches sur les pieds de personne ?

— Ah, ça, évidemment, fit Oliver en haussant les épaules. Difficile de prendre de l'argent à quelqu'un sans lui déplaire. Au fait, je t'ai dit que Cole voulait que je sonde Ausley, pour savoir s'il était disposé à vendre ?

— Tu m'as dit qu'Ausley n'était pas intéressé.

— C'est exact. Ce vieil Ausley, il doit avoir un beau petit pécule, après seize ans passés en prison.

— C'est à se demander pourquoi il n'y a pas plus de gens pour essayer la méthode. Bon, j'y vais. Je vais passer dire bonjour à Ausley. Si tu veux, je peux lui dire que tu aimerais le voir.

— D'accord, Joe. Dis-lui que je serai ici toute la journée, et peut-être une partie de la soirée. Ma belle-sœur est chez nous en ce moment, et il y a trop de bruit à la maison.

Mais quand Joe s'arrêta à l'entrée du ranch des Wyett, il ne vit pas la vieille fourgonnette d'Ausley, et il ne put donc lui transmettre le message d'Oliver.

Il remonta Mitre Canyon Road sans but précis, jusqu'à ce qu'il se rende compte qu'inconsciemment, il se rapprochait de plus en plus du ranch des Neff. Il fit aussitôt demi-tour. S'il voulait voir Ellie, il n'avait pas besoin d'attendre que Neff ait quitté les lieux.

* * *

Quelque part entre le mercredi soir et le jeudi matin, Willis Neff fit la rencontre de la mort. Personne n'eut vent de l'événement avant le samedi matin, quand un vieux retraité du nom de Theodore Hill tomba par hasard sur le corps de Neff au milieu d'une clairière des montagnes de Santa Lucia, dans le comté de Monterey. Neff avait été tué d'une balle dans la tête et gisait à quelques mètres de son pickup.

Theodore Hill avertit le shérif Edward Mulligan, à Salinas, et celui-ci dépêcha sur place deux adjoints ainsi que le médecin légiste.

La balle ayant pénétré dans le crâne sans en ressortir, les enquêteurs en déduisirent qu'elle avait été tirée d'une certaine distance. Ils examinèrent les environs et découvrirent sur une crête voisine une casquette rouge toute neuve, de celles que portent les chasseurs de chevreuils, une pochette d'allumettes à moitié vide portant une publicité pour le bar-restaurant Top Hat de San Francisco, et également une douille de calibre .30-30. Les adjoints du shérif et le médecin légiste aboutirent à la même conclusion, qui les fit grincer des dents de colère : un chasseur irresponsable, un citadin, avait voulu se faire un chevreuil en dehors de la période autorisée, et Willis Neff avait été la première cible mouvante dans son viseur. Verdict : accident de chasse.

Le médecin légiste fit une première estimation de l'heure du décès : deux heures du matin, à quatre heures près. Autrement dit,

Neff pouvait avoir été tué entre 22 heures le mercredi soir et 6 heures le jeudi matin.

À la demande du shérif Joe Bain du comté de San Rodrigo, on procéda à l'analyse du contenu de l'estomac de la victime afin de mieux préciser l'heure du décès. On constata que Willis Neff avait mangé des œufs au bacon peu avant sa mort.

Ce qui laissait penser que Neff avait été tué le jeudi matin à l'aube, d'autant que, près du pickup, était installé un réchaud qui pouvait fort bien avoir servi à préparer ce repas.

Le chasseur venu de San Francisco fut prié de se faire connaître – demande dont évidemment personne n'attendait de résultat.

Joe fut content de ne pas avoir à rechercher cet hypothétique chasseur de chevreuils. Il avait déjà bien assez de problèmes comme ça sur les bras.

CHAPITRE XI

Le dimanche matin, Joe eut la désagréable tâche d'aller informer Mrs Neff et Ellie de la mort de Willis Neff. En traversant Marblestone, il remarqua une file de voitures rangées le long de Holy Row, et il se dit que Mrs Neff et sa fille étaient peut-être à l'église. Il s'engagea dans Quarry Road et aperçut la vieille fourgonnette d'Ausley garée à proximité de l'église baptiste. Hmm... Il se gara devant l'église et gravit les marches qui menaient à la sacristie. De la nef provenait la voix du Révérend Dunkwiler, et Joe se sentit soudain reporté vingt ans en arrière. La même odeur flottait dans l'air : encaustique récemment passée, fleurs fanées, vieux livres de cantiques, boiseries anciennes, habits du dimanche. Rien n'avait vraiment changé. Joe jeta un coup d'œil dans la nef : il ne vit pas Mrs Neff et sa fille, mais Ausley Wyett était assis sur un banc du fond, bien droit dans son costume marron tout neuf agrémenté d'une longue cravate de satin bleu. Joe fit signe à un petit garçon assis derrière Ausley de le prévenir. L'enfant tapota le dos d'Ausley et lui indiqua Joe. Avec une discrétion excessive, Ausley rejoignit la sacristie sur la pointe des pieds. Joe l'emmena dehors sous le soleil éclatant.

— Mrs Neff et Ellie sont là ? demanda-t-il d'un air dégagé.

— Non, elles ne sont pas venues.

— Tu en es sûr ?

— Sûr et certain.

Joe hocha gravement la tête.

— Alors, Ausley, qu'est-ce que tu en dis ?

— Qu'est-ce que je dis de quoi ? demanda Ausley en grimaçant un petit sourire.

— Neff est mort.

— Neff ? Willis Neff ? (L'expression d'étonnement d'Ausley était convaincante.) Qu'est-ce qui lui est arrivé ?

— Tu ne le sais pas ?

— Je n'en ai pas la moindre idée, Joe.

— Quelqu'un lui a tiré une balle dans la tête.

— Ça alors ! Heu… je ne sais pas quoi dire.

— Tu as un fusil ?

— Oui, il y a le vieux fusil de mon père qui traine dans un coin. Je n'ose pas y toucher, vu que je suis en liberté conditionnelle. Tu le sais bien, Joe.

— C'est ce que tu dis. Écoute, Ausley, je vais te donner un petit conseil : à ta place, je ne bougerais pas de chez moi pendant quelques jours. Ça va discuter ferme en ville et je ne tiens pas à devoir te décrocher de la branche où on t'aura pendu.

— Les gens veulent m'accuser de tout, dit Ausley en secouant tristement la tête. Autrefois, ils brûlaient les sorcières, et maintenant, c'est moi qu'ils ont à la place.

— C'est pour ton bien que je dis ça. Ça ne sert à rien d'aller les provoquer.

— Ça s'est passé où ?

— Dans la montagne, de l'autre côté de la crête, en descendant sur Big Sur.

Ausley se frotta le menton et regarda pensivement l'horizon embrumé.

— Tiens, tiens… murmura-t-il. (Une idée soudaine sembla lui venir à l'esprit.) Ah, mais oui ! dit-il d'un ton énergique. Oui, bien sûr !

Et il hocha la tête comme pour s'approuver lui-même.

— Mrs Neff et Ellie sont sans doute restées à la maison parce qu'elles n'avaient pas le pickup, dit Joe. Je vais aller leur annoncer la nouvelle, ça fait partie de mes attributions.

Ausley secoua la tête en signe de sympathie.

Joe remonta dans sa voiture, et dix minutes plus tard, il s'engageait dans l'allée des Neff. Il se gara devant la maison blanche, et Ellie apparut derrière la porte grillagée. Elle sortit pour l'accueillir. Le soleil brillait dans ses cheveux, elle semblait calme et pleine d'assurance, en paix avec elle-même.

— Bonjour, Ellie, dit Joe d'un ton grave. Où est votre mère ? ... Non, n'allez pas la chercher.

— Que se passe-t-il ?

— Je vous apporte une très mauvaise nouvelle. Je sais que vous êtes de taille à la supporter, mais je me fais du souci pour votre maman.

Ellie devint très pâle, et son visage se tendit.

— Il s'agit de mon père ?

— Oui. Il a eu un accident. Enfin, c'est ce qu'il semble. Un accident de chasse.

— Il est blessé... grièvement ? demanda la jeune fille dont les lèvres se mirent à trembler.

— Il est mort.

— Je vois. (Elle hocha lentement la tête et se tourna vers la maison.) Si vous voulez bien entrer ?

Mrs Neff était dans le salon en train de repasser. Elle écoutait des gospels à la radio, et son fer allait et venait au rythme de la musique.

Ellie éteignit le poste et Joe annonça gauchement la nouvelle. Mrs Neff devint affreusement pâle et s'assit sur une chaise, en fixant Joe d'un regard vide. Puis elle tomba à genoux, posa ses coudes sur la chaise et courba la tête. Ellie, qui observait la scène, s'approcha lentement de sa mère et lui caressa les cheveux.

— Je sais que le moment est mal choisi pour vous ennuyer avec des questions, dit Joe, mais il y a deux ou trois choses que j'ai besoin de savoir.

Ellie hocha simplement la tête.

— Savez-vous où votre père comptait aller ?

— Il nous a dit qu'il voulait remonter le Bull Frog Creek, en haut de Ham Valley, pour ne pas avoir trop de kilomètres à faire en voiture. Il ne voulait s'absenter que deux jours.

— L'accident est survenu dans le comté de Monterey, derrière Big Sur. À quelque chose comme deux heures de route, peut-être même plus.

— Ça fait des années qu'il n'est pas allé par là-bas, fit remarquer Ellie.

— Il a pu changer d'avis à la dernière minute.

— Peut-être.

Ellie se pencha vers sa mère et l'aida à se rasseoir. Mrs Neff avait une étrange expression de recueillement. Ellie murmura :

— C'est… c'est un choc terrible pour nous.

Ses yeux se remplirent soudain de larmes, et elle battit rapidement des paupières.

— Pourquoi ne viendriez-vous pas toutes les deux chez moi, à Pleasant Grove ? dit Joe. Vous pourriez rester un jour ou deux, jusqu'à ce que vous vous sentiez plus d'aplomb ?

— Non, dit Ellie en secouant la tête, nous ne pouvons pas quitter la maison. Nous avons un employé qui vient pour la traite, et il faut que je l'aide.

— Avez-vous de la famille qui pourrait venir habiter quelque temps avec vous ?

— Non, mais ne vous faites pas de souci, Mr Bain, ça ira.

On entendit un bruit de moteur. Ellie alla à la porte et Joe la suivit.

C'était Ausley, qui descendit de sa fourgonnette et s'approcha d'eux à pas lents. D'un ton embarrassé, il dit à Ellie :

— Je viens d'apprendre la nouvelle, pour votre père. Je voulais vous dire que je suis vraiment désolé. Ce n'était pas un homme commode, mais il pensait sans doute bien faire.

— Oui, répondit Ellie, même si quelquefois… je crois qu'il n'en faisait qu'à sa tête.

— Ma foi, c'est possible, mais je suis surtout venu pour vous dire de ne pas vous en faire pour la traite des vaches et tout ça. Je serais très heureux de vous rendre service.

Joe haussa les sourcils et regarda Ellie, qui sourit.

— Merci beaucoup, Ausley, dit-elle. C'est vraiment très gentil de votre part.

— Je crois que je vais y aller, déclara Joe avec une certaine aigreur. On dirait qu'Ausley a enfin trouvé un moyen de se rendre utile.

— Je ferai de mon mieux, dit Ausley

Joe retourna à Marblestone, et d'une cabine téléphonique du Town Club, il appela le shériff Ed Mulligan, à Salinas.

— Salut, Ed. C'est Joe Bain.

— Oui, Joe ?

— Je vous appelle à propos de Neff, le type que vous avez trouvé avec une balle dans le crâne.

— Ah, oui. Neff.

— Juste entre nous, il se passe de drôles de choses à Marblestone, et je me demandais si votre adjoint n'aurait pas remarqué quelque chose qui sorte de l'ordinaire.

— Pour autant que je sache, il n'a rien noté de particulier dans son rapport.

— Si j'ai bien compris, le cadavre a été découvert par un certain Theodore Hill ?

— C'est ça, un vieux bonhomme qui vit de sa retraite.

— J'ai idée que la mort de Neff pourrait bien avoir un rapport avec une affaire sur laquelle je travaille à Marblestone. Si vous n'y voyez pas d'objection, j'aimerais me pencher d'un peu plus près sur cet « accident ». Il se pourrait que je trouve quelque chose qui établisse un lien entre les deux.

— Faites comme vous voulez, Joe. Que pouvez-vous me dire sur Neff ?

— Oh, c'est une longue histoire. Si vous avez le temps, je serai heureux de vous donner des détails.

— Bon, une autre fois, peut-être. En attendant, vous pouvez me tracer les grandes lignes ?

— Disons que Neff ne jouissait pas d'une grande popularité. Il est possible qu'on lui ait tiré dessus délibérément, et qu'on ait maquillé ça en accident.

— Hum… Ce sont des choses qui arrivent. Voici ce que je propose. J'ai mis le sergent Pallard sur l'affaire. Vous pourriez le rencontrer et voir ça avec lui ?

— Parfait. Une dernière question : avez-vous pu déterminer l'heure précise de sa mort ?

— Le médecin légiste dit qu'après tant de temps, il est impossible d'être très précis. Ça se serait passé vers minuit mercredi, à quelques heures près… Attendez, j'ai une note là-dessus : « Contenu de l'estomac : œufs et bacon. Est mort une demi-heure après son repas. » Ça placerait la mort à jeudi matin, parce qu'il a fait la cuisine et qu'il a apparemment dormi dans son sac de couchage.

— Ça nous donne au moins une bonne base. Où est-ce que je peux rencontrer Pallard ?

— Où êtes-vous en ce moment ?

— À Marblestone.

— Vous viendrez sans doute par Bosco Ridge, j'imagine. Pourquoi pas le retrouver à Lupin ? C'est sur votre route à tous les deux.

— OK, c'est bon.

— Disons dans une heure, une heure et demie ?

— Ça me va.

Joe raccrocha et se retrouva dans la pénombre du bar en sortant de la cabine. Il regarda sa montre : 14 heures. Lupin étant à une demi-heure d'ici, il avait une heure à perdre.

Les clients installés au comptoir l'avaient observé du coin de l'œil. Ils se turent à son approche. Joe en connaissait quatre sur les cinq : Shorty Olson le barman, Art van Horn, Walt Hobius et Stub Caramino. Le cinquième était un homme trapu d'une trentaine d'années aux cheveux blond-roux, avec un teint qui évoquait une pomme de terre crue. Il avait des yeux bordés de rouge et dépourvus de cils.

Joe s'assit au bout de la rangée et commanda une bouteille de Lucky.

Stub Caramino, le propriétaire de la cordonnerie située une dizaine de mètres plus loin dans First Street, lança la conversation :

— Alors, Joe, quoi de neuf dans le monde du crime ?

C'était un petit homme bedonnant, presque chauve, dont les lourdes paupières et les yeux marron faisaient penser à un chameau.

— Pas grand-chose. Chaque jour est différent, et en même temps, c'est toujours pareil. Bagarres d'ivrognes, voleurs de poules, voleurs de voitures. La nuit dernière, on a eu droit à une véritable bataille entre deux bandes de jeunes à Nazareth. La Bible a beau parler de tendre l'autre joue, ça ne les a pas ralentis pour autant.

— Moi, dit l'étranger aux cheveux roux, je pense que plus un homme a de la religion, et plus il en a lourd sur la conscience. C'est logique : quand on mène une vie honnête, on n'a pas besoin de s'inquiéter pour ce qui se passe après.

— Et qu'est-ce que vous faites du vieux Révérend Dunkwiler ? s'esclaffa Walt Hobius. Ça fait des années qu'il se consacre à la religion. Ça veut dire que c'est un malfaisant ?

— Et Sam Overbury ? proposa Caramino. Celui-là, c'est un gangster qui a de la religion.

— Et Willis Neff ? enchaîna Walt Hobius avec un petit regard en coin vers Joe. C'était un baptiste pur jus.

— C'est bien ce que je disais, fit l'homme blond avec volubilité, Overbury... bon, je n'aime pas dire du mal des gens, mais vous le connaissez tous. Et Neff... voilà un bon exemple.

— Un exemple au passé, murmura Walt Hobius.

— Ça se peut, mais de son vivant, il était considéré comme un sacré dur !

— Il ne faut pas dire du mal des morts, déclara sentencieusement Shorty le barman, ils ne peuvent pas se défendre.

Art van Horn se tourna brusquement vers Joe.

— Allez, shérif, dites-nous tout. Qu'est-ce qui se passe ?

— Il est possible qu'il ne se passe rien, répondit Joe en hochant doucement la tête. À Salinas, ils pensent que Neff a été victime d'un accident.

— Voyons, Joe, protesta Walt Hobius. Trois accidents à la suite ?

— Je ne défends pas l'idée, dit Joe calmement. Je suggère simplement que c'est possible.

Art van Horn frappa du poing sur le comptoir en disant avec véhémence :

— Moi, je vais vous dire ce que je pense. Tout le monde sait qu'Ausley Wyett avait menacé ces trois-là, plus Oliver Viera et Destin Cole. Bon, et maintenant, ils sont morts tous les trois. Des accidents ? Allons donc !

— Dans ce cas, expliquez-nous comment Ausley ou un autre a pu provoquer la crise cardiaque de Bus Hacker, et faire manger à Charley Blankenship des champignons vénéneux qu'il s'est préparés lui-même. Il les a hypnotisés, c'est ça ?

— Peut-être qu'Ausley est un de ces sorciers vaudou, qui plantent des aiguilles dans des statuettes, dit l'inconnu blond en ricanant.

— Ce n'est pas une bonne idée de prononcer des noms, maugréa Shorty. Tôt ou tard, ça revient aux oreilles des gens concernés, et ça fait du vilain.

Nouveau coup de poing de van Horn sur le comptoir.

— Il y a des gars avec qui il faut que ça fasse du vilain ! s'exclama-t-il. On aurait dû régler son compte à Wyett il y a seize ans, une bonne fois pour toutes.

— Du calme, Art, lança Joe. Nous ne sommes pas en Russie. C'est moi qui représente la loi, ici, pas vous.

— Ah oui ? Eh bien alors, représentez-la ! répliqua sèchement van Horn. Faites quelque chose !

La porte s'ouvrit, livrant passage à Cole Destin. Il cligna des yeux pour s'accoutumer à la pénombre, puis il s'assit au bar à côté de Joe.

— Hello, Cole, dit Shorty. Qu'est-ce que je te sers ?

— Juste une bière.

C'est seulement là que Cole s'avisa de l'identité de son voisin. Il sursauta et regarda fixement devant lui en ignorant Joe.

— Hello, Cole, dit Joe d'une voix cordiale. Sans rancune pour l'autre jour. De ton côté comme du mien, j'espère. C'était facile de se tromper.

Cole crispa sa lourde mâchoire sans répondre, le regard toujours fixé devant lui. Joe se retourna vers Art van Horn.

— Vous me disiez que je devais faire quelque chose ?

— Ce n'est pas à moi de vous apprendre votre métier. Faites juste ce que vous avez à faire.

Joe réfléchit.

— Je pourrais évidemment arrêter Ausley Wyett et le traîner en prison…

— Je n'y verrais aucune objection, déclara Art van Horn avec un rictus satisfait.

— Le seul problème, c'est que je ne sais pas pour quel motif.

— Il y a déjà eu trois morts. Ça ne vous suffit pas ?

— Ce n'est pas forcément la faute d'Ausley.

— Vérifiez son emploi du temps. Vous en avez les moyens, faites le boulot de détective pour lequel vous êtes payé. Vérifiez son alibi.

— Pour la crise cardiaque de Bus Hacker ? Pour la préparation des champignons vénéneux de Charley Blankenship ? Voyons, Art, un peu de bon sens.

— Vous pourriez déterminer quand ce pauvre Willis Neff a été abattu.

— Nous sommes en train d'y travailler. Pour l'instant, l'hypothèse la plus vraisemblable est jeudi matin.

— Eh bien voilà, fit Art van Horn.

Joe secoua la tête.

— Ce n'est pas aussi simple que ça. Je demande à Ausley : « Où étais-tu jeudi matin ? », et il me répond : « J'étais dans mon lit. » Et là, qu'est-ce que je dis, moi ?

Cette question réduisit van Horn au silence.

— C'est loin, là où il s'est fait descendre ? demanda Walt Hobius.

— Je ne suis pas très sûr. Le long de la côte, à deux heures de route environ.

— Ce temps de trajet devrait être fixé précisément, lui aussi.

— Je le sais bien, répondit Joe patiemment. Mais ces histoires d'alibis ne mènent jamais très loin. On ne peut pas attendre d'un célibataire qu'il prouve où il était à quatre ou cinq heures du matin.

Stub Caramino se mit à glousser.

— Moi, je peux prouver où j'étais jeudi à quatre heures du matin. Je jouais au poker. À moins que mes copains ici présents ne veuillent me traiter de menteur. Auquel cas, Hobius peut me rendre mon fric.

— Les amis, vous oubliez une chose, déclara Joe.

— Quoi ?

— Nous ne sommes pas certains qu'il y ait eu meurtre.

— Cinq hommes ont témoigné contre Ausley Wyett, dit Art van Horn. Trois d'entre eux sont morts l'un après l'autre juste après qu'Ausley est sorti de prison. Cole, tu ferais bien de faire très attention à toi, ou sinon, tu seras le suivant sur la liste.

— Ne t'inquiète pas pour moi.

— C'est étrange, dit Joe. (Il consulta sa montre, vida son verre et descendit de son tabouret.) Bon, il est temps que j'y aille. N'oubliez pas de bien voter aux élections.

* * *

Le sergent Irvin Pallard, un jeune et grand gaillard au visage poupin surmonté d'une toison blonde et bouclée, était déjà là quand Joe arriva au petit café qui faisait également office de bureau de poste, épicerie et station-service, et qui, d'après la carte routière, portait la dénomination de « Lupin ».

Joe descendit de voiture et traversa le petit plateau battu par les vents. Ce lieu-dit, à la frontière des comtés de Monterey et de San Rodrigo, était situé sur une prairie pierreuse au-dessus de Bosco Pass, d'où la vue s'étendait jusqu'au Pacifique. Il flottait dans l'air une légère odeur de sel. Le ciel était comme une immense toile de chambray bleu tachetée de petits nuages ronds. Le soleil brillait en une alternance de chaleur et de fraîcheur.

À l'approche de Joe, le sergent Pallard descendit de sa voiture. Joe avait eu l'occasion de le rencontrer une ou deux fois, et il s'était forgé une opinion favorable. Pallard ne serait jamais un astre éblouissant au firmament des représentants de la loi, mais il était sérieux, patient, et ferait perdre très peu de voix à son chef.

Pallard prit le volant et ils partirent en direction du sud le long de la Hooper Ranch Road, une étroite et sinueuse piste de terre et de gravier.

— Vous voulez me dire de quoi il retourne ? demanda Pallard. Personnellement, je ne pense pas que ce soit un simple accident de chasse.

— J'aimerais bien en avoir le cœur net, moi aussi.

— Nous n'avons pas le moindre indice. Le vieux Ted Hill n'a même pas remarqué l'arrivée du pickup, ce qui est assez bizarre, parce qu'il n'a pas les yeux ni les oreilles dans sa poche… Bon, détendez-vous et profitez de la vue, on a un bon bout de chemin à faire.

Ils descendirent à travers une forêt de sapins et de séquoias, si dense et si sombre qu'on voyait à peine les bords de la route.

— C'est un climat très humide, par ici, dit Pallard. Pour une raison que personne ne s'explique, cette vallée reçoit deux fois plus de pluie que tout le reste du comté.

— C'est une jolie région.

— C'est vrai. Pour ce qui est du paysage, le comté de Monterey est vraiment gâté, on ne peut pas dire le contraire.

La route suivit de nouveau la ligne de crête, et les arbres, noueux et tordus par le vent, étaient maintenant des cèdres.

— Ce que je n'arrive pas à comprendre, dit Joe, c'est pourquoi Neff a décidé d'aller aussi loin. Il se vantait toujours de connaître les meilleurs coins près de chez lui.

— Ça peut être lourd de signification comme ça peut ne rien vouloir dire du tout, déclara Pallard. Les gens sont capables de faire les trucs les plus incroyables sans aucune raison, et le pauvre flic devient fou à force de se creuser la cervelle pour découvrir le pourquoi du comment…

Ils passèrent devant une cabane isolée, redescendirent dans une vallée, franchirent une rivière sur un vieux pont, remontèrent vers la crête, pour replonger vers une autre rivière. Pallard s'arrêta et désigna une route qui coupait la leur, à peine plus qu'une piste, le long du cours d'eau.

— C'est là-haut qu'on a retrouvé Neff.

Joe descendit et examina le revêtement de la piste. C'était de l'adobe durci et on n'y voyait aucune trace de pneus. De retour dans la voiture, il demanda :

— Où mène cette route ?

— Nulle part. Il y a une trentaine d'années, elle servait à l'exploitation forestière. Plus personne ne l'utilise aujourd'hui, à part Ted et parfois des chasseurs ou des pêcheurs égarés.

Pallard s'engagea sur la piste. Pendant dix minutes, la voiture cahota sur des pierres, des nids-de-poule, et par moment sur des branches tombées. Le paysage était sauvage et splendide. Le torrent courait, limpide, entre les arbres qui poussaient sur ses berges, avec parfois une petite bande de prairie. Au bout de trois kilomètres, ils aperçurent une cabane à une cinquantaine de mètres en retrait de la route. Elle était faite d'un assemblage de planches de séquoia mal équarries, clouées horizontalement et se chevauchant.

— C'est ici qu'habite Ted Hill, annonça Pallard en coupant le moteur. Vous voulez lui parler ?

— Oui, s'il est chez lui.

— Il y est sûrement. Il ne va en ville qu'une fois par mois pour toucher sa retraite et faire des provisions.

La porte de la cabane s'ouvrit. Un vieil homme en pantalon noir et chemise de grosse toile passa la tête, puis il descendit les marches et s'approcha de la voiture. Il était maigre, pas très grand, et son crâne luisait comme du bois verni entre deux touffes de cheveux blancs. Il avait un long nez fureteur. Le sergent et Joe sortirent de la voiture, et Pallard fit les présentations.

— Mr Hill, voici le shérif Joe Bain du comté de San Rodrigo.

— Ah ! fit Ted Hill. Vous venez mener votre petite enquête, hein ?

— On veut jeter un coup d'œil sur les lieux. Est-ce que vous vous souvenez de quelque chose de plus que ce que vous nous avez déjà dit ?

— Non, rien de rien. Surtout qu'il n'y avait rien à se rappeler.

— Mr Hill n'a pas entendu le coup de feu, expliqua Pallard, et il n'a pas non plus vu Neff arriver.

— C'est vrai, déclara Ted Hill, mais c'est pas étonnant. Là où vous avez trouvé la casquette rouge, le vent souffle en bourrasques par-dessus la crête, et ça emporte le son de l'autre côté du canyon. Et pour ce qui est de Neff, s'il est arrivé tout doux en pleine nuit, c'est tout juste possible que je l'aie pas entendu, mais c'est quand même bizarre parce qu'on peut dire que j'entends tout ce qui bouge. Je suis toujours sur le qui-vive. Tenez, le mois dernier, il y a trois voitures qui sont passées sur cette route, et je les ai toutes entendues.

— Comment pouvez-vous en être aussi sûr ? demanda Joe, l'air sceptique.

— L'instinct, on pourrait dire. J'ai le sommeil léger. Et vous n'imagi-nez pas le bruit que ça fait quand une voiture passe en pleine nuit. Voilà une semaine, il y avait un groupe de campeurs plus haut sur la route. Ils sont partis tôt le matin et je les ai entendus. Vendredi soir, une voiture est venue, elle a fait demi-tour et elle est repartie, et je l'ai entendue. Mais mercredi soir… non, rien du tout. Pas la moindre circulation.

Joe se prit le menton entre le pouce et l'index.

— Vous en êtes bien sûr ?

— Sûr et certain.

— Vous étiez chez vous toute la nuit de mercredi et la matinée de jeudi ?

— La plupart du temps.

Joe inspira profondément. Les impossibilités s'empilaient sur les improbabilités.

— À quel moment vous êtes-vous absenté ?

— Jeudi matin, vraiment très tôt. (Ted Hill semblait à présent moins prolixe.) J'avais à faire là-haut dans la montagne, ça m'a pris une heure ou deux.

— Quelle heure était-il ?

— Le soleil n'était pas encore levé. Disons cinq heures du matin, quelque chose comme ça.

— Vraiment tôt, hein ?

— Oui. Je me couche de bonne heure et je me lève de bonne heure. J'aime pas dépenser pour l'éclairage

— Je vois. Si je m'intéresse particulièrement à ça, c'est parce que… enfin, disons que j'ai mes raisons. Si j'ai bien compris, vous dites que le seul moment où Neff ait pu arriver se situe entre cinq heures du matin, jeudi, et disons 7 heures ?

— C'est à peu près ça.

— Et il n'y avait pas d'autre véhicule sur la route ?

— Non, pas depuis la semaine d'avant et pas non plus jusqu'au vendredi soir, quand une voiture est venue et repartie.

— Mr Neff n'aurait pas pu venir par une autre route ? demanda le sergent.

— Non, à moins qu'il ait volé, mais j'ai pas encore vu de voiture avec des ailes.

— Jusqu'où va cette route ?

— Encore trois kilomètres, et puis elle disparaît, tout simplement.

— Et les chasseurs, voulut savoir Joe, est-ce que vous en voyez beaucoup ?

— À la saison des chevreuils, oui, pas mal. Hors saison, il n'y a pas grand monde, quoique les chevreuils, ça pullule pire que des mouches, et j'arrive pas à avoir de potager, vu que ces satanées bestioles me bouffent tout.

— Aviez-vous déjà rencontré Neff ?

— Non, shérif, jamais.

— Et la pêche dans le torrent ? Ça mord bien ?

— Pas plus que ça. (Ted haussa les épaules.) Il y a des torrents bien meilleurs. Celui-là, il coule sur de l'argile, et les truites ont pas l'air d'aimer ça. Au-dessus, c'est mieux. Il faut remonter deux ou trois kilomètres en amont, là où y a plus d'argile.

— Imaginons qu'un chasseur se soit posté sur cette crête jeudi matin. Comment aurait-il pu y grimper ? Où aurait-il laissé sa voiture ?

— Pas facile à dire. (Ted Hill voûta ses maigres épaules.) S'il venait de Raccoon Valley, il se serait sans doute garé quelque part le long du Raccoon Creek. Ça lui aurait fait pas mal de marche à pied, mais c'est par là que vous devriez aller voir. Demandez donc à Mrs Whitney, la dame qui tient la boutique de Raccoon Valley. Elle l'a peut-être vu.

— C'est ce qu'on va faire, déclara Pallard. Pas d'autres questions, shérif ?

— C'est tout pour l'instant.

— Merci, Mr Hill, dit Pallard, vous nous avez beaucoup aidés.

— Bah, je vous ai pas dit grand-chose, fit Ted.

Pallard démarra et ils reprirent la piste cahoteuse.

— Un sacré numéro, ce vieux bonhomme, commenta Pallard. Mais qu'est-ce qu'il pouvait bien faire dans la montagne à cinq heures du matin ?

— Il y a des chances qu'il soit allé tirer un daguet. C'est ce qui me semble le plus probable. En tout cas, ça nous donne une idée assez précise de l'heure à laquelle Neff a pu arriver. Mais ça soulève une autre question, parce que je l'ai personnellement vu quitter Marblestone mercredi vers cinq heures de l'après-midi

— Il a pu s'arrêter en route pour voir un ami.

Joe hocha la tête.

— C'est possible. Il faudra que je demande à sa famille s'il connaît des gens dans ce coin.

Ils arrivèrent dans une prairie d'une centaine de mètres de large.

— Voilà son pickup, dit Pallard.

Il s'arrêta et les deux hommes descendirent de voiture. Des collines boisées s'élevaient de chaque côté. Le sol était tapissé de millet sauvage et de vulpins, desséchés après ce long été brûlant et qui craquaient sous les pieds. Des joncs poussaient sur les berges de la rivière. Il y avait par endroits des fourrés de ronces. À une époque reculée, quelqu'un avait planté un verger de pommiers, dont il ne restait que trois ou quatre spécimens aux formes biscornues, plus morts que vifs. À une trentaine de mètres de la route était garé le pickup de Neff, sur une petite butte. La bâche que Joe avait vue soigneusement attachée sur l'arrière était à présent défaite.

Pallard désigna un endroit à trois mètres du pickup.

— C'est là qu'on l'a découvert. Face contre terre, les bras en croix. La balle est entrée par le côté, de biais. Il est mort sur le coup.

Joe examina l'herbe jaunie.

— Pas de traces de sang, hein ?

— Ce genre de blessure ne saigne pas beaucoup.

— Et la casquette rouge, où l'avez-vous trouvée ?

Pallard pointa du doigt vers le sommet de la crête.

— Vous voyez ce grand pin ? Elle était juste là.

— Au moins deux cents mètres, grommela Joe. De là-haut, le pickup n'était pas visible. Neff n'avait rien d'un chevreuil, mais ces chasseurs de la ville, ils tirent d'abord et posent des questions ensuite.

— Nous essayons de remonter jusqu'au possesseur de la casquette, et nous enquêtons au Top Hat de San Francisco, mais je n'ai guère d'espoir de retrouver le gars.

— Moi non plus, fit Joe.

Il alla jeter un coup d'œil sous la bâche, puis il la laissa retomber.

— Son sac de couchage était sorti, et son réchaud installé ?

— Oui, c'est ça, répondit Pallard. (Il fronça les sourcils d'un air pensif.) Un lit de camp et un sac de couchage. Apparemment, le sac de couchage avait servi – il était tout chiffonné. Il y avait une poêle sur le réchaud, mais elle avait été nettoyée. Pas d'assiettes sales. Il a peut-être mangé directement dans la poêle.

— Et les ordures, coquilles d'œufs et le reste ?

— Je n'ai rien vu, fit Pallard légèrement sur la défensive.

Joe se mit à explorer le périmètre en scrutant le sol entre les touffes d'herbe desséchée.

— C'est une situation bizarre, dit-il enfin. Autre chose : vous n'avez rien remarqué d'inhabituel dans ce pickup ?

— Non, rien de spécial.

— Regardez la poussière.

— L'arrière est beaucoup plus sale que l'avant, si c'est ce que vous voulez dire.

— Exactement. Les roues arrière sont couvertes de poussière tandis que les roues avant sont propres. On dirait presque que la voiture a été à moitié plongée dans le torrent.

— Mais pourquoi diable aurait-il fait une chose pareille ?

— J'aimerais bien le savoir... Bon, je vais ramener le pickup, si vous voulez.

— D'accord, fit Pallard. De toute façon, il aurait fallu le faire tôt ou tard.

Joe prit le volant, démarra, fit marche arrière et reprit la route, suivi de Pallard. Ils passèrent devant la cabane de Ted Hill, qui vint sur le seuil et leur adressa un petit signe de la main sans marquer beaucoup d'intérêt.

Une fois à Lupin, Pallard serra la main de Joe et prit la route vers l'ouest, Joe gara le pickup devant la boutique, détacha la bâche, ferma les portières à clé et retourna vers l'est par Bosco Ridge Road.

Ainsi donc, Willis Neff était mort. Numéro trois d'un groupe de cinq. Décès accidentel ? Possible, mais l'affaire présentait des aspects pour le moins étranges. Par exemple, Neff, un pêcheur chevronné, choisissant une rivière peu poissonneuse alors qu'il y en avait de bien meilleures plus près de chez lui…

Si l'on pouvait se fier aux déclarations de Ted Hill, Neff n'était pas arrivé avant cinq heures du matin, le jeudi, et il devait avoir été tué presque aussitôt. Si la mort de Neff avait été préméditée, le tueur avait dû le suivre – une tâche difficile sur une route de montagne sinueuse, avec une succession de montées et de descentes, et de nombreux virages en épingle à cheveu. Neff n'aurait pu manquer de s'en apercevoir. Était-il possible qu'il ait donné rendez-vous au tueur à cet endroit ? Absurde. Quelqu'un avait-il pu faire le trajet avec lui et regagner ensuite la route à pied ? Si oui, où Neff avait-il passé la nuit de mercredi ? Que dire de cette voiture qui était venue et repartie dans la nuit de vendredi ? Si le conducteur était passé le long de la prairie pendant la nuit, il ne pouvait avoir remarqué le cadavre de Neff.

De toute façon, le plus urgent était de se mettre en quête d'Ausley Wyett et de voir ce qu'il pouvait fournir comme alibi.

CHAPITRE XII

Le crépuscule estompait les contours de Castle Mountain quand Joe remonta Mitre Canyon Road, en venant de San Rodrigo. À l'angle de Destin Road, il s'arrêta et hésita un instant. On était dimanche soir, et il aurait dû être chez lui en train de dîner. Maintenant qu'il y pensait, il n'avait même pas pris le temps de déjeuner. Il regarda à l'autre bout du champ. La maison des Wyett était sombre : apparemment, Ausley n'était pas chez lui. Pourquoi ne pas en rester là pour aujourd'hui et rentrer tranquillement à la maison ?

Il redémarra, mais au lieu de prendre à droite vers Pleasant Grove, il continua de suivre Mitre Canyon Road. C'était son devoir d'aller voir Mrs Neff et Ellie afin de s'assurer qu'elles allaient bien. Après tout, elles n'avaient pas de voiture et pourraient avoir besoin de provisions. Joe eut un petit sourire moqueur. Quand on essaie de se raconter des histoires, autant en rajouter une couche…

La route grimpait en lacets sur le versant de Castle Mountain. Devant lui apparurent les lumières de la maison des Neff. Joe s'engagea dans l'allée et ne fut pas étonné outre mesure de voir la fourgonnette d'Ausley garée près de la grange.

La laiterie était éclairée, et on y entendait un bruit d'eau qui coule. Joe s'en approcha et jeta un coup d'œil par la porte. Il régnait à l'intérieur une atmosphère chaude et lourde, chargée d'une odeur de vaches. Ausley Wyett, chaussé de bottes qui lui montaient jusqu'aux hanches, était en train de laver au jet le sol en ciment.

Joe tourna les talons et se dirigea vers la pièce où se trouvait l'écrémeuse. Il y trouva Ellie en blue-jean et tee-shirt, occupée à rincer les trayeuses.

— Ellie !

Elle regarda par-dessus son épaule, se redressa, repoussa une mèche de cheveux de sa main humide.

— Je ne vous avais pas entendu arriver.

— Je tenais à m'assurer que tout allait bien, pour vous et votre mère.

— Oh, oui, ça va.

— Je vois que vous avez de l'aide, fit Joe sans pouvoir s'empêcher d'y mettre une petite note sarcastique.

— En effet, répondit calmement la jeune fille. Ausley a fait la traite pour nous.

— C'est gentil de sa part.

Elle le regarda d'un air incertain, puis elle reprit son travail. Il l'observa une minute avant de s'approcher d'elle en disant :

— Je vous en prie, laissez-moi le faire.

— Oh, non, vous allez être trempé. J'ai presque terminé.

Joe recula, en se sentant un peu bête et inutile.

— Vous savez, expliqua Ellie, ça fait des années que je m'en occupe tous les soirs.

Au bout d'un moment, Joe lui demanda :

— Avez-vous discuté avec votre mère de ce que vous allez faire ?

— Nous allons sans doute vendre le ranch. Mr Destin est déjà passé nous voir, ainsi que Mr Viera.

Joe se frotta le menton.

— Cole Destin vous a fait une offre ?

— Non, il a juste dit qu'il pourrait être intéressé.

— Ne vous laissez pas avoir par Cole, dit Joe en éclatant de rire. Il a essayé le même coup avec le vieux Weaver, et votre père a acheté la propriété sous son nez. Je ne sais pas quel prix vous avez en tête, mais ne laissez pas Cole vous convaincre de vendre au-dessous de ce que ça vaut.

— C'est ce que nous a dit Mr Viera. Il veut que nous lui confiions la vente.

Joe prit le récipient en inox qu'Ellie venait de laver et le mit à sécher à l'envers sur un égouttoir.

— Je pense qu'il est aussi compétent qu'un autre. Mais à votre place, je ne lui donnerais pas l'exclusivité. Mettez une petite annonce à Pleasant Grove. Ah, ça me fait penser... Je vais charger un de mes adjoints de vous ramener le pickup de votre père demain. Comme ça, vous ne serez plus coupée du reste du monde.

— Nous ne le sommes plus depuis qu'Ausley vient nous voir.

— Je vais aller lui dire un mot, déclara Joe en lançant un coup d'œil vers la grange, et puis je rentrerai chez moi.

— Les obsèques ont lieu mardi matin, à Pleasant Grove. Je vous le dis au cas où vous souhaiteriez y assister.

— Je viendrai. (Joe lui prit la main, qui était froide et humide.) C'est un terrible choc pour l'instant, mais d'ici une semaine ou deux, vous verrez les choses tout différemment.

Ellie hocha la tête avec indifférence.

— C'est déjà le cas, répondit-elle.

Elle dégagea doucement sa main. Joe sortit de la pièce à reculons, en esquissant un sourire qui se voulait rassurant. Il entra dans la laiterie où Ausley, ayant terminé son lavage à grande eau, enroulait le tuyau et le suspendait à un mur.

— Salut, Ausley.

Ausley pencha la tête de côté d'un air légèrement étonné.

— Salut, Joe.

— Tu es très actif, à ce que je vois.

— Je me suis dit que je pourrais donner un coup de main. Ce n'est pas le travail qui manque, ici.

— Je viens de parler à Ellie. Elle dit qu'elle va probablement vendre.

Ausley fit une petite grimace attristée.

— Je comprends qu'elle le fasse... mais c'est vraiment dommage. On peut bien gagner sa vie, sur cette propriété.

— Je me demande si Neff a laissé beaucoup d'argent.

— Je ne pense pas qu'il dépensait beaucoup, fit Ausley en haussant les épaules. C'était un homme très strict.

— C'est bizarre qu'il soit mort comme ça, dit Joe d'un air pensif.

— Nous devons tous partir un jour, répondit pieusement Ausley.

— D'abord Bus Hacker, ensuite Charley Blankenship, et maintenant Neff. Et rien que des morts accidentelles.

— Il faudrait sans doute parler de coïncidences, avança Ausley avec un sourire embarrassé.

— Si ça n'en est pas, quelqu'un va bientôt se retrouver pendu haut et court.

— C'est difficile d'imaginer que quelqu'un puisse être aussi mauvais.

— Il y a des gens suffisamment excités pour te soupçonner.

— Moi ? (Ausley eut un petit rire peu convaincant.) C'est vraiment idiot. Tu sais bien que maintenant, je me tiens à carreau. J'ai intérêt, avec mon passé.

— Ces gens-là croient que ce sont des meurtres maquillés en accidents, suffisamment bien pour que personne ne puisse être sûr de rien.

— Tout est toujours possible, concéda Ausley.

— Juste histoire de faire les choses en règle : où étais-tu, quand Willis Neff a été abattu ?

— Où j'étais ? (Ausley voûta ses maigres épaules et se gratta le nez.) Voyons voir... Où étais-je ? Mais d'abord, quand est-ce que Mr Neff est mort ?

— Ça devait être aux alentours de cinq heures du matin jeudi, répondit Joe en dévisageant attentivement son interlocuteur.

— Jeudi matin, vers 5 heures ? Je devais être au lit. Vers 6 heures, je me suis levé et j'ai donné à manger aux bêtes.

— Quelqu'un t'a vu ?

— Non, je ne crois pas. Oliver Viera est passé un peu plus tard, vers 7 heures, je dirais.

— Oliver Viera ? Qu'est-ce qu'il venait faire chez toi de si bonne heure ?

— Il voulait voir un charpentier avant que le type ne parte à son travail. C'est ce qu'il m'a dit, en tout cas. Et après ça, il est venu chez moi.

— Qu'est-ce qu'il voulait ?

— Il a le projet de construire un barrage là où nos deux propriétés se font face. Personnellement, je ne vois pas très bien l'intérêt pour moi, mais je n'ai pas l'intention de lui faire des difficultés.

— Bon, si Oliver confirme ça, tu seras couvert. Enfin, plus ou moins.

— Tant mieux.

Joe retourna à sa voiture. Ellie l'y attendait.

— Est-ce que... est-ce que vous en savez plus sur les circonstances de la mort de mon père ?

— Rien de sûr.

— C'était un accident, ou bien… ?

— On dirait un accident. Mais d'un autre côté… pas vraiment. (Joe jeta un coup d'œil vers la grange et ajouta avec un petit rire forcé :) Si votre père savait qu'Ausley Wyett est là en train de nettoyer sa grange, il ressusciterait pour le jeter dehors et le pourchasser jusqu'à Marblestone.

L'expression de la jeune fille était indéchiffrable dans l'obscurité. Elle dit d'une voix douce :

— Ausley n'a jamais été traité de façon équitable, par personne.

— Je n'en suis pas si sûr. Beaucoup de gens voulaient le pendre, à une époque.

Ellie ne répondit pas. Joe démarra et repartit. Sans qu'il comprenne pourquoi, son humeur s'était assombrie.

Deux kilomètres plus loin, il contacta le bureau par radio. C'est Bill Phipps qui répondit :

— Ici le QG, je vous écoute.

— C'est Joe Bain. Préviens chez moi que je serai rentré dans une heure.

— Joe, ça va barder. Ta mère a appelé il y a vingt minutes. Il paraît que tu avais promis d'être là à 5 heures, et elle a mis des poulets au four.

— Ah, doux Jésus… gémit Joe. Explique-lui que j'ai été retenu… une urgence.

— OK.

Au loin brillaient les lumières de Marblestone qui, par un étrange effet de perspective, semblait réduite aux dimensions d'une ville-jouet. Plongé dans ses pensées, Joe crut percevoir dans les ténèbres une forme revêtue d'un linceul. La vision était si réelle qu'il s'efforça de distinguer les traits du spectre, mais celui-ci se fondit dans la nuit. Joe se redressa sur son siège en marmonnant : Ma parole, je deviens fou. Voilà que je commence à voir des fantômes…

Il approchait de Marblestone. La boutique de Kipburger étincelait de ses lumières blanches et bleues, et de l'autre côté de la rue se dressaient les vieilles maisons avec leurs fenêtres bouchées par des planches et leurs terrasses de guingois. Puis ce fut Marblestone proprement dite, peu éclairée en cette soirée dominicale. Seul le Town Club restait ouvert. Joe hésita un instant, pensant à sa mère exaspérée, à sa fille mourant de faim et aux poulets se desséchant dans Je four, puis il se décida. Il se gara le long du trottoir. Juste un coup de fil, se dit-il. Trois petites minutes de plus, ça ne peut pas faire de mal aux poulets.

Il poussa la porte et constata qu'il était le seul client dans le bar, désert à part Shorty Olson accoudé au comptoir et lisant un journal, qu'il fit aussitôt disparaître.

— Content de te voir, dit Shorty. Apparemment, Marblestone est devenue une ville de buveurs d'eau. Qu'est-ce que je te sers ?

— Je veux juste passer un coup de fil, Shorty.

Joe entra dans la cabine téléphonique et composa le numéro de Viera, qui sonna occupé. Il jura entre ses dents et retourna au comptoir.

— Une bouteille de Lucky, s'il te plaît.

Shorty le servit et demanda d'un air détaché :

— Alors, Joe, comment vont tes affaires ?

— Ma foi… je ne vais pas dire que tout baigne.

— Non, il ne faut pas tenter le sort.

Joe avala une gorgée de bière et retourna composer le numéro de Viera. Toujours occupé. Il retourna au comptoir.

— Ma famille va m'écorcher vif quand je rentrerai, mais il faut d'abord que je vérifie un truc, ou sinon je ne pourrai pas fermer l'œil de la nuit.

— Quand est-ce que tu penses arrêter le gars ?

— Si j'étais sûr de quelque chose, je le ferais aussitôt.

— Il y a quelques types en ville qui n'ont aucun doute, eux.

Joe secoua la tête.

— Il n'y a aucune preuve solide qu'un crime ait été commis.

— C'est quand même une drôle de série de coïncidences. Ça devient difficile à avaler.

— On a vu des cas plus bizarres, et des innocents ont été injustement traités.

— Peut-être, mais Ausley Wyett ferait bien de se méfier.

— Je vais te dire une chose…

Joe pesa soigneusement ses mots. Le Town Club était le pivot central de la communauté de Marblestone. Tout ce qu'on glissait à l'oreille de Shorty se propageait aussitôt dans les oreilles des autres habitants.

— Voilà, dit Joe. Willis Neff a été tué jeudi matin vers 5 heures, d'après les éléments que nous avons rassemblés. Or, il se trouve qu'Ausley Wyett a un alibi à sept heures du matin. Si je peux parler deux minutes avec Oliver Viera, je n'aurai plus aucun doute. Si Ausley Wyett était chez lui à 7 heures, il n'a pas pu tirer sur Willis Neff à cinq. Il n'aurait pas eu le temps, c'est tout.

— Possible. À condition que les choses se soient passées comme tu le dis.

— Je ne dis rien du tout. Je me contente de vérifier ce que d'autres gens disent.

Joe retourna encore une fois composer le numéro de Viera, et quelqu'un décrocha enfin. La voix de Connie Viera résonna fortement à son oreille.

— Allô ?

Elle semblait assez tendue.

— Bonsoir, Mrs Viera. C'est le shérif Joe Bain à l'appareil. Pourrais-je parler à Oliver ?

— J'aimerais bien pouvoir lui parler, moi aussi, déclara Connie d'une voix encore plus troublée. Ça fait une heure qu'il devrait être rentré. C'est notre anniversaire de mariage, et il avait promis de m'emmener dîner dehors. Bien sûr, il a dû complètement oublier.

— Je suis désolé. Cela ne lui ressemble pas.

— Il est si distrait, une fois lancé dans une discussion d'affaires avec quelqu'un.

— Nous sommes tous un peu comme ça. Peut-être pourriez-vous m'aider. Vous vous souvenez qu'il m'a parlé d'un projet de construction de barrage ?

— Oui.

— Savez-vous s'il a vu Ausley Wyett à ce sujet ?

— Je ne sais vraiment pas. Il ne m'en a rien dit.

— Ça se serait passé jeudi matin.

— Jeudi matin, il s'est levé de bonne heure pour aller à San Rodrigo, mais il ne m'a pas parlé de passer chez Ausley Wyett.

— Bon, il faudra donc que je voie Oliver. Vous ne savez pas où il peut être ?

— J'ai téléphoné partout. Il a quitté la maison de sa sœur il y a une demi-heure à peu près.

— Je vous remercie, Mrs Viera. Dites-lui que j'ai appelé et que je le rappellerai demain.

Joe retourna au comptoir et vida dans son verre le reste de la bouteille. Il demanda négligemment :

— Cole vient souvent, ici ?

— Non, pas souvent. Il ne se mêle pas aux paysans.

— J'ai entendu dire qu'il veut acheter la propriété des Neff, maintenant que Willis est mort.

— Il y a longtemps qu'il en a envie. Et peut-être d'autres terrains dans les parages.

— Et tout le reste de la ville.

La porte s'ouvrit, livrant passage à Walt Hobius, le regard brillant. Il était vêtu d'un pantalon de flanelle, d'une chemise de sport genre cowboy et d'une veste de sport chamois.

— Vous n'allez jamais me croire, déclara-t-il.

— Qu'est-ce qui se passe ?

— Eh bien, Neff étant mort, j'ai pensé que je pourrais aller voir si ces dames avaient besoin de quelque chose – peut-être leur rendre un service quelconque.

— Walt et son grand cœur... commenta Shorty.

— Au moment de m'engager dans l'allée, je vois une voiture en sortir et devinez qui il y avait au volant, en compagnie d'Ellie et de Mrs Neff ?

— Une chose est sûre, dit Joe, ce n'était pas Willis.

— C'était Ausley Wyett, avec un sourire jusqu'aux oreilles, ce foutu salopard !

— Calme-toi, dit Joe, tu vas te faire sauter un fusible dans le crâne.

— Ce type a un culot pas possible !

— Eh oui, fit Shorty avec un petit sourire, il en a du culot, ce type, de filer avec ta petite amie.

— Il doit penser qu'il a des droits sur elle, expliqua Joe, puisqu'il a été le dernier à se faire flanquer une raclée par Neff.

— Ça ne compte pas, répliqua Walt. Moi aussi, je me suis fait rosser par Neff, et pas qu'un peu. Et le résultat ? Ausley qui me rit au nez ! Alors qu'il vient juste de buter le père de la petite.

— Il faut que je rentre, déclara Joe en se levant. Ma mère va me chasser de la ville, c'est sûr.

Il commença à descendre dans Candelara Creek Road. À cinq cents mètres après la sortie de Marblestone, il croisa une Ford décapotable blanche qui roulait à vive allure. Il entrevit à peine le conducteur, mais il lui sembla que c'était Oliver Viera. Joe sourit de soulagement. Si par hasard Oliver se fait dévorer par une meute de loups ou si la foudre lui tombe dessus, je n'aurai plus qu'à flanquer Ausley en prison ou à me terrer dans une profonde cachette…

Il rentra directement chez lui. Sa mère lui lança un regard glacial et se retira dans sa cuisine, d'où parvint un bruit de casseroles et de poêles entrechoquées sans ménagement. Miranda s'écria :

— Papa ! Comment peux-tu être aussi cruel ? C'est le dîner du dimanche, et il est déjà presque 9 heures !

— Écoute, j'ai été retardé….

— Tu ne t'en tireras pas comme ça. Où étais-tu ? Tu as bu de la bière, je le sais parce que je le sens.

— C'était dans le cadre du boulot.

— Fais bien attention. Si Grand-mère s'en aperçoit, elle va être encore plus furieuse.

— Je vais retenir ma respiration. Dis-moi, tu as l'air bien jolie, ce soir.

— Tu n'es qu'un vil flatteur, fit Miranda d'un air dubitatif, mais j'adore ça.

* * *

Le lendemain matin, Joe arriva de bonne heure au QG. Après un échange de salutations plutôt fraîches avec Mr Rostvolt, il entra dans son bureau.

Sur sa table était posé le numéro du *Messenger*, plié de telle sorte – une intention malveillante ? – que l'œil était attiré par un gros titre ainsi libellé :

CE SOIR, GRAND MEETING DE SOUTIEN
AU PROGRÈS ET À GERVASE

Ce soir, à Montalvo Square, les citoyens qui militent pour l'essor du comté de San Rodrigo vont présenter leur point de vue aux futurs électeurs. Interviendront entre autres Lee Gervase, candidat au poste de shériff ; Wilfred Mortimer, président du Comité pour le Progrès du comté de San Rodrigo ; Cole Destin, propriétaire terrien bien connu ; le Dr Henry Gomez ; Howard Griselda, rédacteur en chef du *Messenger* de Pleasant Grove.

Café et doughnuts seront servis gratuitement, a assuré Pete Rollins, le président du Comité de soutien à Lee Gervase.

« Nous espérons l'emporter haut la main, a déclaré Rollins hier au *Messenger*. Si nous obtenons le succès escompté – ce dont je suis certain, car nous avons un éminent candidat en la personne de Lee Gervase –, nous projetons d'étoffer notre organisation afin de devenir une force importante dans ce comté. Mais pour l'instant, nous nous concentrons sur le département du shériff, trop longtemps un foyer de corruption au sein de l'administration du comté.

« Inutile d'ajouter que nous travaillons également d'arrache-pied à l'emprunt destiné à la construction du nouveau palais de justice… »

Joe repoussa le journal et se renversa dans son fauteuil en contemplant la pièce d'un œil morne. Il portait le poids de vingt ans de gestion d'Ernest Cucchinello, voilà à quoi ça se résumait. Lee Gervase avait pour lui un passé prestigieux, une personnalité prestigieuse, un programme prestigieux. Joe Bain avait Cooch.

Il poussa un profond soupir d'amertume. À quoi bon se démener pour faire son travail, alors que selon toutes probabilités, il n'exercerait bientôt plus ses fonctions ? Une chose était sûre : une fois élu, Lee Gervase allait remanier les services de fond en comble. Il n'y aurait plus place pour l'ex-shériff intérimaire Joe Bain… Il pourrait peut-être aller travailler dans le comté de Monterey, sous les ordres d'Ed Mulligan. Une idée à garder en tête, en tout cas. Et en attendant… Joe se redressa péniblement dans son fauteuil. Il touchait un salaire, et il lui fallait le mériter.

Première chose : vérifier l'alibi d'Ausley Wyett. Juste au moment où Joe tendait la main vers le téléphone, la sonnerie retentit.

— Shériff Joe Bain à l'appareil.

Une voix grave se fit entendre à l'autre bout du fil :

— Hello, Joe. C'est Art van Horn.

— Oui, Art ? dit Joe dont le cœur se mit à battre plus fort.

— Ça a recommencé.

— Quoi ? Vous ne voulez pas dire...

— Il y a eu un autre accident.

— Bon sang ! Qui ça ?

— Oliver Viera.

— Il est mort ?

— Tout ce qu'il y a de plus mort.

— Comment est-ce arrivé ?

— Il est tombé d'une échelle. Fracture des cervicales.

— Un accident, vous êtes sûr ?

— C'est ce que dit sa femme.

— J'arrive avec le médecin légiste.

CHAPITRE XIII

Connie Viera était au bord de l'hystérie. Allongée dans une chambre plongée dans l'obscurité, sa mère assise à son chevet, elle fondait parfois en sanglots et poussait des gémissements de désespoir. On avait emmené les enfants chez une tante.

Joe, le médecin et deux adjoints apportèrent le corps qu'ils avaient dû remonter du fond du ravin. Oliver avait fait une chute de près de vingt mètres en comptant la hauteur de l'échelle. L'échelle elle-même avait glissé un peu plus loin vers la rivière. Joe redescendit, l'examina et la hissa jusqu'en haut de la pente. C'était une échelle en aluminium tout à fait ordinaire, de quatre mètres de long et, pour autant qu'il pût en juger, ne présentant pas de défaut particulier. C'était celle qu'il avait vue lors de sa précédente visite.

Joe entra discrètement dans la chambre où gisait Connie Viera, les paupières gonflées de chagrin, la main dans celles de sa mère.

— Pardonnez-moi, Mrs Viera, de venir vous déranger ainsi. Croyez bien que je préférerais l'éviter. Vous sentez-vous capable de répondre à une ou deux questions ?

— Oui, fit Connie d'une voix éteinte.

— Que s'est-il passé exactement ?

— Oliver est monté sur l'échelle. Il a dû glisser, parce que je l'ai vu basculer en arrière en entraînant l'échelle et tout le reste avec lui. Il est passé par-dessus la balustrade. J'ai vu son visage à ce moment-là. Il m'a lancé un tel regard... Oh !

Elle laissa échapper des sanglots déchirants. Sa mère, une vieille dame rabougrie et noiraude, lui tapota la main d'un air stoïque.

— Il n'y avait personne à proximité ?

— Non, seulement moi.

— Vous étiez sur la terrasse ?

— J'étais dans l'embrasure de la porte, à moitié dehors, à moitié dedans.

— Pourquoi a-t-il grimpé à l'échelle ?

— Il voulait la replier, et puis il a vu un seau de peinture posé en équilibre dessus, prêt à tomber. C'est pour ça qu'il est monté, pour le retirer. Je lui ai dit de bien faire attention, mais il dormait encore à moitié. Olivier n'est jamais vraiment bien réveillé tant qu'il n'a pas pris son petit déjeuner…

Et Connie se remit à sangloter désespérément.

Joe sortit sur la terrasse en attendant qu'elle se calme, puis il retourna dans la chambre.

— Je suis désolé de vous ennuyer comme ça, Mrs Viera, mais je suis obligé de vous poser encore quelques questions. Pourriez-vous venir un instant sur la terrasse ?

Connie poussa un profond soupir en frissonnant, et elle suivit Joe dehors.

— Bon, maintenant. Où était cette échelle, exactement ?

— À peu près là, répondit Connie en pointant le doigt. Oui, c'est ça.

— Et les pieds reposaient où ?

— Oh… ici, à peu près.

— Vraiment très près du mur, donc. Sergent, voulez-vous apporter l'échelle, s'il vous plaît ?

Phipps s'éloigna. Joe leva les yeux vers la frise dont aucune partie n'était encore peinte. Se tournant vers Connie, il demanda :

— Il était en train de peindre là-haut ? On pourrait penser qu'il aurait commencé par l'autre bout.

— Je ne sais pas comment l'échelle s'est trouvée là, répondit Connie. Les enfants ont peut-être joué avec. Jamais Oliver n'aurait laissé un seau de peinture perché là-haut comme ça.

— Je comprends. Avez-vous demandé aux enfants s'ils y ont touché ?

— Non. (Connie semblait à nouveau au bord des larmes.) Non, bien sûr que non. Je ne pensais qu'à Oliver…

Sa mère la ramena dans la maison.

Phipps revint avec l'échelle, que Joe installa contre le mur, à l'emplacement indiqué par Connie. Il la secoua un peu pour en vérifier la stabilité.

— Reste là et tiens-moi ça, dit-il à Bill Phipps. Je n'ai pas envie de basculer comme Oliver.

Bill Phipps agrippa l'échelle et la maintint solidement. Joe escalada les échelons jusqu'à ce qu'il puisse voir par-dessus la frise en séquoia. Le toit était plat, avec un revêtement de goudron et de gravier, apparemment sans aucune éraflure ni trace de passage. Joe se retourna prudemment et regarda vers le bas. La terrasse semblait d'une étroitesse inquiétante. La profondeur du ravin était effrayante. Joe réfléchit. Il était possible qu'Oliver ait eu le vertige, ou que son pied ait glissé de l'échelon, ou qu'il ait perdu l'équilibre... À part ça, qu'est-ce qui aurait pu le faire tomber ? Il n'y avait eu personne d'autre sur la terrasse. Joe se mordit pensivement la lèvre et retourna dans la chambre sur la pointe des pieds.

— Pardonnez-moi encore, Mrs Viera, juste une dernière question. Nous ne pouvons exclure la possibilité qu'il s'agisse d'autre chose qu'un accident.

— Vous voulez dire que quelqu'un l'a fait tomber exprès ? Mais pourquoi ? (La voix de Connie Viera s'était faite âpre et stridente.) Tout le monde aimait Oliver. C'était l'homme le plus gentil qui soit. Il s'entendait bien avec tout le monde, même avec cet Ausley Wyett que jamais je ne laisserais entrer dans la maison. Qui aurait pu faire une chose pareille ?

— Je n'en sais rien. En fait, je...

— Et comment s'y serait-il pris ? l'interrompit Connie. J'étais là. Il n'y avait personne d'autre à proximité. Il est tombé tout seul.

— N'aurait-il pas pu y avoir quelqu'un sur le toit qui aurait repoussé l'échelle d'un coup de pied ?

— Sur le toit ? Qu'est-ce que quelqu'un ferait sur notre toit ?

— Je ne sais pas, je pose la question. Est-ce que c'est possible ?

— Non, répondit Connie Viera après quelques secondes de réflexion. Si quelqu'un avait poussé Oliver, je l'aurais vu. S'il y avait eu quelqu'un, Oliver aurait réagi, il aurait dit quelque chose.

— Il a donc eu une minute ou deux pour regarder sur le toit avant de tomber ?

— Oui. Il n'y avait personne là-haut. Oliver a simplement pris le seau de peinture, et c'est à ce moment-là qu'il a basculé en arrière, avec l'échelle et tout.

Joe réfléchit, puis il demanda :

— Vous n'avez remarqué personne dans les environs ? Pas de voiture, rien ?

— Non. Je ne vois pas pourquoi vous me posez toutes ces questions. Je vous ai dit qu'Oliver est tombé sous mes yeux.

— Je suis bien obligé d'envisager toutes les possibilités, Mrs Viera. J'ai presque autant de chagrin que vous. Je connaissais Oliver de longue date. C'était un type bien.

— Le meilleur de tous ! (Connie fut de nouveau secouée de sanglots.) Qu'est-ce que je vais faire ? Je voudrais être morte, moi aussi.

— Allons, allons, pensez à vos enfants. Votre vie est auprès d'eux.

— Non, je ne pourrai pas. Ils ne remplaceront jamais mon mari. Oh ! Pourquoi a-t-il fallu que ça m'arrive à moi ?

Joe se retira une fois de plus. De la terrasse, il contempla les montagnes au-delà du ravin. Marblestone, tout en bas, ressemblait à une minuscule crotte d'oiseau. Il s'accouda à la balustrade et regarda pensivement l'endroit où Oliver Viera avait perdu la vie. Un accident de plus. Bus Hacker, Charley Blankenship, Willis Neff, Oliver Viera. Il n'en restait plus qu'un. Si j'étais Cole Destin, songea-t-il, je quitterais la ville pour quelque temps. Il arpenta la terrasse en long et en large. Une pensée lui vint tout à coup : la mort d'Oliver Viera avait éliminé l'alibi d'Ausley pour la mort de Willis Neff.

Joe s'arrêta. Sa première tâche était de se renseigner sur ce que faisait Ausley au moment de la mort d'Oliver Viera. Bien sûr, cela n'avait guère d'importance qu'il ait ou non un alibi, puisque rien ne permettait d'envisager autre chose qu'un accident. Et pourtant... Quatre morts. Quatre morts accidentelles, tous des témoins à charge au procès d'Ausley Wyett. Pouvait-il s'agir d'une simple coïncidence ?

Supposons, marmonna Joe, que je veuille tuer cinq personnes. Comment m'y prendrais-je, sachant que je serais certainement le suspect numéro un ? Peut-être que je tiendrais à être soupçonné, juste histoire de montrer aux habitants de la ville ce que je pense d'eux. Je préparerais ces accidents. Je ferais en sorte que Bus Hacker ait une crise cardiaque, que Charley Blankenship ramasse des champignons et s'empoisonne avec, que Willis Neff campe dans un endroit où un chasseur à la gâchette facile le tirerait comme un lapin, qu'Oliver Viera tombe de son échelle et se brise le cou. Et pour Cole ? Je me demande ce que je pourrais bien inventer. Peut-être que je m'arrangerais pour que sa femme lui passe dessus avec la tondeuse à gazon, ou pour que Lee Gervase, pris d'un accès de folie meurtrière, le poignarde au moment où il prendra la parole ce soir...

Le Dr Hesketh, le médecin légiste, rejoignit Joe sur la terrasse.

— Alors, shériff, qu'est-ce que vous en pensez ?

— On dirait un accident.

— Oui.

— Mais je sais que ce n'en est pas un.

— Non, effectivement, et pourtant...

— Exactement. Qu'est-ce qu'on peut dire ? On se sent bête de parler d'un « accident », et tout aussi bête de parler d'un acte prémédité. Alors, que faire ?

— Je suggère, dit gravement le Dr Hesketh, que pour le moment, nous ne disions rien.

— Entendu. Nous menons l'enquête, un point c'est tout. (Joe réfléchit un instant avant d'ajouter :) Voyez-vous une raison de pratiquer une autopsie ?

— Dans d'autres circonstances, je dirais non. Mais là, ce n'est peut-être pas une mauvaise idée.

— Existe-t-il une drogue qui puisse étourdir suffisamment quelqu'un pour qu'il tombe du haut d'une échelle ?

— Certainement. Le whisky, par exemple. Le problème serait d'arriver à faire grimper à l'échelle un homme qui aurait bu.

— Peu vraisemblable.

— Pas vraisemblable du tout, conclut le médecin en plaquant les mains sur la balustrade. Bon, je vais emmener le corps en ville et je verrai si je trouve quelque chose.

Joe fit une dernière visite dans la chambre.

— Nous nous absentons un moment, dit-il à la malheureuse Connie prostrée sur son lit. Si vous pensez à quoi que ce soit qui vous semblerait bizarre, prévenez-moi, voulez-vous ?

— Oui.

Joe repartit en suivant l'ambulance qui descendit Quarry Road. Arrivée à Marblestone, elle tourna à gauche en direction de Pleasant Grove, tandis que Joe tournait à droite. La voiture d'Ausley Wyett était garée devant sa vieille maison délabrée. Les bergers allemands bondirent en tirant sur leurs chaînes.

Ausley Wyett s'avança sur le seuil. Il portait un jean et une chemise de flanelle bleue toute neuve, mais il avait toujours l'air aussi godiche.

— Salut, Joe. Qu'est-ce qui t'amène ?

— Comment se fait-il que tu ne sois pas chez les Neff pour faire la traite ?

— Elles n'ont pas voulu. Elles m'ont flanqué dehors, dit Ausley en souriant.

— Elles ne peuvent pas y arriver toutes seules.

— Non, mais elles ont embauché deux Mexicains.

— Tu étais donc chez toi ce matin ?

— Exact. Je n'aurais pas dû ?

— Ausley, dit Joe, j'ai horreur de soupçonner quelqu'un juste parce que sa culpabilité saute aux yeux… mais c'est vrai que tu es un suspect.

— Qu'est-ce qui se passe, encore ?

— Tu n'es pas au courant ?

— Si je l'étais, je ne te poserais pas la question.

— Eh bien si, justement. Bon, je vais te le dire. Oliver Viera est mort.

Ausley fit tristement la grimace

— Qu'est-ce qui lui est arrivé ?

— Il est tombé d'une échelle. Fracture des cervicales. Un accident, à ce qu'il semblerait.

— Une drôle de série d'accidents.

— Je ne te le fais pas dire. Je suis venu te demander ce que tu en penses.

— S'il s'agit d'un accident, pourquoi venir m'embêter ?

— Exactement, dit Joe. C'est bien ça le problème

Ausley s'assit sur le bord de la terrasse.

— Écoute, Joe, tout ça, ça se ramène à une chose : ou bien je suis coupable, ou bien je ne le suis pas.

— Oui, c'est assez simple.

— Si je suis coupable, tout est clair – sauf un détail : Comment suis-je censé avoir tiré sur Willis Neff alors que, au même moment, j'étais en train de discuter avec Oliver Viera ?

— D'abord, ce n'était pas au même moment, et ensuite, Oliver Viera est mort.

— Tu ne lui as pas posé la question ?

— Je n'ai pas pu mettre la main dessus. J'ai demandé à sa femme, qui n'en savait rien.

— Dommage, dit Ausley en passant les doigts dans sa tignasse brune. Bon, disons que je ne suis pas coupable. La question se pose alors : qui est l'assassin ?

— Tu as une idée là-dessus – en admettant que tu sois innocent ?

— Naturellement. Tu crois que j'ai passé les seize dernières années à simplement me curer les ongles ? Je suis innocent, mais personne ne m'a cru. Tu ne peux pas t'attendre à ce que j'éprouve un profond chagrin. Ces gars-là m'ont fait un tort terrible.

— Et il en reste encore un en vie.

— Ça m'intéressera de voir ce qui va lui arriver, dit Ausley.

— C'est tout ce que tu as à dire ?

— Que veux-tu que je dise d'autre ?

— Tu as fait allusion à certains soupçons que tu aurais.

— Les soupçons, c'est facile et ça ne coûte rien. Je n'ai aucune preuve. Je ne peux même pas prouver que je n'ai pas tué Tissie McAllister. Et je ne l'ai pas tuée. J'adorais cette gamine, je n'aurais pas touché à un seul cheveu de sa tête.

— Ausley, s'écria Joe en levant les bras au ciel, tu m'embrouilles au point que je ne vois même plus clair !

— Désolé, Joe. Tout ce que je peux dire, c'est que je plaide non coupable pour toute cette affaire. Mène ton enquête sur cette base.

— Il y a dans le coin un type sacrément astucieux, dit Joe, et le plus triste, c'est que ça pourrait bien être toi.

Ausley se leva avec beaucoup de dignité et déclara :

— Je regrette que tu n'aies pas davantage confiance en moi, Joe.

— Un bon conseil : fais-toi tout petit. On va dire beaucoup de choses sur toi à Marblestone, et pas que du bien.

— Aussi loin que je me souvienne, fit Ausley en haussant les épaules, les gens ont dit du mal de moi.

Joe reprit le volant. Une fois dans Marblestone, il se gara sous le grand chêne devant le Bazar & Alimentation générale, et resta assis un moment pour réfléchir.

Ausley avait raison : ou bien il était coupable, ou bien c'était quelqu'un d'autre. En admettant que ces accidents n'en soient pas vraiment...

Si Ausley était coupable, la seule question était : *Comment* ?

S'il était innocent, trois questions se posaient : *Comment* ? *Qui* ? *Pourquoi* ?

Joe sortit son calepin et relut ce qu'il avait noté à propos de chaque affaire. Les morceaux du puzzle commençaient-ils à se mettre en place ? Il fronça les sourcils en regardant ses notes comme si c'étaient des créatures vivantes, avec de petites langues noires toutes prêtes à lui faire des révélations. Son cerveau se mit en marche pour assembler les divers éléments.

Si je voulais provoquer une crise cardiaque chez Bus Hacker, comment m'y prendrais-je ?

Si je voulais que Charley Blankenship s'empoisonne avec des champignons vénéneux, comment m'y prendrais-je ?

Si je voulais abattre Willis Neff mercredi soir ou jeudi matin, et me trouver un alibi, comment m'y prendrais-je ?

Si je voulais qu'Oliver Viera tombe d'une échelle...

Joe hocha lentement la tête. Il y avait eu un trou dans le parquet de la véranda de Bus Hacker. Et très probablement un autre derrière la porte d'entrée.

Pour ce qui était du meurtre de Blankenship, quelque chose lui sauta aux yeux, une évidence à laquelle il n'avait pas pensé jusque-là. Dans un groupe de champignons des prés comme ceux que Charley Blankenship avait trouvés dans son parterre de fleurs, il était tout à fait insolite qu'il y ait eu une amanite. À moins qu'elle n'ait été déguisée et placée là délibérément.

Neff était mort le mercredi soir ou le jeudi matin. Le vieux Ted Hill n'avait pas entendu de voitures dans l'intervalle... mais il en avait entendu une arriver et repartir le vendredi soir. Et les roues avant du pickup de Willis Neff étaient propres.

Oliver Viera ? Pour qu'il puisse tomber d'une échelle, il était d'abord nécessaire de l'y faire grimper. Quel meilleur moyen que d'installer un pot de peinture en équilibre instable ? Et une fois Oliver en haut, la moindre pichenette l'expédierait dans l'abîme.

Tout est clair, songea Joe avec émerveillement. Enfin, presque… Les preuves ? Il se frotta le menton. Il allait devoir faire sérieusement travailler ses méninges.

— Oh, shérif, dit une douce voix féminine, vous avez l'air tellement soucieux, cela m'ennuie de vous déranger.

En levant les yeux, Joe vit un visage rond et placide environné de boucles d'un violet électrique.

— Oh, bonjour, Mrs Beasley. (Chaque voix comptait.) Comment allez-vous ?

— Comme d'habitude. Je voulais juste vous dire un petit bonjour. Il y a si longtemps que je vous connais, depuis l'époque où vous étiez un petit gamin au museau barbouillé. Vous avez quelque chose qui fait que j'ai toujours eu une bonne opinion de vous, malgré ce que les autres gens peuvent raconter. Vous ne vous en souvenez probablement pas, mais un jour, Widdie, mon pauvre vieux chat calico, était perché sur une barrière avec des chiens qui lui aboyaient après et de vilains garnements qui voulaient le faire tomber – et vous les avez fait décamper.

— Bien sûr que je m'en souviens, dit Joe avec un grand sourire. Vous m'avez emmené à la poste et vous m'avez fait une bonne tasse de chocolat chaud. C'était la première fois de ma vie que j'en buvais.

— Après ça, j'ai toujours eu un faible pour vous. Je savais bien que vous n'étiez pas vraiment un mauvais garçon.

— Je pense que je n'étais pas pire que la moyenne. (Joe chercha un moyen d'abréger la conversation.) Pardonnez-moi, Mrs Beasley, il faut que j'appelle le QG.

— Oh ! Je ne veux pas vous empêcher de faire votre travail.

Elle s'éclipsait déjà en trottinant mais, se ravisant, elle revint sur ses pas et déclara avec un sourire timide :

— Il y a quelque chose que je meurs d'envie de savoir. Je ne devrais peut-être pas vous le demander, mais après tout, moi aussi je fais partie de l'administration, alors j'ai peut-être un peu le droit de poser la question.

Joe cligna des yeux, incapable de suivre le fil des pensées de la brave dame.

— Quelle question, exactement ?

— Sur la lettre de Mr Hacker. Ça fait longtemps que je me demande ce qu'il y avait dedans.

— Une lettre ? (Joe sentit d'étranges picotements glacés sur son visage.) Quelle lettre ?

Mrs Beasley répondit précipitamment :

— Vous ne vous en souvenez peut-être pas, ou alors vous ne l'avez pas eue entre les mains, puisqu'elle était adressée au shériff Cucchinello.

— Une lettre de Bus Hacker au shériff Cucchinello ?

— Oui. Il y a peut-être trois ans, il m'a apporté la lettre en disant : « Mary, quand je mourrai, je veux que vous mettiez cette lettre à la poste, mais pas avant. » C'était une simple lettre, adressée comme je vous l'ai dit au shériff Cucchinello. Il m'en reparlait de temps en temps, et je répondais : « Oui, Mr Hacker, oui, n'ayez crainte. J'ai toujours votre lettre, et je l'ai mise en lieu sûr. » Et puis il est mort, et j'ai expédié la lettre. Comme les tarifs avaient augmenté, j'ai dû ajouter un timbre que j'ai payé de ma poche.

Le cerveau de Joe fonctionnait à toute allure.

— Le shériff Cucchinello était déjà mort.

— Oui, mais je ne le savais pas à ce moment-là. De toute façon, je ne sais pas ce que j'aurais pu faire si je l'avais su.

— Mais vous l'avez envoyée ?

— Oui.

— Le jour même de la mort de Bus Hacker ?

— Oui, le jour même. Il avait tellement l'air d'y tenir.

— Comment l'adresse était-elle libellée ?

— Simplement : Ernest Cucchinello, Shériff, Pleasant Grove, Californie. Je m'en souviens parfaitement.

Joe hocha la tête.

— Elle sera sans doute arrivée à son domicile, et Mrs Cucchinello aura considéré que ce n'était pas important.

— Oh ! fit Mrs Beasley qui semblait profondément déçue. J'aurais tellement aimé savoir…

— Mais je suis content que vous m'en ayez parlé. Je vais interroger

Mrs Cucchinello, et j'aurai sans doute des choses à vous raconter lors de notre prochaine rencontre. En attendant, je vous serais reconnaissant de ne parler de cette lettre à personne.

— Ça ne me viendrait même pas à l'idée.

— J'ai été ravi de bavarder avec vous, mais maintenant, il faut que je file, expliqua Joe en s'apprêtant à démarrer.

— Moi aussi, dit Mrs Beasley, ça m'a fait très plaisir. Et la prochaine fois que vous passerez par Marblestone, venez me voir à la poste, je vous referai une bonne tasse de chocolat bien chaud.

Joe se força à répondre avec un sourire radieux :

— Oui, je n'y manquerai pas, Mrs Beasley. Au revoir.

Il descendit par Candelara Canyon et ses nombreux virages, en faisant crisser les gravillons sous ses pneus. Il avait trop peu de temps devant lui, le trajet était trop long, et il avait du mal à contenir son impatience. La lettre. Et si elle contredisait ses hypothèses ? Il ne le pensait pas. Tant de petites incohérences, de petites bizarreries, semblaient maintenant avoir une explication... Le livre de comptes de Bus Hacker avec ses étranges omissions... Les nombreux détails curieux de la mort de Willis Neff... Le mobile – principal ou secondaire ? – du meurtre de Charley Blankenship... Et à présent, la lettre disparue de Bus Hacker ! Joe appuya un peu plus sur l'accélérateur. L'aiguille du compteur dépassa le 110. Étant donné les circonstances, c'était quand même bizarre qu'il n'ait jamais reçu cette lettre...

La veuve d'Ernest Cucchinello était une petite femme rondelette, dotée de mains et de pieds minuscules. Elle continuait d'habiter la vaste demeure de style ranch, dans McClellan Avenue, près du Country Club. Quand Joe sonna, elle vint ouvrir elle-même.

— Ah, c'est Mr Bain ! Ou je devrais plutôt dire « shérif Bain », bien que ça me fasse un peu bizarre après toutes ces années où c'était « shérif Cucchinello ».

— Je peux vous assurer que ça me fait bizarre, à moi aussi, dit Joe. Mais je suis venu vous demander un renseignement, Mrs Cucchinello. Il y a deux semaines environ, vous avez dû recevoir une lettre adressée au shérif Cucchinello et envoyée par Clarence Hacker de Pleasant Grove.

— Oui, oui, je l'ai reçue. Bien sûr.

— Qu'en avez-vous fait ?

— Je l'ai ouverte, naturellement. Cela n'avait pas l'air d'une lettre personnelle, plutôt d'un courrier officiel. Si je me souviens bien, il y était question d'un bus de ramassage scolaire. Je n'y ai pas attaché beaucoup d'importance. Comme j'allais faire des courses en ville, je l'ai donnée à Mrs Rostvolt.

Mrs Cucchinello prononça ce nom avec un air pincé. Elle avait sûrement eu vent de certaines rumeurs.

— Ainsi donc, dit Joe, Mrs Rostvolt a reçu la lettre ?

— Mais oui. Elle ne vous l'a pas transmise ?

— Si, sans doute, mais ça m'est sorti de l'esprit. Je lui en parlerai quand je la verrai. Merci beaucoup, Mrs Cucchinello.

— Il n'y a pas de quoi, shériff Bain. Revenez me voir bientôt.

— Je n'y manquerai pas.

Chapitre XIV

Joe reprit McClellan Avenue en sens inverse encore plus vite qu'à l'aller. Mais à mesure que les idées affluaient dans son cerveau, il ralentit, jusqu'à rouler presque au pas. Son raisonnement s'articulait le long d'un série d'embranchements binaires : Mrs Rostvolt (A) avait ouvert la lettre ou (B) elle ne l'avait pas ouverte. Il fallait indéniablement opter pour A. Soit elle l'avait jugée sans importance et l'avait classée ou jetée, soit elle l'avait jugée importante, auquel cas elle pouvait l'avoir également classée, ou utilisée à ses propres fins. Joe fit une grimace amère. Il allait le savoir bien assez tôt.

Il se gara à sa place habituelle, derrière le palais de justice, et réfléchit : Comment allait-il s'y prendre ? Laissant sa voiture, il grimpa au deuxième étage, où se trouvait le bureau de Paul Wentzman, le District Attorney.

Wentzman lui fit signe de s'asseoir et lui lança un bref coup d'œil à travers les verres étincelants de ses petites lunettes. C'était un homme trapu et flegmatique, au teint pâle, au visage épais avec un haut front étroit, et qui arborait toujours une expression de douceur trompeuse. Il s'exprimait d'une voix didactique qui pouvait cacher – ou peut-être pas, Joe n'avait jamais réussi à se faire une opinion – un esprit agile.

— Qu'est ce qui vous amène ?

Joe exposa son problème avec soin. Paul Wentzman l'écouta attentivement, en hochant plusieurs fois la tête. La lumière du plafonnier se réfléchissait sur ses verres de lunette.

— En résumé, dit-il, vous soupçonnez Mrs Rostvolt de détenir cette lettre à des fins personnelles, et vous voulez la démasquer.

— C'est cela, et je veux récupérer cette lettre. Je ne veux pas que Mrs Rostvolt dise qu'elle était sans intérêt et qu'elle l'a donc jetée.

— Si je comprends bien, vous pensez que la lettre constitue une preuve importante ?

— Oui. Il y a eu une succession de morts accidentelles à Marblestone, et il s'avère que ce ne sont pas des accidents. Je vous donnerai tous les détails, parce que c'est vous qui mènerez l'accusation lors du procès – qui sera spectaculaire, soit dit en passant –, mais pour l'instant, il faut absolument récupérer la lettre.

Wentzman réfléchit.

— Nous pouvons prouver, grâce au témoignage de Mrs Cucchinello, qu'elle a bien eu la lettre entre les mains. Si nous pouvons également établir que cette lettre contenait des informations manifestement importantes…

— Je me doute un peu de son contenu.

— Vous pourriez tenter une simple question innocente – ce qui lui donnerait la possibilité de prétendre avoir été distraite – ou bien une accusation directe…

— Auquel cas elle feindrait une vertueuse indignation.

— Écoutez. Si, comme vous semblez le suggérer, elle exerce un chantage sur quelqu'un, cela se saura tôt ou tard.

— L'homme auquel je pense n'est pas du genre à se prêter à un chantage. Cette lettre doit terriblement l'incriminer. Quand on y pense, il est allé jusqu'à mettre le feu à la maison de Bus Hacker dans l'espoir de la détruire… Ah, non, je retire ce que j'ai dit : en fait, il s'est soumis à une forme de chantage, et c'est un aspect qui jouera un rôle important dans l'affaire principale, mais je préfère ne pas en dire davantage pour l'instant.

— Allons réclamer la lettre à Mrs Rostvolt, conclut Wentzman en se levant. Au bout du compte, tout se ramène à ça.

— Oui, dit Joe sans enthousiasme. Vous avez sans doute raison. (Il se leva à son tour.) Bon, allons-y. Ça ne me plaît guère… même si je déteste cette femme.

Ils descendirent les marches de pierre jusqu'au premier étage, firent le tour de la galerie qui surplombait le grand hall et descendirent par le bel escalier de marbre avec sa rampe de bronze sculpté. Une fois dans le grand hall, ils s'engagèrent dans un couloir sombre menant à l'annexe.

Mrs Rostvolt leva les yeux de sa machine à écrire, et sa main se porta machinalement à la masse compacte de ses boucles rousses. Elle pinça les lèvres et se remit au travail.

Joe traversa lentement le bureau, suivi de Wentzman. Mrs Rostvolt sentit quelque chose de menaçant dans l'approche de Joe. Elle leva vers lui des yeux ronds et inexpressifs.

Joe lui dit d'une voix posée :

— Il y a une semaine ou deux, Mrs Cucchinello vous a donné une lettre d'un certain Clarence Hacker afin que vous me la remettiez. Où est cette lettre ?

Mrs Rostvolt pinça encore plus les lèvres. Son cou s'empourpra. Mais c'est d'un air désinvolte qu'elle répondit :

— Une lettre ? De qui ?

— Où est-elle ?

Les yeux de Mrs Rostvolt se mirent à lancer des éclairs.

— Je n'admets pas que vous me parliez sur ce ton, Mr Bain. (Son regard se porta sur Paul Wentzman, qui se tenait derrière Joe.) En fait, je ne supporterai pas votre grossièreté une minute de plus.

— Si vous ne me montrez pas cette lettre, vous irez directement dans la cellule numéro 13.

— De quelle lettre parlez-vous ? demanda-t-elle d'un ton glacial.

— Vous savez parfaitement de quelle lettre je parle. Je viens juste de vous le dire.

Mrs Rostvolt plissa les yeux.

— Mrs Cucchinello m'a apporté tout un bric-à-brac. Je ne sais pas ce que tout ça est devenu.

— Mr Wentzman est témoin de tout ce que vous dites. S'il s'avère que vous avez utilisé à des fins personnelles les informations que contenait cette lettre, vous aggravez encore plus votre cas.

— Ah, Dieu, que vous êtes fatigant... Bon, je vais voir si je la retrouve... Je l'ai peut-être jetée.

Joe la suivit jusqu'au classeur. Elle lui lança par-dessus son épaule :

— Ne me bousculez pas comme ça. Je vais la retrouver, cette lettre.

— Vous n'avez encore rien vu, dit Joe avec un petit rire sarcastique.

Mrs Rostvolt le foudroya du regard. Après une légère hésitation, elle ouvrit un tiroir.

Joe lut l'étiquette.

— H, comme Hacker ?

— Évidemment.

— Très bien. Laissez-moi faire, je la trouverai moi-même, déclara Joe en écartant Mrs Rostvolt. H… Ha… Hall… Harris… Harzat… Il n'y a pas de lettre de Hacker, ici.

Mrs Rostvolt haussa les épaules.

— Ça veut sans doute dire que cette lettre était sans intérêt.

— Elle est peut-être classée à I, alors, comme « Inintéressant » ? suggéra Joe.

— Si vous me laissiez la place, je réussirais peut-être à la trouver.

Joe s'écarta. Mrs Rostvolt sembla tout à coup indécise. Elle ouvrit un tiroir, puis un autre… S'arrêtant brusquement, elle se retourna vers Joe :

— Je n'irai pas plus loin. J'exige un avocat.

— Vous semblez bien désemparée, Mrs Rostvolt.

— Je ne suis pas désemparée ! s'écria-t-elle. Mais j'en ai plus qu'assez de vos accusations !

— Je ne vous ai accusée de rien, pour l'instant.

Mrs Rostvolt lança un regard désespéré vers le classeur. Joe lui dit d'une voix suave :

— Ça ne me prendra guère plus d'une heure pour fouiller tout ce bazar.

— Elle doit être classé à la lettre X, fit Mrs Rostvolt d'un air maussade.

— Tiens donc ! X comme « extraordinaire » ?

— C'est là que je range les « Divers ».

Joe ouvrit le tiroir étiqueté X et en retira une chemise en papier kraft. Il la posa sur le bureau et en feuilleta le contenu avec précaution. Il tomba enfin sur la lettre de Hacker. Il la lut, puis il demanda à Mrs Rostvolt, avec un regard d'une froideur minérale :

— Comment se fait-il que vous ne m'ayez pas montré cette lettre ?

— Elle ne semblait pas importante.

Wentzman s'était approché, et il était en train de lire le papier à son tour. Joe le regarda :

— Avons-nous maintenant assez d'éléments pour l'écrouer ?

Wentzman hocha la tête.

— Oui. Dissimulation de preuve, obstruction à l'action de représentants de la loi, faute grave dans un poste de confiance...

— L'affaire va éclater au grand jour. Dans la journée, ou ce soir au plus tard. Si cela suffit pour la garder en prison, nous pourrons sans doute ajouter à la liste « complicité de meurtre et chantage ».

Mrs Rostvolt se mit à trembler. Elle s'écria :

— Vous êtes complètement fou ! Pourquoi me persécutez-vous ainsi ? Je n'ai rien fait de tout ça !

— Cela reste à prouver, dit Joe avec un petit sourire sarcastique. Ma foi, Mrs Rostvolt, c'est drôle comme les choses se retournent parfois dans la vie. Pendant près de vingt ans, vous êtes restée dans ce bureau, chargée de veiller sur les filles qui occupaient les cellules à l'étage. Maintenant, c'est votre tour. Vous connaissez le chemin. Allez, montez là-haut !

— Non ! lança Mrs Rostvolt avec un air de défi. Vous ne pouvez pas m'arrêter pour une simple étourderie, une négligence. Je n'ai commis aucune des fautes dont vous m'accusez, et vous n'avez aucune preuve contre moi.

— Cette lettre est d'une importante capitale, cela saute aux yeux dès qu'on la lit. Étourderie, négligence... personne ne vous croira. Vous rendez-vous compte que deux, peut-être trois hommes ont été assassinés parce que vous ne me l'avez pas montrée ? C'est très grave.

— Je veux voir un avocat, répéta Mrs Rostvolt avec une lueur soudaine dans les yeux.

— C'est votre droit. Qui avez-vous en tête ?

— Lee Gervase !

La lueur dans ses yeux devint un éclair malveillant.

Joe fut pris de court.

— Lee Gervase ? Jamais il n'acceptera de s'occuper d'une affaire de ce genre. En tout cas, pas s'il a pour deux sous de bon sens.

— Je veux téléphoner à Lee Gervase.

— Très bien. Allez-y, appelez-le. Vous savez où se trouve le téléphone.

— Je ne veux pas que vous soyez là quand je lui parlerai.

— Vous aurez toute l'intimité que vous voudrez une fois dans votre cellule.

Mrs Rostvolt se détourna et s'avança lentement vers le téléphone. Elle composa un numéro. Joe l'observait d'un œil soudain très attentif.

— Je voudrais parler à Mr Gervase, s'il vous plaît... Mr Gervase, c'est Mrs Rostvolt, au bureau du shérif... (Elle écouta la réponse, plissa les lèvres et reprit précipitamment :) Je viens juste d'être *arrêtée*. Oui, *moi* ! Arrêtée ! Ce soi-disant shérif... (Elle écouta de nouveau.) C'est à propos d'une lettre que je lui aurais cachée, à ce qu'il prétend. Bon, toujours est-il que je veux que vous me représentiez. (Elle écouta, fronça les sourcils, regarda Joe.) Il dit qu'il va me mettre en cellule, ce qui est de la pure... Bon, d'accord, c'est ce que je vais faire... Non, je ne le ferai pas... Oui, je comprends très bien.

Elle raccrocha et se retourna avec un air de défi vers Joe et Paul Wentzman qui l'observaient, fascinés.

— Lee Gervase est mon avocat. Il m'a dit de ne pas vous parler, de ne faire aucune déclaration ni aveu. Voilà, c'est donc tout ce que j'ai à vous dire.

Joe eut un petit sourire narquois.

— Je vois. Eh bien, Mrs Rostvolt, pour votre dernier acte officiel, souhaitez-vous vous inscrire vous-même sur le registre d'écrou ?

— Certainement pas ! lança-t-elle sèchement.

— C'est vrai que vous n'avez jamais eu le sens de l'humour.

— J'exige la présence d'une surveillante.

— Il y en aura une d'ici une heure. En attendant, votre vertu sera préservée.

Joe se tourna vers Ace Wardell, qui avait observé la scène avec intérêt depuis la salle radio, et lui fit signe de venir.

— Mrs Rostvolt est en état d'arrestation, annonça-t-il.

L'adjoint Wardell en resta bouche bée.

— C'est une blague ?

— Pas du tout. Fais les papiers et mets-la dans la numéro 13. Motif : Dissimulation criminelle de preuves.

Wardell se tourna vers Mrs Rostvolt :

— Alors, ma vieille, tu t'es finalement fait prendre avec les doigts dans le pot de confiture ?

Joe emporta la chemise en papier kraft dans ce qu'on appelait le laboratoire, une pièce du fond où l'on entreposait divers équipements. Paul Wentzman l'y suivit.

— Parlez-moi un peu des tenants et aboutissants de cette affaire.

Joe alla chercher dans un tiroir une boîte contenant le matériel servant au relevé d'empreintes digitales, qu'il avait assemblé lorsqu'il était étudiant à l'Institut Chapman.

— C'est une longue histoire. Tout a commencé il y a seize ans, quand un jeune homme du nom d'Ausley Wyett a été arrêté pour le meurtre de Teresa McAllister.

— Je me souviens vaguement de cette affaire. C'était avant que je ne prenne mes fonctions ici.

— Il semble, d'après la lettre, que Bus Hacker ait eu des doutes – plus que des doutes – concernant la culpabilité d'Ausley Wyett.

Tout en parlant, Joe souleva la lettre par un coin et la glissa dans un boitier rectangulaire en verre. Paul Wentzman l'observait avec une certaine perplexité.

— Pourquoi faites-vous ça ?

— Simple curiosité, pourrait-on dire. (Joe versa une pluie de cristaux violets dans un récipient, qu'il brancha sur une prise électrique.) C'est de la vapeur d'iode, expliqua-t-il. Vous allez voir les empreintes ressortir.

Le papier brunit légèrement, et soudain, de façon étonnante, des empreintes apparurent un peu partout. Certaines étaient pâles, d'autres très nettes. Joe prit la lettre, la posa sur la photocopieuse, rabattit le couvercle et mit l'appareil en marche. Il reprit ensuite la lettre qu'il glissa dans une enveloppe en cellophane, et il retourna dans son bureau en compagnie de Paul Wentzman.

— Asseyez-vous, dit-il. (Il prit dans le placard deux bouteilles et deux verres en déclarant :) Cooch nous a laissé ça en héritage, autant en profiter. Scotch ou bourbon ?

— Scotch. Juste un doigt. Je ne suis pas un gros buveur.

Joe versa deux bons centimètres d'alcool dans chaque verre.

— Désolé, il n'y a pas de glaçons. Cooch ne s'embarrassait jamais des détails.

L'adjoint Wardell passa la tête dans l'entrebâillement de la porte :

— Lee Gervase est là. Il dit qu'il est l'avocat de Mrs Rostvolt.

— Cet homme est fou, marmonna Joe. Fais-le entrer.

Il alla chercher un troisième verre qu'il frotta contre sa manche. Lee Gervase apparut sur le seuil. Il semblait préoccupé. Il fronça les sourcils en apercevant Paul Wentzman.

— Entrez donc, Lee, dit Joe avec une grande affabilité. Justement, je voulais vous voir.

Gervase avança d'un pas dans la pièce.

— Inutile de vous dire que j'ai sérieusement hésité à prendre en charge une telle affaire juste avant l'élection, expliqua-t-il. Cela étant, si je ne le faisais pas, je serais également l'objet de critiques.

— Asseyez-vous, Lee. Nous allons probablement trouver un arrangement. Qu'est-ce que vous buvez ?

— Rien, merci. Quelles sont les charges qui pèsent sur ma cliente ?

Joe versa un doigt de scotch dans le verre, qu'il mit de force dans la main de Lee.

— Asseyez-vous et détendez-vous, pendant que je vous donne les détails de cette malheureuse affaire. Peut-être renoncerez-vous à vous en charger, parce que ce n'est pas ça qui va vous faire gagner des voix.

Lee Gervase posa avec humeur le verre sur le bureau.

— C'est un aspect dont je ne dois pas tenir compte. Cette femme est dans une situation difficile. Elle m'a demandé de la représenter, et c'est tout ce qui importe.

— Il n'y a pas de raison de s'énerver, dit Joe en haussant les épaules. Voici la situation. Depuis le début de mon intérim, j'ai découvert des petites combines mises au point par Mrs Rostvolt. Ça ne portait pas sur des grosses sommes – quelques dollars par ci, quelques dollars par là. Je me suis aussitôt démené pour essayer de mettre fin à ces trafics. Bien évidemment, elle m'en a voulu et elle a dû se douter que ses jours étaient comptés. Toujours est-il qu'une lettre est arrivée ici – une lettre d'une très grande importance –, et elle l'a cachée au lieu de me la remettre. Je la soupçonne de se livrer à un chantage, mais ce n'est qu'une présomption pour l'instant.

— N'est-il pas possible qu'il s'agisse d'une simple erreur de sa part ?

— Non, fit Joe, c'est très peu vraisemblable, compte tenu des circonstances. Je suis sûr que c'est l'argument qu'elle invoquera pour sa défense. De son côté, Mr Wentzman essaiera de prouver qu'une telle erreur était impensable, et je pense qu'il y parviendra.

Lee Gervase se leva d'un bond et consulta sa montre.

— Je ferais mieux d'aller lui parler. Dites-moi exactement de quoi vous l'accusez.

— Pour le moment, c'est un peu vague. Je ne serais pas surpris que nous puissions l'inculper de complicité de meurtre. Mr Wentzman et moi devrons en discuter ensemble.

— Vous n'allez donc pas la laisser sortir de prison ?

— Non, pas avant que le juge ne le décide. Je pense que la caution va être sacrément élevée.

— Où est-elle ?

— Cellule 13, juste au-dessus. Elle est toute seule, là-haut. N'allez pas lui refiler une scie à métaux ou de l'opium, ça pourrait vous faire perdre ma voix.

Lee Gervase lui lança un coup d'œil méprisant et sortit. Ils entendirent ses pas dans l'escalier.

— Alors, racontez-moi ça, dit Paul Wentzman en sirotant son whisky.

Joe s'installa confortablement dans son fauteuil et fit un long exposé détaillé : la mort de Tissie McAllister, la libération sur parole d'Ausley et les lettres envoyées aux cinq témoins, les morts étranges de Bus Hacker, Charley Blankenship, Willis Neff et Oliver Viera.

— Une affaire qui ne manque pas de piment, conclut Paul Wentzman avec un sourire qui révéla à Joe un aspect jusque-là inconnu de sa personnalité.

— Oui, c'est l'expression qui convient. Quatre homme meurent, par accident. Je sais qu'il ne s'agit pas d'accidents, et le coupable sait que je le sais, et il se paie ma tête. Jusqu'à présent, je n'ai rien pu faire d'autre qu'encaisser. Je dis bien jusqu'à présent, parce que maintenant, je commence à comprendre les « comment » et les « pourquoi ». Avec la lettre écrite par Bus Hacker, toute l'affaire devient claire. Enfin, disons plus ou moins claire. Quelques détails sont encore un peu flous.

Lee Gervase réapparut sur le seuil.

— Je viens de parler à Mrs Rostvolt.

— Vous allez la représenter ?

— Oui. Elle dit que toute cette histoire n'est qu'un ridicule malentendu, et j'ai tendance à la croire.

— Évidemment, puisque vous êtes son avocat.

— Étant donné les circonstances, et eu égard à ses longues années de bons et loyaux services...

— Lee, ne me faites pas rire.

— ... il me semble que ce serait bien de votre part de la laisser vous donner sa démission et de passer l'éponge sur toute cette affaire.

— Ce n'est pas aussi simple que ça. Sans la malveillance et la cupidité de cette femme, et d'autres mobiles que j'ignore, deux hommes, ou peut-être trois, seraient encore en vie à l'heure qu'il est. Elle savait que cette lettre constituait une preuve importante, et elle me l'a délibérément cachée. J'ai l'intention d'aller au fond des choses.

Lee Gervase haussa les épaules.

— Vous n'avez aucune *preuve* de cette cupidité ou de cette malveillance. Vous ne pouvez pas prouver qu'il s'agissait d'autre chose que d'une étourderie ou de l'incompétence.

— Ce sera au jury d'en décider.

— Dans ce cas, je vais lui obtenir un mandat pour la faire sortir de prison.

— C'est votre devoir vis-à-vis de votre cliente, dit Joe.

Lee Gervase s'en alla, et Paul Wentzman en fit autant peu après.

Une heure plus tard, Lee Gervase était de retour. Joe travaillait dans le labo. Ace Wardell l'appela pour qu'il vienne dans le bureau de réception, où l'avocat lui présenta un papier sans prononcer un mot.

— Ça ne sert à rien, Lee, déclara Joe en secouant la tête.

— Comment ça, ça ne sert à rien ? Qu'est-ce que ça veut dire ? s'écria Lee.

— Je viens de découvrir un nouvel élément de preuve. J'inculpe désormais Mrs Rostvolt pour avoir sciemment couvert un assassinat *post facto*. Ce document est insuffisant. Il vous en faut un autre.

— Vous auriez pu me le dire plus tôt, dit froidement Lee Gervase.

— Je viens de vous le dire : un nouvel élément est apparu. Je ne cherchais pas à vous compliquer la tâche.

— C'est un grave chef d'accusation. À moins que vous n'ayez des preuves très solides, attendez-vous à de gros ennuis. Vous risquez d'être poursuivi pour arrestation arbitraire.

— Je ne me fais aucun souci là-dessus.

Lee Gervase sortit. Joe hocha tristement la tête et s'apprêtait à retourner au labo, quand Ace Wardell l'appela :

— Téléphone pour vous. Art van Horn, de Marblestone.

Joe se figea sur place, la gorge soudain serrée. Doux Seigneur, encore un ? Il décrocha le combiné.

— Allô ? Ici le shérif Bain.

— Joe, c'est Art van Horn. Venez tout de suite. Ça risque de mal tourner.

— Qu'est-ce qui risque de mal tourner ?

— Ausley Wyett a essayé de tuer Cole Destin. Il y a des gens qui veulent lui régler son compte.

— Que voulez-vous dire, il a essayé de tuer Cole ?

— Il a voulu l'envoyer valdinguer hors de la route. Encore un « accident ». Sauf que Cole a réussi à garder le contrôle de sa voiture.

— Et Ausley, où est-il ?

— Chez lui, mais peut-être pas pour longtemps, parce que le bar est rempli de gars de plus en plus saouls et de plus en plus mauvais. C'est de là que je vous appelle.

— Quel est le plus saoul et le plus mauvais de tous ?

— Difficile à dire. Le plus saoul, c'est Stub Caramino. Le plus mauvais, ma foi… il y en a deux ou trois ex aequo. Cole a l'air drôlement énervé, lui aussi.

— Écoutez, tâchez de leur parler séparément pour leur faire entendre raison, en attendant que j'arrive. J'en ai pour une demi-heure.

CHAPITRE XV

Joe se gara devant le Town Club et sortit précipitamment de la voiture, en compagnie du sergent Miggs et du sergent Boso. Art van Horn vint à sa rencontre à la porte du bar et poussa un soupir de soulagement.

— Je suis bien content de vous voir. Je ne sais pas si ces gars essaient juste de se défouler en gueulant plus fort que le voisin, ou s'ils veulent sérieusement en découdre.

— Ils vont sûrement s'en tenir aux paroles. Le lynchage n'est plus très à la mode, de nos jours.

— Il faut dire qu'il n'y a pas beaucoup de types comme Ausley Wyett, c'est la seule raison.

— Peut-être.

Ils allaient entrer dans le bar quand une fourgonnette Willys vint se garer posément le long du trottoir. Sous le regard stupéfait de Joe, d'Art van Horn et des deux adjoints, Ausley Wyett en descendit.

— Salut, les gars.

— Mais qu'est-ce que vous foutez là ? demanda Art van Horn en s'avançant.

— Je suis venu boire une bière, c'est tout. On n'a plus le droit ?

— Si vous mettez le pied dans ce bar, je vous garantis qu'une dizaine de gars vont vous tomber dessus et vous réduire en charpie.

— Ça, c'est vraiment de l'étroitesse d'esprit. Qu'est-ce qui se passe, Joe ?

— Cole Destin prétend que tu as essayé de le faire sortir de la route, répondit Joe d'une voix neutre.

Ausley ouvrit de grands yeux.

— Cole a dit ça ? Il est malade.

— Qu'est-ce qui s'est vraiment passé ?

— J'étais allé chez les Neff et Cole est arrivé. Il voulait voir Ellie au sujet de ses terres. Elle m'a demandé mon avis, et je lui ai conseillé de ne pas vendre. Bon, on a échangé des mots et Cole m'a dit de dégager. C'est ce que j'ai fait, pour éviter des histoires. Je ne sais pas comment ça s'est passé après – je pense qu'Ellie l'a mis dehors. En tout cas, quelques minutes plus tard, il m'a rattrapé en roulant comme un fou. Je me suis serré sur le côté pour le laisser passer, et juste à ce moment-là, un gros camion-citerne a débouché du virage. De la façon dont ça se présentait, Cole n'avait aucune chance de s'en sortir. J'ai freiné à mort pour le laisser me doubler, mais il a eu le même réflexe, il a freiné aussi. Du coup, on occupait toute la route à nous deux, avec le camion qui arrivait en face. La seule chose qui lui restait à faire, c'était de plonger dans le fossé. Il a eu une sacrée veine, parce que un peu plus loin, la route passe au ras d'un précipice et il y a un à-pic de cinquante mètres. Je me suis arrêté, le camion aussi. Cole était fou de rage. Comme j'ai vu qu'il n'avait rien, je suis reparti.

— Il dit que tu as voulu le tuer.

— Jamais je n'essaierais un coup pareil. Tu me connais, Joe.

— Eh ! voilà Ausley Wyett ! s'écria une voix empreinte de la plus vive stupéfaction.

Cole Destin sortit du bar, suivi d'une demi-douzaine d'autres clients. Il s'approcha de Joe à grands pas.

— Joe, tu exerces les fonctions de shérif jusqu'aux élections. Cet homme a tenté de me tuer il y a à peine deux heures en me poussant sous les roues d'un camion. Je veux que tu l'arrêtes.

— Attends deux secondes, Cole. Lui, il dit que tu étais en train de le doubler dans un virage sans visibilité.

— Ma version à moi, c'est qu'il a délibérément essayé de me flanquer sous les roues d'un gros camion-citerne.

Joe haussa les épaules.

— Si tu veux déposer plainte, je te garantis que je ferai le nécessaire pour qu'il se présente au tribunal. Mais tu vas avoir du mal à apporter des preuves indiscutables pour ton accusation. Et si tu ne peux rien prouver, il sera en droit de te poursuivre en justice.

— Quoi ? Ausley Wyett ? (Cole Destin ricana.) C'est une honte pour l'humanité. Et il a le culot d'aller rôder autour d'une gentille fille comme Ellie Neff.

Joe entendit Ausley inspirer profondément pour se calmer. Il déclara :

— Tous autant que vous êtes, vous n'avez pas l'air de comprendre qu'Ausley Wyett n'est coupable de rien – à moins que vous n'ayez des preuves.

— Ha ! Ha ! ricana Walt Hobius. Et Tissie McAllister, alors ?

— Ça, c'est du passé. Il est libre, maintenant, et tant qu'on n'a rien prouvé d'autre contre lui, il a les mêmes droits que tout le monde.

— Nous aussi, on a des droits ! cria Stub Caramino d'une voix rauque. Quatre hommes sont morts depuis qu'il est sorti de prison. Aujourd'hui, il a failli porter le total à cinq. Et vous n'allez rien faire ?

— N'ayez crainte, je m'en occupe.

— Quand ? C'est ça, que j'aimerais savoir. Quand ?

Joe réfléchit.

— J'ai juste encore un ou deux détails à éclaircir, mais je vous promets une intervention d'ici un jour ou deux.

— Moi, c'est maintenant que je veux une intervention, dit Cole. J'accuse Ausley Wyett de tentative de meurtre et j'ai le chauffeur du camion comme témoin.

— Tu vas porter plainte ?

— Oui.

— Dans ce cas, dit Joe en se tournant vers Ausley, tu ferais aussi bien de m'accompagner en ville. Ça m'évitera de devoir aller te chercher quand le mandat d'amener sera prêt.

Ausley recula d'un pas.

— Je n'ai pas l'intention de faciliter la tâche à qui que ce soit. Il n'y a pas de raison.

— C'est à toi de décider, Ausley. Cela étant, il y a un grand meeting politique en ville, ce soir. Ce sera à qui m'éreintera le plus, et ton copain Cole Destin va prendre la parole.

— Pour ça, oui, et comment ! Je vais t'assaisonner de belle façon !

— Aucune loi n'interdit d'interpeller l'orateur, que je sache. En fait, je crois que je vais lancer quelques piques, moi aussi.

— Qu'est-ce que tout ça a à voir avec moi ? demanda Ausley en se frottant le menton.

— Tu seras en liberté sous caution, et tu pourras profiter du spectacle.

— Heu… bon, d'accord, dans ces conditions…

— Dans ces conditions, répéta Art van Horn avec un gros rire, j'y serai aussi.

— Bien sûr, pourquoi pas ? lança Joe. Plus on est de fous, plus on rit. Venez tous, et n'oubliez pas une chose : je suis de cette ville, et c'est moi qu'ils ont l'intention de piétiner ce soir.

— Tu n'as pas l'air de trop t'en faire, Joe, fit remarquer Walt Hobius avec une petite grimace.

— Oh ! ce n'est pas la première fois qu'on me piétine, et je suis encore en un seul morceau. Allez, viens, Ausley, finissons-en avec cette histoire. Tu viens aussi, Cole ? Parce que c'est uniquement pour ça que j'emmène Ausley.

— Juste le temps de rentrer me changer et j'arrive.

— Bon, d'accord. Je t'attends au QG. Allons-y, Ausley.

* * *

16 heures, 17 heures… toujours pas de Cole. Ausley, assis dans un fauteuil dans le bureau de Joe, feuilletait un magazine. Le téléphone sonna enfin. C'était Cole Destin, qui dit sur un ton fortement radouci.

— J'ai eu une conversation avec Paul Wentzman, et il m'a dit qu'il ne donnerait pas suite à ma plainte. D après lui, il n'y a pas de preuves suffisantes.

— Tiens donc… Et le témoignage du chauffeur du camion, alors ? demanda Joe avec un petit sourire ironique.

— Je lui ai parlé. Il dit que tout ce qu'il a vu, c'est que j'ai essayé de doubler Ausley et que je suis parti dans le fossé. En fait…

Cole hésita.

— En fait, compléta Joe, le chauffeur trouve que tu aurais mérité d'être tué, à doubler comme ça sans rien voir.

— En ce qui me concerne, déclara Cole avec une grande dignité, je ne porte pas plainte.

— Et pour ce qui est d'Ausley ? Tu comptes lui présenter des excuses, quelque chose ?

— Hein, tu es fou ? Ce type a essayé de me tuer ! La seule chose, c'est que je ne peux pas le prouver.

— Bon, maintenant, c'est à lui de voir. Il va peut-être décider de te faire un procès, ou peut-être pas.

— Écoute un peu, Joe. Tu n'es shérif que par intérim, et tu ferais bien de ne pas l'oublier. J'en ai soupé, de tes grands airs. Ce soir, le rideau va se lever, et si tu prends des coups, ce sera tant pis pour toi.

— Je suis prêt à courir le risque. J'y serai.

— Tu feras aussi bien. Tu n'aurais rien à gagner en restant à l'écart.

* * *

Le soleil se coucha dans un ciel de cuivre. Les derniers rayons cédèrent la place au crépuscule. Ce soir-là, Montalvo Square avait un air de fête. Une estrade avait été installée près de la fontaine et décorée de guirlandes de papier crépon rouge, blanc, et bleu, ainsi que d'ampoules électriques dans les mêmes couleurs. Deux projecteurs loués à une firme de San Jose balayaient le ciel, et des haut-parleurs diffusaient des marches militaires. À un stand, du côté de Main Street, un groupe de femmes faisaient du café dans quatre grands percolateurs, tandis que d'autres disposaient des doughnuts sur des plateaux. Ces dames étaient bien habillées et semblaient bien nourries, visiblement les épouses d'hommes d'affaires locaux, et elles bavardaient gaiement entre elles.

Un spot illumina l'estrade. Un homme en pantalon noir et chemise blanche vint tester une batterie de micros : « Test, un – deux – trois – quatre. Test… »

Les gens commencèrent à arriver, s'installant sur les bancs le long des allées et sur le pourtour de la fontaine. Un groupe de musiciens, avec accordéon, guitare, contrebasse et banjo, monta sur l'estrade. Ils se mirent à jouer et chanter de vieilles chansons, des ballades de l'Ouest, des refrains de feux de camp.

La foule grossit, encouragée par la douceur de l'air et la pleine lune. Des notables se rassemblèrent progressivement au pied de l'estrade, et un groupe d'hommes s'en détacha pour monter s'installer sur des chaises disposées à cet effet.

À 20 heures, Fred Hatch, le président de la Chambre de Commerce de Pleasant Grove, s'approcha du micro et attendit avec un sourire d'indulgence courtoise que les musiciens finissent de jouer *Red River Valley*. Montalvo Square était déjà à moitié rempli, et il arrivait encore du monde.

L'orchestre exécuta les dernières mesures, salua les auditeurs avec une modestie étudiée. Fred Hatch applaudit poliment, et il y eut également quelques applaudissements dans l'assistance.

Fred Hatch tapota le micro, fit un signe de tête satisfait en constatant qu'il fonctionnait, et commença son discours.

* * *

Joe Bain téléphona à sa mère qui, après des exclamations étonnées à la nouvelle de l'incarcération de Mrs Rostvolt, accepta de tenir le rôle de surveillante jusqu'à ce qu'on lui ait trouvé une remplaçante.

Joe pivota sur son siège et fit face à Ausley Wyett, plongé dans la lecture d'un vieux numéro de *Hunters Afield*. Ausley reposa soigneusement le magazine et demanda :

— Alors, où en sommes-nous ?

— Sur le plan judiciaire, répondit Joe après un instant de réflexion, tu es un homme libre. À ta place, je jouerais la prudence et je passerais la nuit en ville.

Ausley prit un air soucieux.

— Tu as sans doute raison, mais je m'inquiète un peu pour mes chiens. Imagine qu'un type ait l'idée de leur lancer des boulettes de viande empoisonnée ?

— Je pense qu'ils ne risquent rien tant qu'on croit que tu as des ennuis avec la justice. Evidemment, je peux me tromper.

— Je n'arrive pas à comprendre cette façon qu'ont les gens de toujours imaginer le pire chez les autres.

— La plupart du temps, ils ont de bonnes raisons pour ça…

Ausley lui lança un regard chagriné.

— Écoute, poursuivit Joe, tu fais comme tu veux. Je vais voir comment ça se passe au meeting. Ces grosses légumes tiennent absolument à me déboulonner de mon poste. Je pourrais bien avoir mon mot à dire là-dessus.

— Je t'accompagne. Je n'ai rien d'autre à faire.

— Un simple conseil : évite de te mêler aux gars de Marblestone. Je
ne veux pas plus de bagarres que strictement nécessaire.

— Ce n'est pas moi qui en provoquerai.

— Pars en avant, il faut que je m'organise avec mes adjoints. Je vais
poster cinq hommes sur la place, juste au cas où il y aurait du grabuge.

— Pourquoi y en aurait-il ?

— On ne sait jamais, dit Joe en faisant sortir Ausley. Je te retrouverai
sur la place.

Ausley parti, Joe alla dans la salle du fond, où il donna ses instructions à ses adjoints Boso, Miggs, Gonzales, Taylor et Phipps.

Puis il se rendit à Montalvo Square, où il arriva juste au moment où
Fred Hatch prononçait au micro les premiers mots de son discours :

— Mesdames et messieurs, bonsoir ! C'est un grand plaisir pour
moi de constater que vous êtes venus si nombreux pour assister à
notre meeting. Je crois que ce rassemblement va être un grand succès.
Je ne veux pas abuser de votre patience. Il y a ici des gens qui se sont
préparés afin de vous exposer leurs idées pour le bien du comté et le
vôtre, et pour vous encourager respectueusement à voter pour eux.
Après les discours, nous aurons droit à un programme musical, avec
en vedette les célèbres Traveling Hoosiers et la ravissante June Perkins.
Et n'oubliez pas, vous trouverez au stand situé au nord de la place des
rafraîchissements gratuits.

« Et maintenant, permettez-moi de vous présenter nos invités, qui
ont consacré si généreusement leur temps et leurs réflexions au bénéfice de notre comté.

« En premier lieu, l'un de nos citoyens les plus éminents, qui est
également candidat au poste de shériff : Mr Lee Gervase !

Lee Gervase se leva, salua et sourit, la mâchoire crispée. Vêtu d'un
costume bleu foncé, il réussissait à avoir l'air d'un homme indifférent à
sa mise, mais qui est néanmoins bien habillé. Avec une petite grimace
d'amertume, Joe vit plusieurs dames échanger des commentaires.

— Voici à présent le distingué rédacteur en chef du journal le plus lu
du comté, Howard Griselda, du *Messenger* de Pleasant Grove !

Griselda se leva, fronça les sourcils, inclina sa grosse tête et se rassit.

— L'honorable président du Comité pour le Progrès du comté de
San Rodrigo, Wilfred Mortimer !

Wilfred Mortimer, un homme de haute taille aux cheveux blancs, avec une moustache blanche aux poils raides et des paupières tombantes, salua la foule d'un air réservé.

— Pour continuer, le porte-parole de nos concitoyens latino-américains, le Dr Henry Gomez !

Le Dr Gomez, dodu comme une olive et dont les verres de lunettes brillaient sous les lumières rouges, blanches et bleues, salua plusieurs fois avec de rapides inclinaisons de la tête.

Fred Hatch hésita un instant en voyant que le cinquième siège était vide, puis il annonça en se penchant vers le micro :

— Et *last but not least* – je le vois là-bas qui approche –, le descendant d'une des plus anciennes familles du comté, un homme qui s'y connaît comme personne en agriculture et en élevage – il sera là dans une seconde –, j'ai nommé Cole Destin !

Cole Destin, impressionnant dans un costume de gabardine grise, grimpa sur l'estrade, salua brièvement l'assistance et s'assit.

— Avant de donner la parole au premier de nos orateurs, je tiens à vous définir dans les grandes lignes les objectifs de notre association. Nous croyons en un comté de San Rodrigo plus important, plus remarquable, plus florissant. Nous sommes pour le progrès, pour une administration saine et efficace. Nous sommes contre la stagnation, l'inefficacité bureaucratique et la corruption. Nous sommes pour un nouveau palais de justice qui remplacera cette antiquité grotesque (Fred Hatch ponctua son propos d'un grand geste vers le vieux bâtiment). Nous sommes pour une rénovation complète des services du comté, en commençant, grâce à l'élection prochaine, par les bureaux du shérif. C'est pourquoi, sans autre préambule, je vous présente l'homme le mieux qualifié par son éducation, sa formation, ses capacités hors du commun et sa passion du service public – je vous présente notre futur shérif : Lee Gervase !

Au milieu d'applaudissements polis, Lee Gervase se leva et se dirigea vers le micro.

Joe respira à fond et, avec une curieuse impression de flottement dans les genoux, il gravit les marches menant à l'estrade. En le voyant, Fred Hatch fronça les sourcils et s'approcha discrètement pour lui parler. Joe lui dit quelques mots qui le laissèrent visiblement abasourdi.

Lee Gervase jeta un regard sombre par-dessus son épaule. Joe traversa l'estrade et prit le micro. Lee Gervase fit mine de le lui arracher, puis haussant les épaules, il sourit et tendit les mains vers la foule comme pour la prier d'excuser cette interruption.

L'assistance, consciente que cet intermède n'était pas prévu au programme, devint parfaitement silencieuse.

— Ce que je suis en train de faire, dit Joe, sort de l'ordinaire et n'est peut-être pas du meilleur goût. Le fait est que je m'immisce dans une grande réunion organisée et patronnée par des personnes qui me seront opposées lors de l'élection de la semaine prochaine. En temps normal, jamais je n'oserais me comporter ainsi parce que... eh bien, parce que ce sont des choses qui ne se font pas.

« Mais nous nous trouvons dans une situation qui, lorsque je vous l'aurai expliquée, vous amènera peut-être à me pardonner ma grossièreté. Lee Gervase est là, derrière moi. Il s'apprêtait à vous parler de la corruption qui régnait dans les services du shérif Cucchinello...

Lee Gervase, avec un large sourire, écarta Joe pour prendre le micro à son tour.

— Mr Bain, ce que vous venez de nous dire, à propos de votre grossièreté et de votre absolu manque de tact, est tout à fait exact. Mais si vous tenez à discuter de la corruption et de l'inefficacité de la gestion du shérif Cucchinello, j'y consens bien volontiers.

— Non, Lee, il ne s'agit pas du tout de ça. Le vieux Cooch est mort. Ma gestion à moi est totalement différente. Ce n'est pas pour ça que je suis ici.

— Eh bien, pourquoi, alors ?

— Je veux montrer clairement aux habitants de ce comté pourquoi ils ne vous choisiront pas comme shérif.

Le sourire de Lee Gervase se fit féroce.

— Vous ne croyez pas que c'est aux électeurs d'en décider ?

— C'est impossible, Lee. Parce que vous serez en prison. Vous êtes en état d'arrestation.

L'assistance en resta bouche bée, puis des murmures parcoururent la foule. Lee Gervase sursauta, fixa Joe avec des yeux ronds et finit par éclater de rire. Howard Griselda bondit et saisit Joe par le bras pour le tirer en arrière. Cole Destin resta assis, le visage empreint d'un mépris glacial.

À voix basse, Joe dit quelques mots à Griselda, qui sembla soudain se décomposer. Il fit un vague geste comme pour renvoyer Joe de l'estrade, mais il se ravisa et resta simplement immobile, l'œil furibond. Joe retourna derrière le micro :

— Je sais, j'ai tout à fait l'air de jouer une mauvaise pièce de théâtre, mais puisque vous êtes les électeurs, je me suis dit que vous étiez en droit de savoir pour quel genre d'homme vous voteriez.

« Voici les faits. Lee Gervase est un homme capable et ambitieux. Il envisage un grand avenir personnel, et il a des visées qui dépassent de loin le cadre de notre comté – peut-être Sacramento, ou qui sait, Washington ? Pour atteindre ses objectifs, il s'est dit qu'il lui fallait faire bonne impression dans son premier poste public. Quel meilleur moyen pour cela que de faire passer le shérif intérimaire et son prédécesseur pour une paire de fumistes malhonnêtes ? Lee Gervase s'est laissé emporter par son ambition et s'est exposé à de graves ennuis.

« Une brève rétrospective maintenant pour rendre les choses plus claires. Il y a seize ans, un certain Ausley Wyett a été condamné pour le meurtre d'une petite fille. Un certain Clarence Hacker a témoigné contre lui… et il n'a pas dit la vérité. Il n'a probablement pas menti à la barre, mais il a passé pas mal de choses sous silence pour des raisons personnelles, c'est-à-dire pour pouvoir exercer un chantage. Un maitre chanteur a toujours une peur bleue de sa victime, et Clarence Hacker a eu recours au procédé habituel. S'il venait à mourir subitement, une lettre devait être envoyée aux autorités.

« Clarence Hacker est mort, et la lettre a été expédiée. Elle a. été ouverte par une femme qui avait travaillé sous les ordres du shérif Cucchinello. Elle a lu la lettre, en a vu aussitôt l'importance, et au lieu de me la remettre, elle l'a apportée à Lee Gervase. Je pense qu'elle lui a tenu à peu près ce langage : "Mr Gervase, le shérif Bain s'apprête à me renvoyer. Si je vous montre un moyen de démontrer votre efficacité dès la première semaine de vos fonctions, me laisserez-vous conserver mon poste ?" Je suppose qu'il a dû exprimer de l'intérêt. Mrs Rostvolt lui a donc mis la lettre sous les yeux…

Lee Gervase vociféra :

— Ce n'est qu'un ramassis de mensonges ! De la pure calomnie !

— Croyez-vous, rétorqua Joe d'une voix suave, que je me hasarde-rais à dire tout cela si j'étais incapable de le prouver ?

— Je n'en sais rien. Mesdames et messieurs, Mrs Rostvolt est ma cliente. Aujourd'hui, elle m'a appelé pour se plaindre d'être l'objet d'une campagne de persécution menée par ce soi-disant représentant de la loi – une campagne qui a atteint aujourd'hui son point culminant quand il l'a arrêtée et jetée en prison pour une simple erreur. Et main-tenant, sachant qu'il n'a aucune chance d'être réélu, Bain tente de me calomnier…

— Pas du tout, Lee. Je ne vous calomnie pas, je vous arrête. Vous ne pourrez pas vous présenter pour le poste de shériff ni être élu tout sim-plement parce que vous serez en prison. Vous êtes accusé de complicité de meurtre. Mrs Rostvolt n'a aucune possibilité de s'en sortir, et vous non plus. Et vous savez pourquoi ?

— Non, évidemment !

— Parce que, gros comme le nez au milieu de la figure, il y a sur la lettre l'empreinte de votre pouce. Vous vous souvenez que je vous ai tendu un verre, aujourd'hui ? Eh bien, j'ai comparé les empreintes que vous y avez laissées avec celles sur la lettre… et voilà une preuve flagrante. Vous ne pouvez pas vous en tirer, Lee, et Mrs Rostvolt non plus. Si elle a jugé la lettre suffisamment importante pour vous la mon-trer, si vous l'avez lue et avez accepté ses conditions, vous êtes tous les deux coupables.

Sur ce, Joe passa prestement les menottes aux poignets de Lee, qui les regarda avec stupéfaction.

Joe fit signe au sergent Miggs qui se tenait au pied de l'estrade. Miggs vint prendre Lee Gervase par le bras en disant :

— Allons-y, mon gars.

Lee Gervase se dégagea brusquement et se tourna vers ses amis effarés.

— Qu'est-ce que vous attendez pour faire cesser cette comédie ? Vous allez rester là les bras ballants, sans rien faire ?

— Si les accusations sont fondées, déclara Griselda d'une voix bizarrement étranglée, nous ne pouvons rien faire. Et nous ne voulons rien faire.

D'une voix de fausset, Fred Hatch lança :

— Voyons, Lee, dites quelque chose ! Dites-nous que Bain est devenu fou ! Dites à tous ces gens qu'il s'agit d'une mystification, d'une odieuse machination !

Lee Gervase s'approcha du micro d'un pas lourd.

— Mesdames, messieurs... il s'agit d'une mystification... une odieuse machination...

En grimaçant, Joe fit signe à Miggs qui écarta Lee Gervase du micro et le fit descendre de l'estrade. Cole Destin se leva brusquement et regarda fixement Joe un instant avant de se diriger vers les marches.

— Ne t'en va pas, Cole, dit Joe. Je n'ai pas terminé, loin s'en faut.

— Qu'est-ce que tu veux dire ?

— Tant que j'y suis, autant révéler toute l'affaire, à moins que les gens rassemblés ici n'aient pas envie de l'entendre – auquel cas je m'en irai. (Joe regarda la foule.) Alors, qu'en dites-vous ? Voulez-vous entendre tous les détails de cette affaire ? C'est la plus étrange que j'aie jamais connue, je peux vous le garantir. Que tous ceux que ça intéresse disent « oui ».

Il y eut un formidable concert de « oui ».

— Qui est contre ?

Silence.

— M'autorisez-vous à prendre la parole ? demanda Joe en se tournant vers Fred Hatch.

Celui-ci eut un geste fataliste accompagné d'un pâle sourire.

— Allez-y, c'est aussi bien. De toute façon, nous n'avons pas de programme, et pas de candidat non plus, apparemment.

CHAPITRE XVI

— Pour commencer, expliqua Joe à l'assistance, il nous faut remonter seize ans en arrière. Certains d'entre vous se souviennent sans doute de l'affaire. Ausley Wyett fut accusé du meurtre de Teresa McAllister. Il y eut cinq témoins à charge : Clarence Hacker, Charles Blankenship, Willis Neff, Cole Destin et Oliver Viera.

« Ausley Wyett plaida non coupable, mais il fut condamné. Il y a environ un mois, il a bénéficié d'une libération conditionnelle. Il a donc quitté la prison de San Quentin et il est revenu dans la ferme où il était né.

« Je ne sais pas ce qu'il avait en tête en envoyant à chacun des cinq témoins une lettre qui disait à peu près ceci : "Me voici sorti de prison, où votre témoignage m'a conduit. J'ai l'intention de faire quelque chose à ce sujet. Que comptez-vous faire pour m'aider ?" Ce ne sont peut-être pas les termes exacts, mais c'est la teneur générale.

« C'était une bien mauvaise idée d'écrire ces lettres. La première fois que j'en ai entendu parler, c'est quand Charley Blankenship est venu me voir à mon bureau pour s'en plaindre. Je suis allé interroger les quatre autres témoins, et en effet, ils avaient tous reçu la même lettre, et ils étaient tous furieux contre Ausley Wyett.

« Je suis passé voir Clarence Hacker. Sous mes yeux, il a été foudroyé par une crise cardiaque. Décès accidentel.

« Quelques jours après, Charley Blankenship a mangé des champignons vénéneux. Il en est mort. Décès accidentel.

« Quelques jours plus tard, Willis Neff a été mortellement frappé d'une balle, sans doute tirée par un type qui chassait hors saison. Décès accidentel.

« Ausley Wyett a affirmé ne rien savoir de ces étranges accidents. Il m'a dit qu'il se trouvait avec Oliver Viera au moment où Willis Neff avait été tué. Avant que je n'aie pu vérifier cet alibi, Oliver Viera est tombé d'une échelle dans un ravin et s'est brisé le cou. Décès accidentel.

« Il ne restait plus qu'un survivant sur les cinq – Cole Destin. Je lui ai recommandé la prudence. En fait…

Cole, incapable de se contenir plus longtemps, s'écria d'une voix rauque :

— Ha ! Ta recommandation, parlons-en ! Aujourd'hui, Ausley Wyett a essayé de me tuer ! Et il a bien failli réussir !

— Attention, Cole, attention… Tu pourrais être accusé de diffamation, si Ausley décidait de porter plainte.

— Qu'il essaie, seulement.

— Bon, nous avions donc quatre morts – tous de façon accidentelle. Je savais que Bus Hacker avait une lettre qu'il voulait que je voie, mais je n'ai pas pu la trouver. Quelqu'un d'autre aussi tenait à la récupérer. Ce quelqu'un a tenté de forcer la serrure du vieux coffre-fort de Bus Hacker, et comme il n'arrivait pas à l'ouvrir, il a mis le feu à la maison, espérant du même coup réduire la lettre en cendres.

« J'ai ouvert le coffre – pas de lettre. Bus Hacker s'était arrangé pour la faire poster. Mrs Rostvolt l'a lue, ainsi que Lee Gervase. Si j'en avais eu connaissance à ce moment-là, j'aurais pu sauver la vie de Willis Neff et d'Oliver Viera. Peut-être même celle de Charley Blankenship. Que contenait cette lettre ? Je vais y venir.

« Avant même de l'avoir lue, j'ai su qui était responsable de ces morts "accidentelles", et j'ai élaboré quelques théories sur la façon dont il s'y était pris.

« Pour ce qui est de Bus Hacker, par exemple, tout le monde savait qu'il avait le cœur en mauvais état. Le coupable, que nous appellerons X, a mis son plan en œuvre. Il s'est d'abord arrangé pour que la voiture de Bus soit inutilisable pendant un jour ou deux, en versant de l'eau dans le réservoir d'essence. Ensuite, il a imaginé un stratagème pour faire venir Bus en ville, et pendant que celui-ci était absent, il a préparé son coup. Par un heureux hasard, il se trouve que je suis allé voir Bus au moment précis où il rentrait. Il était furieux qu'on se soit moqué de lui. Il était très rouge, et épuisé par cette longue marche à pied. Quand il a brusquement basculé en arrière au moment d'ouvrir sa porte, je n'ai pas été autrement surpris. Mais, par simple habitude, j'ai fait quelques petites vérifications. Une chose m'a intrigué – pas beaucoup, mais assez pour que je m'en souvienne. Il y avait un trou de cinq millimètres dans le plancher de la terrasse, juste sous la grille métallique. Je n'ai pas pu entrer dans la maison, mais il devait y en avoir un autre en bas de la porte, à l'intérieur. Comme je le disais, je n'y ai pas fait plus attention que ça sur le moment. Je n'avais aucune raison de soupçonner quoi que ce soit d'anormal. Juste après la mort de Bus, j'ai refait les mêmes gestes que lui : j'ai grimpé les marches, j'ai ouvert la porte grillagée puis la porte d'entrée, et il ne m'est rien arrivé. Je crois savoir ce qui s'est passé : Bus Hacker a été électrocuté. Il a reçu une violente décharge de courant à 220 volts. On a fait partir des fils depuis le boîtier électrique situé au sous-sol, l'un passant par le trou de la terrasse pour arriver à la grille métallique, l'autre par un trou derrière la porte pour arriver à la poignée. Comment se fait-il que je ne les ai pas vus, ces fils ? Voilà comment j'imagine le dispositif : une ficelle, coincée sous la porte grillagée, soutient un poids attaché aux fils électriques. Quand Bus ouvre la porte grillagée, la ficelle se détend et le poids tire sur les fils. Mais le poids de Bus sur la grille maintient les fils en place. Il pose la main sur la poignée et reçoit la décharge. Il reste collé à la poignée, il ne peut pas la lâcher. Son cœur se contracte, deux violentes secousses et c'est fini. Il tombe au bas de l'escalier, le fil qui était sous la grille se détend, et le poids, en tirant sur les deux fils, leur fait réintégrer le sous-sol en passant par les trous.

« Cette nuit-là, X s'introduit par effraction dans la maison et fait disparaître toute trace de son installation. Il tente d'ouvrir le coffre, en vain. Il met le feu à la maison, pensant détruire ainsi la lettre. Un peu plus, et il réussissait son coup. Le lendemain, Cole Destin a fait venir Walt Hobius et sa remorqueuse pour hisser le coffre du sous-sol. Les dégâts subis au cours de l'opération n'ont rien fait pour arranger les choses.

« J'ai ouvert le coffre. Pas de lettre accusatrice, mais j'y ai trouvé le livre de comptes de Hacker dans lequel il notait ses moindres dépenses. Il y avait bien une ou deux omissions qui m'ont paru bizarres, mais j'étais trop préoccupé par Ausley pour m'y attarder.

« Bus Hacker est donc mort – assassiné sous mes yeux. X a dû avoir des sueurs froides pendant quelque temps, mais voyant que rien ne se passait, il a dû penser que la lettre avait été détruite et qu'il était tiré d'affaire.

« La victime suivante au programme était Charley Blankenship. Et là, X a démontré toute son ingéniosité. Je ne sais pas où il a trouvé des amanites. Quand j'étais gamin, il y en avait des quantités qui poussaient dans la zone humide des collines. J'imagine que c'est encore le cas aujourd'hui. On les appelait les "anges de la mort". Il n'en faut pas beaucoup pour tuer un homme.

« Voici comment Charley Blankenship a été "accidentellement" tué : X découvre un magnifique petit groupe de champignons comestibles, qu'il déterre soigneusement, ainsi que quelques amanites. Il en suffit d'une. Les amanites ne se distinguent pas tellement des champignons ordinaires, si ce n'est par les lamelles blanches et la volve mortelle autour de la tige. Notre homme teinte les lamelles en marron foncé, retire la volve, et transforme ainsi l'amanite en un banal champignon comestible. Il transplante le tout dans le parterre de pensées de Charley Blankenship. Vous connaissez la suite.

« Vient ensuite le tour de Willis Neff. Jusque-là, tout n'était qu'hypothèses, je ne pouvais apporter aucune preuve. Des indices intéressants, certes, tels que le registre de Bus Hacker et la vésicule biliaire de Mrs Blankenship, mais rien de bien établi.

« La mort de Willis Neff est très différente. Elle est plus violente et plus complexe, et elle a laissé des traces – mais des traces que personne ne remarquerait à moins d'être particulièrement soupçonneux. X a dû s'imaginer qu'il avait réussi un coup drôlement astucieux.

« Quand nous avons découvert le corps de Neff, le médecin n'a pas pu préciser l'heure du décès. Tout au plus pouvait-il dire que ça s'était passé entre dix heures du soir le mercredi et six heures du matin le jeudi. Le contenu de l'estomac a permis de déterminer qu'il était mort une demi-heure après avoir mangé des œufs au bacon. Ensuite, un vieux retraité a pu nous fixer le moment exact. Il nous a juré que Neff n'avait pu arriver au volant de son pickup qu'après cinq heures du matin le jeudi, heure à partir de laquelle il s'était absenté de sa cabane. Il n'y avait pas d'autre possibilité jusqu'à la nuit de vendredi, où il avait entendu une voiture arriver puis repartir. Mais il ne pouvait s'agir de celle de Neff. Voilà où nous en étions. Et Hill a juré sur la Bible de son grand-père que Neff n'avait pu arriver que de bonne heure le jeudi matin. Il semblait donc que se trouvaient ainsi déterminés le lieu et l'heure de la mort. Neff était arrivé à cinq heures du matin, s'était préparé son petit déjeuner, avait été se dégourdir les jambes – et quelqu'un lui avait tiré dessus. Mais il y avait un détail bizarre : les roues arrière de son pickup étaient pleines de poussière, mais pas les roues avant. Neff aurait-il commencé à laver son véhicule à cinq heures et demie du matin ?

« Malheureusement pour X, Ausley Wyett a fourni un alibi : il était en train de discuter avec Oliver Viera à sept heures du matin ce même jeudi. Il n'était donc pas possible qu'il ait tiré sur Neff à 5 heures, laissé la casquette sur la crête et qu'il soit retourné à toute allure pour rencontrer Oliver Viera à 7 heures, d'autant plus qu'il ignorait qu'Oliver viendrait le voir… Donc, si Ausley était effectivement avec Oliver Viera à 7 heures, il avait un alibi en béton.

« À ce stade, les gens commencent à s'inquiéter sérieusement. Toutes ces morts soi-disant "accidentelles", ça ne peut pas être qu'une coïncidence ! Mais si Ausley n'a pas tué Neff, il est hautement improbable qu'il ait tué les autres, et tout l'échafaudage s'écroule.

« L'alibi d'Ausley Wyett repose sur Oliver Viera. Tant pis pour Oliver, il faut qu'il disparaisse, et vite, avant que l'alibi ne soit reconnu officiellement. Et puis, c'est l'un des cinq témoins – ce qui, comme on dit, est la cerise sur le gâteau.

« Voici comment je pense qu'Oliver est mort. Je ne peux en être totalement certain, car il n'y a pas l'ombre d'un indice. X est bien trop prudent pour ça. Mais les choses ont pu se passer ainsi : Oliver et sa famille sont sortis pour la soirée – c'était son anniversaire de mariage. X s'introduit dans la maison, installe une échelle avec un pot de peinture en équilibre instable sur le dernier échelon. Dès son réveil le lendemain matin, Oliver voit l'échelle et le pot de peinture. Il grimpe pour enlever le pot avant qu'il ne tombe et fasse des dégâts. X se tient aux aguets derrière un arbre, de l'autre côté du ravin. Il voit Olivier sortir sur la terrasse, regarder l'échelle, commencer à grimper… X se prépare. Quand Oliver est au sommet, X recule en tirant sur un fil de nylon qui, par-dessus le ravin, est attaché à l'échelle. Il n'a pas besoin de tirer très fort. L'échelle bascule, Oliver fait une chute de vingt mètres et se fracasse la nuque. Encore une vengeance perpétrée par Ausley, pense-t-on, et du même coup, celui-ci est également privé de son alibi pour la mort de Neff. Vraiment très astucieux.

« Des cinq témoins qu'il y avait au départ, il ne reste plus que Cole Destin, et comme il vous le dira, il a échappé de peu à la mort aujourd'hui.

Joe se tut et balaya l'assistance du regard. Aucun doute que tous l'écoutaient avec une attention soutenue. De toutes parts, des yeux fascinés étaient braqués sur lui. Joe se tourna vers les quatre notables derrière lui, qui s'étaient réunis avec une si belle assurance à peine une heure plus tôt. Howard Griselda se tenait tassé sur lui-même, ruminant une défaite et une humiliation comme il n'en avait jamais connu. Cole Destin regardait furieusement devant lui, tous les muscles de son corps tendus. Fred Hatch, qui s'était approché d'un pas hésitant du siège occupé précédemment par Lee Gervase, restait nerveusement debout, comme s'il n'osait s'asseoir à la place d'un homme déshonoré. Wilfred Mortimer et le Dr Henry Gomez clignaient des yeux et plissaient le front comme des hommes rêvant dans leur sommeil.

Joe sourit pensivement et se tourna de nouveau vers le micro :

« La grande question est donc maintenant : qui est ce X ? Je peux vous dire une chose : en ce moment même, il est sur les charbons ardents. Il est ici, il m'écoute, et il se demande s'il doit faire quelque chose, et quoi. Ça ne lui servira à rien, donc il ferait mieux de se détendre. À moins qu'il ne veuille se rendre à la justice ? (Joe attendit, mais il n'y eut aucune réaction.) Il doit encore se demander si j'ai vraiment des preuves contre lui.

« Eh bien, des preuves, j'en ai. La lettre de Bus Hacker est extrêmement précise. Je dois dire à ce propos que Bus Hacker ne sort pas grandi de cette aventure. Pendant seize ans, il s'est livré au chantage – un petit chantage mesquin, minable, n'osant pas y aller trop fort par crainte d'un sursaut de révolte de X. Cependant, quelque chose a dû se produire récemment pour que X tente sa chance avec la lettre de Bus Hacker, dont ce dernier avait dû lui parler et qu'il croyait enfermée dans le coffre-fort.

« J'ajouterai ceci : de la façon dont je vois les choses, au départ, X n'en voulait pas réellement à Ausley Wyett. Mais il en est venu à le haïr comme on hait quelqu'un à qui on fait du tort. Une sorte d'instinct de préservation qui se manifeste dans la psychologie de l'individu. Peut-être cela s'est-il produit juste après le meurtre de Tissie McAllister. Ausley Wyett, un homme innocent, a passé seize ans en prison pour un crime qu'il n'a pas commis. Je ne suis pas étonné qu'il ait éprouvé de la rancœur envers les cinq hommes qui avaient témoigné contre lui. Mais il ne s'agit pas de cela. Il se trouve que X avait également des griefs contre trois des personnes figurant sur la liste d'Ausley : Bus Hacker, Charley Blankenship et Willis Neff. Oliver Viera, lui, était destiné à mourir pour la raison que je vous ai indiquée : il était l'alibi d'Ausley, et sa mort devait aggraver les soupçons pesant sur ce dernier.

« Voilà donc la toile de fond de cette affaire. Si notre X veut prendre la parole, je serai heureux de lui passer le micro... Non ? Ma foi, je peux comprendre sa timidité. C'est un individu particulièrement pervers – et il en a conscience. Il y a seize ans, il a assassiné la petite Tissie McAllister et a laissé condamner Ausley Wyett à sa place. Comment Bus Hacker l'a-t-il su ? Bus Hacker conduisait le bus de ramassage scolaire. Au moment où Ausley Wyett montrait ses chatons à Tissie, Bus Hacker était en train de garer le bus devant sa maison. Il en a vu suffisamment pour se faire une bonne idée de ce qui se passait.

« Là, si vous permettez que je me donne quelques tapes dans le dos, je vais vous parler des indices qui m'ont mis sur la piste de X avant même de prendre connaissance de la fameuse lettre, que je vous lirai ensuite.

« Premièrement : le livre de comptes de Bus Hacker n'indiquait aucune dépense concernant le loyer ni les frais d'entretien automobile. Millie Hacker avait travaillé pendant trente ans au service des Destin, et Cole explique que l'occupation à titre gratuit de la maison équivalait au versement d'une retraite. Mais comment justifier l'absence de dépenses en ce qui concerne la voiture ? Rien pour l'essence, l'huile, les pneus, les réparations – cela semble un peu trop beau pour être vrai. Presque comme si Bus était propriétaire d'une station-service...

« Deuxièmement : Charley Blankenship haïssait son neveu Walt Hobius. Ou plus précisément, le neveu de sa femme. Une fois, il a été jusqu'à lui tirer dessus avec une cartouche de gros sel. Quand j'ai parlé à Metty Blankenship, elle a mentionné que Charley ne voulait rien léguer à Walt. Aujourd'hui, je lui ai téléphoné et lui ai posé des questions au sujet du testament de Charley, juste pour être sûr. J'ai appris qu'il laissait tout à sa femme. Au cas où il lui aurait survécu – ce qui semblait probable, étant donné les problèmes de vésicule biliaire de Metty –, c'était sa petite-nièce de Denver qui aurait hérité. Mais Mrs Blankenship, elle, a toujours eu un faible pour Walt – et une fois Charley mort, Walt pouvait être certain d'hériter d'une belle somme, sans compter vingt hectares de cerisiers, dans un avenir proche.

« Troisièmement : un jour ou deux avant la mort de Charley Blankenship, j'ai remarqué des taches brunes sur les doigts de Walt. J'ai pensé que c'était de la nicotine. Walt aurait mieux fait de se taire, mais il était distrait, et il m'a dit spontanément la vérité : il m'a expliqué que c'était de la teinture d'iode ou de l'encre, ou "je ne sais quoi". Sur le moment, je me suis dit que c'était plutôt singulier qu'un homme ne sache pas dans quoi il avait trempé les mains. Mais Walt, dans ses essais pour colorer en marron les lamelles blanches des amanites, avait dû manipuler ces deux substances, et peut-être bien quelques autres.

« C'est ce qui m'a mis sur la piste. J'avais réussi à imaginer comment on s'y était pris pour tuer Bus Hacker, sans que cela m'éclaire pour autant sur l'identité du coupable. Mais dès que je me suis posé la question : "Comment m'y prendrais-je pour faire manger des amanites à quelqu'un ?", je me suis répondu : "Je colorerais les lamelles en marron pour que ça ait l'air de champignons inoffensifs", et j'ai pensé aux doigts tachés de Walt. Et après ça, tout a commencé à se mettre en place.

« Quatrièmement : les roues avant du pickup de Neff étaient propres. Il aurait pu être tué presque à n'importe quel moment mercredi soir ou jeudi matin. Mais les indices recueillis indiquaient qu'il était mort dans le comté de Monterey à cinq heures du matin le jeudi – à moins qu'il n'ait été tué ailleurs et que son corps ait été transporté jusque-là. Mais c'était impossible : Hill nous avait dit qu'une seule voiture était venue et qu'elle était repartie dans la nuit du vendredi – d'où il résultait que Neff avait dû arriver juste avant d'être abattu. À moins que Neff et son pickup n'aient été amenés ensemble dans la nuit du vendredi. Ce qui n'est vraiment pas facile à faire, sauf si on possède une remorqueuse, et aussi un garage dans lequel on puisse cacher un pickup et un cadavre pendant toute une journée. Un pickup remorqué aurait les roues arrière poussiéreuses et les roues avant propres.

« Voilà donc comment j'ai échafaudé mes hypothèses. Encore un petit détail : le jour de la mort de Bus Hacker, j'ai parlé à Walt. Il était en train de lire le journal et n'avait pas l'air pressé de réparer la voiture de Bus. Sur le moment, bien sûr, cela ne m'a pas frappé. Et finalement, j'ai eu entre les mains la lettre de Bus Hacker qu'Irma Rostvolt et Lee Gervase se sont ingéniés à me cacher. (Joe sortit un papier de sa poche.) Voici ce qu'elle dit :

> À toute personne que cela peut concerner,
>
> Cette lettre me révèle tel que je suis, un homme tourmenté par sa conscience et qui redoute le jugement du Tout-Puissant pour les péchés qu'il a commis sur cette terre.
>
> Pendant de nombreuses années, je me suis demandé ce qu'il fallait faire. Je n'ai pas de preuve certaine que Walter Hobius ait violé et tué Teresa McAllister le 22 mai 1946, mais pendant tout ce temps, il m'a payé pour mon silence, et je suis convaincu que c'est lui, et non Ausley Wyett, qui aurait dû être condamné pour ce crime.
>
> Je ne peux en être sûr à cent pour cent, ou sinon, aucune puissance au monde ne pourrait me contraindre au silence, car je ne suis pas un homme dépourvu de conscience morale.
>
> L'après-midi du 22 mai, Walter Hobius est monté dans mon bus devant le lycée au lieu de prendre le bus n° 1 comme à son habitude. La raison en était que mon moteur ne tournait pas rond, et que j'avais demandé à Walter d'effectuer les réparations nécessaires. Il a écouté le moteur un moment, et il m'a dit que j'avais besoin d'un rodage de soupape, ce qu'il ferait le lendemain. Si je voulais économiser quelques dollars, je n'avais qu'à enlever moi-même la culasse.
>
> Je me suis garé à l'angle de Destin Lane et de Mitre Canyon Road. Nous sommes descendus, nous avons soulevé le capot et examiné le moteur. N'étant pas spécialiste, j'ai décidé de laisser Walter faire le travail de A à Z. Cole Destin est passé en voiture. Walter est parti à pied en direction de Marblestone. Dans mon témoignage (après

avoir juré devant Dieu, je ne pouvais pas dire de mensonge, étant donné que je ne suis pas et n'ai jamais été un parjure, et que je n'ai jamais manqué à ma parole), j'ai déclaré que je n'avais vu passer personne. C'était la stricte vérité. Walter Hobius n'est pas passé. Il s'est éloigné de moi à pied.

Au bout d'un moment, j'ai jeté un coup d'œil à la route un peu plus bas, et j'ai vu Ausley Wyett sortir de la grange et se diriger vers le pâturage. J'ai vu Walter qui s'arrêtait pour bavarder avec Teresa. Elle montrait la grange du doigt, et aujourd'hui, je pense qu'elle lui parlait des chatons d'Ausley Wyett, et qu'elle lui demandait s'il en voulait un.

J'ai vu Walter hésiter. Ensuite, Teresa et lui se sont dirigés vers la grange et y sont entrés.

C'est tout ce que j'ai vu, car à ce moment-là, je suis rentré chez moi.

Quand j'ai appris le meurtre, j'ai été bouleversé. Mais le fait qu'Ausley Wyett ait essayé de se débarrasser du corps m'a incliné à croire qu'il était coupable, car un innocent n'aurait pas agi de cette façon.

Walter Hobius a commencé à réparer mon bus le lendemain. Il était nerveux, mal à l'aise. Je lui ai dit que je l'avais vu entrer dans la grange en compagnie de Teresa, et il m'a demandé de ne rien dire à ce sujet. Il m'a assuré qu'il n'avait rien fait à la petite, et que si je mentionnais sa présence, cela ne ferait que l'embarrasser et semer la confusion dans une affaire qui, par ailleurs, était parfaitement claire. De plus, dans ce cas, il n'aurait peut-être pas la possibilité de terminer ses réparations sur mon bus. Il avait l'intention de faire du bon travail, de changer les segments de piston et les roulement à billes, bref, de faire une révision complète sans me faire payer le moindre sou… mais en revanche, s'il était appelé à témoigner, il ne pourrait pas s'en charger.

C'est à cet instant – et j'implore la miséricorde de notre Père dans les Cieux qui comprend tout – que j'ai accepté. La culpabilité d'Ausley Wyett semblait déjà bien établie et je n'aurais réussi qu'à compliquer inutilement les choses.

Walter Hobius a révisé mon moteur. Chaque fois que j'avais

besoin d'une réparation, je le lui disais et il se chargeait du travail. Je n'avais aucun scrupule à l'utiliser de cette façon. Si je n'avais pas coopéré, il ne s'en serait pas tiré aussi facilement. Au fil des années, il a assuré l'entretien de ma voiture, et m'a occasionnellement fourni l'essence et l'huile. Je n'éprouve aucun remords. Il n'a compensé qu'en partie toutes les souffrances que ma conscience a endurées pendant tant d'années. Il est juste qu'il ait été pénalisé, à un certain degré, pour le crime dont je ne suis pas sûr qu'il l'ait commis.

Je jure sur l'espérance que j'ai d'obtenir un jour le salut, et sur ma crainte de la colère de Dieu, que cette lettre contient la stricte vérité. Si je n'étais pas d'une santé aussi fragile, je me présenterais devant les autorités afin d'apporter mon témoignage, mais je suis vieux et malade, et je souhaite finir mes jours en paix.

'Si j'ai mal agi, j'implore qu'on me pardonne et qu'on me comprenne. Ce que j'ai écrit ci-dessus est la vérité.

CLARENCE J. HACKER

Joe leva les yeux et regarda au-delà de l'assistance. Il pointa du doigt.

— Quand j'ai commencé à parler devant vous, Walt Hobius se tenait là-bas, près du stand de rafraîchissements. J'avais l'œil sur lui, tout comme mes trois adjoints. Ils l'ont suivi et ont procédé à son arrestation.

« Walter Hobius est maintenant en prison.

Chapitre XVII

Walter Hobius s'exprima avec une très grande franchise, sans chercher à nier ou minimiser sa culpabilité. Au contraire, même, il manifestait une immense fierté d'avoir été aussi ingénieux. Il ne montra aucune hostilité envers Joe, et encore moins vis-à-vis des reporters qui affluèrent de tous les coins de l'État. Mais pour ce qui est de Bus Hacker, il fit montre d'une haine farouche.

— Vous voulez que je vous dise une chose ? Eh bien, mon seul regret, c'est de ne pas lui avoir réglé son compte plus tôt, à ce vieux grigou. Pendant toutes ces années, il m'a sucé jusqu'à l'os – essence, huile, pneus, réparations. Pourquoi s'acheter une nouvelle voiture puisque je lui réparais gratis son vieux tacot ? Et puis, juste avant qu'Ausley sorte de prison, le voilà qui me réclame quatre pneus neufs, et en plus, il me demande de repeindre entièrement sa carrosserie. Je lui ai répondu que je n'en avais pas les moyens. Un jour que j'étais chez lui, il m'avait montré la lettre qu'il avait écrite et mise dans son coffre-fort. Alors, cette fois-là, il m'a rappelé cette lettre en me disant que j'avais intérêt à faire ce qu'il demandait. J'ai dit d'accord, mais en même temps j'ai décidé de m'en débarrasser. La libération d'Ausley n'a fait qu'accélérer les choses… Hein ? Ausley ? Oui, Ausley, le grand nigaud. Après tout, autant qu'il retourne en prison. La liberté, ça ne lui a jamais apporté rien de bon. Les filles ne l'aimaient pas, ce n'était qu'un clown. Le meilleur endroit pour lui, c'était la prison… Joe a vu à peu près juste sur la façon dont je me suis débarrassé de Charley. Encore un vieux salopard qui ne méritait pas de vivre. Mais là où Joe est passé à côté de la plaque – et j'avais vraiment peur qu'il le découvre –, c'est que l'amanite, je l'avais ramassée moi-même, mais les bons champignons, j'ai dû les acheter parce que je n'en ai pas trouvé. Pour ça, je suis allé dans une champignonnière de Santa Cruz. Si Joe avait pensé à enquêter dans les environs, j'étais fichu...

« Le mercredi soir, Neff est allé au bordel de San Rodrigo. Avant, il m'a laissé sa roue de secours en me disant qu'il passerait la reprendre. Je lui ai dit que je l'attendrais aussi longtemps qu'il le faudrait. Je sais être patient... Encore un truc que Joe n'a pas pigé. Il avait vu Neff me laisser sa roue. Et plus tard, la roue de secours était de nouveau à sa place, à l'arrière du pickup. Neff avait donc dû passer la reprendre dans ma station. Encore une fois, si Joe y avait pensé, j'étais cuit. Bon, Neff est donc allé à San Rodrigo pour passer un moment avec sa bonne femme, et j'imagine qu'il a dû dîner quelque part. Il est revenu vers onze heures du soir à la station. Je l'ai emmené dans le garage, et je lui ai tiré une balle dans la tête avec mon fusil muni d'un silencieux. Il y a quelques mois, j'étais allé dans cette prairie du comté de Monterey. J'ai donc allongé Neff dans son pickup, j'ai fermé les portes du garage, et j'ai attendu le vendredi soir pour remorquer le tout jusqu'à la destination prévue... Non, je ne regrette rien. Je ne regrette personne à part Ollie, qui n'était pas un mauvais bougre. Mais il fallait qu'il disparaisse. C'était lui ou moi. Ce que l'un gagne, l'autre le perd : c'est la vie. Je ne regrette absolument rien. Ce dernier mois, j'ai vraiment vécu intensément. Pas un d'entre vous ne sait ce que c'est que de vivre à fond... Et je vais vous dire une chose : Cole Destin, je l'aurais eu, lui aussi. Pourquoi ? Parce que j'aime le travail bien fait, que tout soit net et sans bavure. Oui, Cole devait y passer. C'était le suivant sur la liste. Cinq témoins, cinq lettres, cinq accidents. Vous voyez ce que je veux dire ? C'est beau, quand on y pense... Et c'est uniquement par manque de chance que je me suis fait prendre. Je ne mérite pas d'être pendu. Je m'en sortirai, vous verrez...

* * *

Le lendemain de l'élection, Ausley Wyett passa la tête dans le bureau du shérif. Il y avait trois hommes dans le sanctuaire privé de Joe, où il régnait une atmosphère chaleureuse de compliments et de félicitations. Joe s'excusa et sortit dans le couloir.

— Ausley, vieux frère ! Comment va ?

Joe avait une diction légèrement pâteuse. Il avait été obligé de lever son verre pour de nombreux toasts : à ses futurs succès en tant que shérif, à l'avenir du comté de San Rodrigo, et même à celui du vénérable palais de justice qui, après l'échec retentissant de la souscription, avait été élevé au rang de monument local.

— Ça ne va pas mal du tout, répondit Ausley. Comme je me trouvais en ville, je me suis dit que je devrais passer te remercier encore une fois de m'avoir sorti du pétrin.

— Ne me remercie pas, Ausley, je n'ai fait que mon travail. En t'aidant, je me suis aidé moi-même. Je suis content que les choses se soient si bien passées pour nous deux. Et à Marblestone, les gens te traitent comment ?

— Pas trop mal, répondit Ausley avec un pâle sourire. Personne ne se montre vraiment amical. Ma réputation me colle à la peau, même si je n'ai absolument rien fait.

— Ça passera à la longue. Eh, qu'est-ce que c'est que ça ? s'écria Joe en remarquant un anneau d'or au doigt d'Ausley. Ne me dis pas que tu as franchi le pas ?

— Mais si, répliqua Ausley en souriant timidement. J'ai réussi à convaincre Ellie que je ferais un bon mari, que je saurais m'occuper du ranch et tout. Et nous nous sommes mariés ce matin.

— Ça alors ! Que le diable me patafiole !

Ausley lui lança un regard légèrement réprobateur.

— Elle est en train de faire quelques emplettes – des vêtements, des trucs comme ça, expliqua-t-il. Nous allons passer une semaine ou deux à Los Angeles.

Joe respira profondément et serra la main d'Ausley.

— Toutes mes félicitations, mon vieux. Tu t'es trouvé une fille formidable, sans doute la plus formidable à des lieues à la ronde.

— C'est aussi ce que je pense, dit Ausley en s'apprêtant à prendre congé. Bon, il faut que j'aille la chercher. Nous avons une longue route à faire.

— Dis bien des choses de ma part à la mariée.

— Je n'y manquerai pas, Joe. À bientôt.

— À bientôt, Ausley. Amusez-vous bien.

La longue silhouette s'éloigna dans le couloir et sortit dans la lumière du soleil.

Joe secoua la tête. Voilà ce qui arrive, marmonna-t-il, quand on reste dans son coin à hésiter. On s'aperçoit vite qu'on est abandonné sur le bord de la route. Bel et bien abandonné… Mais je ne vais quand même pas me plaindre : je suis désormais le shériff Joe Bain, pour de bon… Et si je m'offrais une ou deux semaines de vacances, moi aussi ?

À propos de l'auteur

Jack Vance est né en 1916 en Californie, dans une famille aisée qui a connu des revers de fortune alors que Jack était encore enfant. Jeune homme, il est donc obligé d'occuper une série d'emplois ingrats avant de pouvoir suivre des cours à l'université de Californie, à Berkeley : génie minier, physique, journalisme et littérature anglaise. À la fin de ses études, alors que l'Amérique entre en guerre, il s'engage comme simple matelot dans la marine marchande. Plus tard, il travaille comme mécanicien de chantier, arpenteur, céramiste et charpentier avant que sa production de romans et de nouvelles dans les domaines de la science-fiction, de la fantasy et du policier ne lui permette de vivre de son écriture et de s'y consacrer à plein temps.

En plus de soixante ans de carrière, sa production a été prodigieuse et lui a valu de nombreux honneurs : trois prix Hugo, un prix Nebula, un prix World Fantasy pour l'ensemble de son œuvre ainsi qu'un prix Edgar-Allan-Poe décerné par l'Association américaine des auteurs de romans policiers. L'Association des écrivains de SF et de Fantasy lui a décerné le titre de Grand Maître, et il a été admis dans le Science Fiction Hall of Fame en 2001.

Il a su explorer une variété de genres en en repoussant les limites, que ce soit de la fantasy sombre (en particulier le cycle de la Terre mourante, qui a influencé de nombreux auteurs), des space opéras interstellaires, de la fantasy héroïque (la trilogie Lyonesse), ou encore des romans policiers dont le personnage principal est shériff d'un comté rural de Californie (la série Joe Baine). Une histoire vancienne est souvent centrée sur un protagoniste extrêmement compétent plongé dans des situations périlleuses sur une planète où l'aventure est son lot quotidien, ou encore sur une jeune personne qui s'embarque pour une odyssée semée d'embûches dans des régions peuplées d'ennemis redoutables...

Vers la fin de sa carrière, un groupe de fans à travers le monde s'est constitué pour rétablir ses œuvres sous leur forme originelle, en restaurant des textes malmenés ou amputés par des éditeurs surtout préoccupés par le nombre de pages qu'ils pouvaient caser dans un magazine « pulp ». Le résultat a été la Vance Integral Edition, version définitive de l'œuvre vancienne en 44 volumes magnifiquement reliés. Spatterlight publie à présent les textes du projet VIE sous la forme d'ebooks et de livres imprimés à la demande.

Ce livre a été imprimé en utilisant Adobe Arno Pro comme police de caractères principale, avec NeutraFace pour la couverture.

Composition et mise en page : Joel Anderson

Direction artistique et dessin de couverture : Howard Kistler

Correction et quatrième de couverture : Patrick Dusoulier

Direction : John Vance, Koen Vyverman

www.ingramcontent.com/pod-product-compliance
Lightning Source LLC
Chambersburg PA
CBHW031956240626
47153CB00003B/1002